스 파 크

S P A R K

KB201024

스파크

1판 1쇄 **찍음** 2016년 3월 23일
1판 1쇄 **펴냄** 2016년 3월 30일

지은이 | 이해진
펴낸이 | 고운숙
펴낸곳 | 봄 미디어

기획·편집 | 정수경 김민지

출판등록 2014년 08월 25일 (제387-2014-000040호)
주소 | 경기도 부천시 원미구 소향로17, 304(두성프라자) (우)420-864
영업부 | 070-5015-0818 **편집부** | 070-5015-0817 **팩스** | 032-712-2815
E-mail | bommedia@naver.com
소식창 | http://blog.naver.com/bommedia

값 9,000원

ISBN 979-11-5810-195-4 03810

스파크
SPARK

이해진 장편 소설

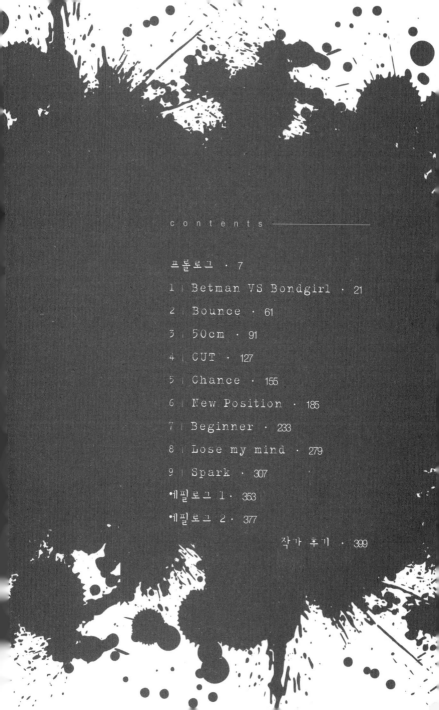

contents ———

프롤로그

"피고는 정말 아무것도 몰랐다는 뜻입니까? 자신의 개인 비서가 경쟁 회사로 기밀 서류를 빼돌리는 것을?"

"맹세코, 정말로 몰랐습니다."

남자는 차분하게 대답했다. 유주는 긴장한 듯한 그를 가만히 내려다보다 살며시 미소를 지었다. 그리고 그의 앞에 서류를 내보이며 말을 이었다.

"3월 26일, 4월 17일, 5월 9일, 5월 27일."

"……."

"당신의 방에 있는 팩스기를 통해 서류들이 넘어간 날짜입니다."

"전 팩스기를 어떻게 사용하는지도 모릅니다. 잡일은 비서인 김주희 씨가 모두 처리합니다."

"잡일이요?"

유주의 얼굴에 떠올라 있는 미소가 조금 더 짙어졌다.

"회사 전체를 좌지우지할 만큼 큰 프로젝트 관련 서류를 다른 회사에 넘기는 것도 잡일인가 보죠?"

"말씀드렸다시피 전 아무것도 몰랐……."

"김주한 팀장님, 조금 더 구체적으로 알려 드려야 할 것 같네요. 23시 14분, 21시 20분, 20시 43분, 22시 27분."

"……."

"당신의 방에 있는 팩스기를 통해 서류들이 넘어간 시각입니다. 여전히 아무것도 모르실 것 같으니 한 가지 더 덧붙이겠습니다."

또각, 힐이 대리석 바닥을 누르는 소리가 귓가에 울렸다. 피고석에서 몸을 빙글 돌려 앞을 바라본 유주와 해인의 눈동자가 마주쳤다.

그녀의 입꼬리가 올라가는 것과 동시에 해인의 한쪽 눈썹이 들렸다.

"당신과 당신의 개인 비서인 김주희 씨가 사무실에서 사랑을 나누던 시각이죠."

"이의 있습니다. 원고 측 변호사는 말도 안 되는 억측을 하고 있습니다."

유주의 말이 끝나기도 전에 해인이 자리에서 벌떡 일어나며 목소리를 냈다.

유주는 자신을 노려보는 해인의 눈빛을 피하지 않았다. 오히려 재미있다는 표정이었다.

"원고 측, 증거 있습니까?"

술렁이는 법정 안을 진정시킨 판사가 느릿하게 물었다.

이마를 쓸어 넘기는 그에게서 피곤한 기색이 역력히 느껴졌다.

"물론입니다. CCTV 영상을 증거 자료로 제출합니다."

판사의 말에 대답한 유주가 자신의 자리로 걸어갔다. 높은 힐이 바닥에 닿아 울리는 소리가 법정 안에 깔려 있는 긴장감을 고조시켰다.

CD 케이스를 집어 드는 유주의 모습에 조금 전 큰 소리를 냈던 해인의 얼굴이 더욱 굳어졌다.

갑작스러운 상황에 언 듯 서 있는 그의 눈동자가 마구 흔들렸다.

그러다 한순간 그의 시선이 증인석에 앉아 있는 남자에게로 움직였다.

"거짓말이야."

아주 작게 중얼거렸지만 그 목소리는 해인도, 그리고 증거

품 제출을 위해 판사를 향해 걸어가고 있던 유주에게도 들렸다.

그녀는 고개를 돌려 증인석에 앉아 있는 남자를 바라보았다.

눈이 마주치자 남자는 조금 전까지 서려 있던 긴장을 모두 날려 버린 듯 웃음을 터트렸다.

"회사에 있는 CCTV는 명목상 설치만 해 놓은 거야. 겉만 그럴싸하지, 실제로 녹화되고 있지는 않다는 뜻이지."

"그래요? 확신하나요?"

되묻는 유주의 억양이 무엇을 의미하는지 눈치챈 해인이 황급히 손을 뻗었다.

"김주한 씨, 아무 말도 하지 마십시오."

그러나 주한의 필사적인 만류에도 남자는 여유롭게 깍지를 끼며 유주를 그윽하게 올려다봤다. 감히 어디서 거짓말로 자신을 협박하려 했냐는 얼굴이었다.

"확신해."

"서한기업은 기업적 가치가 높은 대형 컴퍼니입니다. 그런 회사가 그저 보여 주기 식으로 장난감 CCTV를 설치해 놓았다고 생각하시는 겁니까? 보기보다 순진하시네요."

"다른 곳은 몰라도 내 방에 그런 게 있을 리가 없어. 내 허락도 없이……"

"5월 27일 밤 10시. 피고는 늦게까지 회사에 남아 야근을 하다 잠깐 사무실을 나갔죠? 10분쯤 지나서 다시 돌아왔고요."

순간 남자의 얼굴이 싸늘하게 굳었다. 깍지를 끼고 있던 손에 힘이 바짝 들어갔다.

"이의 있습니다. 본 사건과 아무런 연관이 없는 일입니다."

해인이 뱉어 내듯 외쳤다.

제법 격앙된 목소리에도 유주는 지지 않고 판사를 똑바로 바라보았다.

"서류 유출에 대해 전혀 알지 못했다는 피고의 말을 반박할 중요 자료입니다."

"기각합니다. 원고 측 계속하세요."

잠깐 침묵을 유지하던 판사는 결국 유주의 손을 들어 주었다.

단호한 대답에 해인의 입술이 짓이겨졌다. 유주는 그런 해인을 힐끔 바라보고는 남자의 앞으로 걸어가 낮게 중얼거렸다.

"당신이 급하게 산 콘돔을 꺼내는 장면이 녹화되어 있는데도 부정하실 겁니까?"

"……!"

남자의 얼굴에 망연자실한 표정이 떠올랐다. 그와 동시에 해인이 주먹으로 가볍게 탁상을 내리쳤다. 매끄럽게 잘 뻗은 미간이 좁아지는 것을 확인한 유주가 저도 모르게 피식 웃음을 터트렸다.

희열이었다. 저 잘생긴 얼굴이 구겨지는 것은. 아주 드물게 볼 수 있는 모습이라 더 그럴지도 몰랐다.

유주는 새침하게 웃음을 갈무리하고 다시 고개를 돌렸다. 고개를 살짝 갸웃거리며 아무것도 모르는 척, 정말 궁금한 것처럼 말을 이었다.

"김주한 씨, 그 뒤까지 제가 계속 설명하길 원하는……."

"그 여자가 먼저 유혹했어! 내가 시킨 게 아냐!"

남자는 머리를 감싸 쥐더니 욕설을 내뱉었다. 유주는 그 기회를 놓칠세라 공격하듯 말을 쏘아붙였다.

"불륜 관계 및 기밀 서류 유출까지 인정하시는 건가요?"

"어쩔 수 없었어! 내 자리가 위험했다고!"

남자의 입을 막기 위해 저도 모르게 한 발자국 앞으로 나왔던 해인은, 그의 고함 소리에 천천히 자리에 앉았다. 유주는 재판장을 향해 고개를 짧게 숙이며 이상이라는 제스처를 해 보였다. 그리고 자리로 돌아가기 전, 남자를 향해 중얼거렸다.

"증거에 대한 세부적인 설명을 깜빡했네요. 조금 전 언급한 CCTV는 회사 건물 옆에 위치한 편의점 영상을 가리키는 것이었습니다. 구입한 콘돔을 꺼내 확인하는 모습이 찍혀 있더군요."

그녀의 입술이 예쁘게 휘어지더니 만족스러운 미소를 지었다.

준(Jun).

3년 연속 로펌 1위 자리를 유지하고 있는, 명실공히 모두가 인정하는 최고의 회사인 그곳을 대표하는 변호인이자 기업 분쟁 분야에서는 이름 자체가 곧 명함인 여자가 바로 임유주였다.

통장에 넣어 둔 돈에 이자가 차곡차곡 붙듯, 소송을 맡아 진행할수록 차곡차곡 승률 숫자 또한 올라갔다.

"허풍이 아주 수준급이 됐어."

"칭찬으로 들을게. 실력이 점점 늘지?"

나란히 걷고 있는 남녀는 적당한 체격 차에 풍기는 분위기가 비슷해 사람들의 시선을 잡아끌 만큼 잘 어울렸다. 길거리였다면 주위 사람들이 한 번쯤은 쳐다봤을 만큼. 아쉽게도 이곳은 젊은 남녀의 훈훈한 모습 따위에는 아무도 관심이 없는 법원이었지만.

"재판은 포커가 아니야. 좋은 패를 가지고 있는 것처럼 으

스대다 들키면 잃는 건 돈만이 아니지."

"그러는 너야말로 판사를 재판 도중에 헤롱거리게 만들었잖아. 도대체 얼마나 거한 대접을 한 거야? 증거 제출하러 가까이 갈 때마다 술 냄새 때문에 내 속이 다 울렁거렸다고."

"재판이 진행되는 동안에는 개인적으로 만날 수 없다는 걸 알 텐데."

"당연히 직접 만나진 않았겠지. 누굴 시킨 거야? 고지훈? 박민우?"

"유부남이 되더니 다들 술이 많이 약해졌어. 옛날 같았으면 판사 정신을 쏙 빼놔서 재판 연기까지 가능했을 텐데."

해인의 비웃음이 섞인 대답에 유주의 걸음이 우뚝 멈췄다.

그렇다.

패소라는 단어는 임유주와 전혀 어울리지 않았다. 눈앞에서 얄밉게 웃고 있는 이 남자만 아니라면 말이다.

주해인. 3년 전까지만 해도 대한민국 로펌 1위를 차지하고 있던 대명 법률 사무소의 변호인이자 유주의 법대 동기.

3년 전 홀연히 영국으로 날아갔던 그가 어느 날 한국으로 들어오더니 눈앞을 알짱거리며 신경을 거슬리게 하고 있었다.

3년 동안 안 보여서 속이 다 시원했었는데.

돌아오자마자 대명의 임원진 자리를 차지했다는 소문이

돌더니 얼마 안 가 드디어 전쟁터에 뛰어 들었다는 소식이
이어졌다.

언제쯤 법정에 설까 궁금해하던 사람들의 이목이 순식간
에 집중되었다. 그들은 최연소의 나이에 임원진 자리를 꿰찬
주해인의 발에 밟힐 상대가 누가 될지 안쓰럽다는 반응을 보
였다.

그리고 유주는 그 불쌍한 첫 희생양이 바로 자신이라는 것
을 재판 2주 전에야 알아챘다.

희생양이라니, 누구 마음대로.

유주는 입술을 악물고는 해인에게 한 발자국 가까이 다가
서며 중얼거렸다.

"이제 알았겠지. 그런 치졸한 방법으로는 날 이길 수 없다
는 걸."

"졌다고 누가 그래?"

"판결 못 들었어? 지더니 귀까지 먹었나?"

겉으로는 그보다 더 완벽할 수 없는 남녀의 대화에서는 싸
늘함과 까칠함이 뚝뚝 묻어 나오고 있었다.

"항소할 거야. 불륜 관계만 인정했을 뿐 서류 유출에 관해
서는 증거가 불충분해."

"그렇다고 안 진 게 되는 건 아니지."

"오늘 저녁에 뭐해?"

독이 바짝 오른 대화의 끝에 갑작스러운 물음이 튀어나왔다.

유주는 순간 자신의 귀를 의심하는 표정을 지었다. 아무리 오랫동안 알고 지낸 사이라고 해도 문득 튀어나오는 발언과 사람을 당황시키는 능글맞음에는 도무지 적응이 되지 않았다.

의도를 알 수 없는 해인의 물음에 대화가 뚝 끊기자 유주는 인상을 찌푸렸다. 평소였다면 욕이라도 시원하게 뱉었을 테지만 오늘은 그 보기 힘들다는 주해인의 난처한 얼굴을 본 날이었다.

주해인을 마치 신처럼 떠받드는 세간 사람들에게 당당하게 외치고 싶었다.

주해인은 항상 내 희생양이었어.

잠깐 입을 다물었던 그녀는 욕 대신 입꼬리만 살짝 올려 그의 가슴을 노크하듯 손등으로 가볍게 쳤다.

"조심해. 한 번만 더 이상한 수 쓰다 걸리면 가만 안 둬. 선 넘기 직전이야, 너."

경고를 내뱉은 그녀가 해인을 앞서 걸어갔다. 또각거리는 힐 소리가 조용한 복도를 가득 울렸다.

주머니에서 손을 빼지 않은 채 사라져 가는 유주의 뒷모습을 한참이나 바라보고 서 있던 해인은 그녀의 손이 닿았던 자신의 가슴팍을 조심스레 쓸었다.

"곤란한데……."

실력뿐만 아니라 매력까지 느는 건 반칙이라고.

"뭐가?"

해인의 혼잣말에 언제부터 옆에 서 있던 건지 지훈이 퉁명스럽게 물었다.

나른하게 풀려 있던 해인의 얼굴이 언제 그랬냐는 듯 싸늘하게 굳었다. 그리고 천천히 고개를 돌려 지훈을 노려보는 그의 시선은, 마치 눈빛만으로도 살인을 낼 것 같았다.

죽일 듯한 눈초리에 복도 끝을 바라보고 있던 지훈이 다급히 숨을 들이켰다.

"친하다며? 형 동생 하는 사이라며?"

"아니, 분명히 잘 부탁한다고 말해 놨는데……."

씹어뱉는 듯한 해인의 물음에 지훈은 말끝을 흐리며 그의 눈치를 살폈다.

"내가 발언하는 꼴을 못 보고 있던데? 형 동생이 아니라 부모의 원수, 뭐 그런 거 아냐?"

해인의 핀잔에 마른침을 삼키던 지훈은 문득 조금 전 법정에서의 상황이 떠올랐는지 피식 웃음을 터뜨렸다.

"근데 널 싫어하는 거 같긴 하더라. 이의 제기하는 족족 기각시키고."

"널 믿은 내가 바보지."

"아니, 술자리 분위기는 진짜 좋았다니까. 송 판사도 네 소문 많이 들었다고, 기대하겠다고 했단 말이야. 저 양반이 먹은 양주 값만 해도 내 월급……."

"됐고, 김주한 씨 어디 있어?"

지훈의 말을 끊어낸 해인이 빠르게 발걸음을 놀렸다.

"씩씩거리면서 흥분을 못 가라앉히기에 화장실 들어가서 열 좀 식히라고 했어. 야, 그런데 진짜 어떡하냐? 불륜이라니. 너도 모르고 있었던 거 맞지?"

해인은 대답 대신 한쪽 입꼬리만 들어 올릴 뿐이었다. 얼굴에 떠오른 표정은 승부욕을 자극받은 남자 특유의 그것이었다.

"워밍업 끝났으니까, 본격적으로 해 봐야지."

해인이 이미 사라져 보이지 않는 유주의 뒷모습을 좇으며 중얼거렸다.

재판도, 그녀를 잡는 것도.

1
Betman VS
Bondgirl

오후 2시.

보통 사람이라면 밀려오는 식곤증에 나른해지기 딱 좋은 시각이었지만, 점심을 굶은 채 오전 7시부터 밀려드는 서류를 처리하고 있는 유주에겐 예민함이 최고조에 달하는 시간대였다.

맞춤처럼 몸에 붙는 흰 셔츠와 검은색 정장 치마가 찌푸려진 그녀의 얼굴을 더욱 강조하고 있었다.

"임 변호사님, 손님이 찾아오셨는데요."

가벼운 노크 소리와 함께 정은이 사무실 안으로 한 걸음 들어왔다.

책상 한편에 잔뜩 쌓여 있는 서류 더미에 또 하나의 종이를 올려놓은 유주는 그녀의 말에도 시선을 돌리지 않았다.

"오늘 오후에는 미팅 일정이 없는 걸로 아는데?"

"네. 연락 없이 오셨습니다."

그제야 책상에 박혀 있던 유주의 고개가 들렸다. 곤란한 웃음을 띠고 있는 정은의 모습에 유주는 무슨 의미냐는 눈짓을 보내며 되물었다.

"내가 약속 없이 찾아온 사람을 그냥 만나 줄 만큼 한가하던가?"

"어떤 사람이냐에 따라 다르지."

대답은 정은이 아닌 다른 이에게서 흘러나왔다. 정은보다 머리 하나는 더 위에 있는 해인이 그녀의 뒤에 서서 미소를 지었다.

눈이 마주치자 유주의 얼굴이 버릇처럼 구겨졌다.

"커피 드릴까요?"

"필요 없어. 5분 내로 나가실 거야."

냉정하게 중얼거리는 유주의 모습에 정은은 더 이상 뭐라 대꾸하지 못하고 고개를 꾸벅 숙인 뒤 사무실을 나섰다. 닫힌 문을 바라보던 해인이 어깨를 으쓱이더니 걸음을 옮겨 소파 가까이 다가갔다.

"난 정은 씨가 타 주는 커피 좋아하는데."

유주가 책상에서 일어서는 것과 동시에 해인이 소파에 몸을 묻었다. 여유롭게 다리를 꼬는 그 모습에 그녀가 작게 혀를 찼다.

"뭐하는 거야?"

"딱히 성희롱적인 발언은 아니었어. 진짜 맛있게 타더라고."

"왜 찾아왔는지를 묻고 있잖아."

"5분 안에 끝내기엔 좀 긴데. 내가 요약하는 걸 잘 못 하거든."

"그게 변호사라는 사람이 할 말이야?"

날이 잔뜩 서 있는 목소리로 비꼰 유주가 해인의 맞은편에 앉았다. 그리고 마찬가지로 다리를 꼬았다. 치마 밑으로 늘씬하게 뻗은 두 다리가 교차하며 겹쳐지는 모습에 해인의 눈이 살짝 가늘어졌다.

그녀의 사무실은 언제 찾아와도 항상 깔끔했다.

넓은 공간 안에 있는 거라고는 책상과 소파, 테이블이 전부였고 한쪽 벽 전체를 차지하고 있는 창에는 블라인드를 달지 않아 빛이 쏟아져 들어왔다.

조잡한 것을 극도로 싫어하는 그녀의 성격을 그대로 반영하고 있는 것 같아 해인은 슬쩍 미소를 지었다.

"주해인 변호사님, 무슨 일이시냐고요."

뜸을 들이는 모습에 유주가 한 번 더 사무적으로 물었다. 주해인은 아무런 목적도 없이 시간을 투자해 움직이는 남자가 아니었다.

그리고 보통 그 목적은 유주의 이익에 반(反)하는 경우가 많았다.

말 그대로 달갑지 않은 손님.

긴장한 채 복잡한 생각을 이어 가고 있는 것을 알기라도 하듯, 유주와 눈을 맞춘 해인은 입꼬리를 부드럽게 늘였다.

"까칠한 거 보니까 점심 굶었구나."

"……먹었어."

마치 자신에 대해 다 파악하고 있다는 듯한 해인의 중얼거림에 괜히 오기가 생긴 유주가 시선을 살짝 돌리며 대답했다.

그의 입술이 조금 더 올라갔다.

"그래? 뭐 먹었는데?"

"초밥."

"가게 이름이 뭔데?"

"몰라, 제대로 안 봤어. 정은 씨가 사 온 거라."

"정은 씨가 사 온 거라면 맛있었겠네."

갑작스러운 물음에도 태연함을 유지하며 대답한 유주가 다시 눈동자를 해인에게 고정시켰다. 쓸데없는 소리 하지 말고 빨리 본론을 꺼내라는 재촉 어린 눈빛에도 해인은 느긋하게 등을 소파에 기댔다.

"같이 점심이라도 하려고 했더니. 나 들어오고 나서 한 번도 같이 식사한 적 없잖아."

"바빴어."

"소송 외에 따로 맡고 있는 일 있어?"

"......."

유주가 소리 없이 입술을 악물었다. 말의 속뜻을 파악하지 못할 그녀가 아니었다.

'임원진도 아닌데 뭐가 바빠?'

더 정확히 해석하자면 이랬다.

'난 임원진이라고'.

성악설, 성선설 등 태어날 때부터 인간의 기질이 정해져 있다는 주장을 신뢰하지 않는 유주였지만 눈앞에 앉아 있는 남자를 보면 그런 말들에 자신의 의견을 조금 보태고 싶어졌다.

선천적으로 얄미움을 장착한 사람이 존재한다고.

"그러는 넌 왜 이렇게 한가해? 밥 타령하러 여기까지 왔어? 우리가 점심시간에만 만나는, 다른 반으로 찢어진 여고생들은 아니잖아?"

가만히 있을 유주는 아니었다. 톡 쏘아붙이자 해인이 슬쩍 미간을 좁히며 웃더니 상체를 일으켰다.

"합의하자. 20억에."

"……장난해?"

유주가 헛웃음을 터뜨렸다. 어쩐 일로 여기까지 왕림했는지 궁금했는데 역시나 목적은 확실했다.

"성공할지 실패할지도 확실하지 않은 프로젝트였잖아."

"그 성공 여부를 확인하기도 전에 유출당했고."

"성공했을 때 예상 가능한 수입은 10억이야. 두 배가 넘는 가격을 제시한 거고. 욕심부리지 말고 이 정도에서 끝내."

10억이라니. 무슨 자료를 바탕으로 뭘 어떻게 도출하면 그런 결과가 나오는지.

유주는 회사의 사활이 달린 프로젝트였다며 머리를 감싸 쥐던 클라이언트의 얼굴을 떠올렸다.

"주해인 변호사님. 제가 이 말 했던가요?"

상체를 조금 앞으로 숙이자 셔츠 사이로 드러난 가슴골이 진해졌다.

해인은 관심이 있다는 듯 눈을 살짝 깜빡이더니 턱 밑에 손을 갖다 대고 이어질 그녀의 말을 기다렸다.

"넌 정말 밥맛이야."

냉정하게 끊어지는 말에도 해인의 표정에는 변화가 없었다.

오히려 조금 실망했다는 듯 퉁명스럽게 대꾸했다.

"했어. 2학기 두 번째 수업 시간이었나? 뒷자리에 앉아 있는 날 노려보며 중얼거렸지. 4년 전 저작권 소송 때도 법원 화장실 앞에서 마주치자마자 그렇게 말했어."

"됐고."

유주는 다시 얼굴을 굳힌 채 그를 노려보았다.

"합의는 없어."

"후회할 텐데."

"내 사무실까지 찾아와 우물을 팔 정도로 목말라 있는 걸 보니 확실히 알겠어. 이번 승자는 나야. 패자는 너고. 합의라니, 그런 아름다운 결말을 내가 너에게 하사할 것 같아?"

해인은 그녀의 입술을 한참이나 바라보다 피식 웃음을 터뜨렸다.

"원하는 금액이 없으시다?"

"몇 번을 말해야 돼?"

"난 분명히 얘기했어. 재판은 포커 게임이 아니라고. 그럼 법정에서 보자."

슈트 재킷의 단추를 정갈하게 채우며 해인이 자리에서 일어났다.

특유의 언변으로 구슬리거나 협박을 하면서 성질을 건드릴 줄 알았는데, 예상과 달리 해인은 구질구질하게 매달리지

않겠다는 듯 평소와 다름없이 여유로운 모습으로 사무실을
걸어 나갔다.

아쉬운 건 분명 저쪽인데, 미련 없이 나가 버리는 그 뒷모
습에 유주가 설핏 인상을 썼다. 저도 모르게 탄식 섞인 한숨
이 터져 나왔다.

조금 전까지 해인이 앉아 있던 소파를 복잡한 심정으로 바
라보다 문을 닫기 위해 천천히 일어섰다.

복도 끝에서 찻잔이 놓인 쟁반을 들고 걸어오는 정은의 모
습이 보였다.

"커피는 필요 없다고 했잖아. 방금 나가는 거 못 봤어?"

"진짜 5분도 안 돼서 가실 줄은 몰랐죠. 주 변호사님이 사
오신 차랑 쿠키예요. 프랑스에서 직접 사 왔다고 꼭 같이 나
눠 먹으라고 그래서……."

유주는 쟁반 위에 올려진 향긋한 차와 커다란 초콜릿이 촘
촘히 박혀 있는 먹음직스러운 수제 쿠키를 내려다보았다. 그
리고 자신의 눈치만 살피고 있는 정은을 사무실 안으로 들였
다.

애초부터 해인의 대접이 아닌, 자신의 시식이 목적이었던
듯 유주의 허락이 떨어지자마자 정은은 테이블 위에 쟁반을
내려놓고 손바닥만 한 쿠키를 집어 들었다.

보드랍게 입안에서 녹아 가는 쿠키를 음미하는 정은을 보

다 유주가 중얼거렸다.

"앞으로 주 변호사가 가지고 오는 건 그게 뭐가 됐든 거절해. 뇌물 받은 기분이니까."

들었는지 말았는지, 정은은 행복한 표정을 지어 보였다.

"난 이런 거 안 먹는다고 확실히 못 박아 두고."

"아, 그건 저번에 한 번 말씀드렸어요. 그런데 오늘은 점심을 거르셨으니까 혹시 드실지도 모르겠다고 제가……."

"뭐?"

유주의 표정이 무섭게 구겨지자 재잘거리던 정은이 눈을 깜빡였다. 다시 생각해 봐도 말실수를 하지는 않은 것 같은데, 이상할 정도로 격한 반응이었다.

"정은 씨가 사 온 거라면 맛있었겠네."

유주가 깊은 한숨과 함께 이마를 짚었다.

주해인의 손안에서 놀아났다는 패배감이 마음 한편을 차지했다.

"두 분 사귀셨죠?"

엷은 다홍빛이 도는 차를 슬쩍 바라보다 찻잔을 들어 한입 머금는 순간, 정은의 갑작스러운 물음에 유주가 풉, 하고 입에 있던 것을 뱉어 냈다.

마시기 직전이라 대형 참사는 일어나지 않았지만 황급히 테이블에 놓여 있는 티슈를 뽑아 입 주변을 닦아야 했다.

"대표님한테 들었어요."

"뭘 들어?"

"에이, 다 알아요."

정은이 눈을 초롱초롱하게 빛내며 유주를 바라보았다. 뭔가 기대감과 부러움이 반씩 섞여 있는 듯한 그 부담스러운 눈빛에 유주는 몸을 소파 뒤로 바짝 붙였다.

"대표라는 사람이 무슨 소리를 했는지는 모르겠지만 거짓말이야. 그 사람은 자기가 남자라는 거 빼고는 전부 거짓말이니까."

"두 분 법대 시절부터 엄청 유명하셨다면서요. 사귄 거 아니에요?"

"그 녀석은 잘 모르겠고 난 유명했지. 1등을 놓치지 않는 미모의 여학생으로."

"아, 네……."

예고 없이 튀어나온 자랑에 정은은 떨떠름한 표정을 짓다 다시 물었다.

"그럼 사귀진 않고 자기만 했어요?"

품. 이번엔 정말 크게 뿜어냈다. 사레까지 걸려 콜록거리자 정은이 미안한 기색을 내비치며 휴지를 여러 장 뽑아 건네주었다.

한참이 지나서야 기침을 멈춘 유주는 발갛게 변한 눈꼬리에 맺힌 눈물을 휴지로 찍으며 정은을 노려보았다.

"정은 씨, 내가 자기 상사라는 거 잊은 건 아니지?"

"물론이죠. 그냥 개인적인 궁금증이에요. 아무래도 분위기가 그냥 동기 같진 않아서."

유주는 두통이 몰려오는 것 같은 기분에 이마를 손으로 짚었다. 그러거나 말거나 정은은 생글거리는 미소를 지우지 않고 계속 말을 이었다.

"출장 갔다 오실 때마다 이렇게 선물을 주시잖아요."

"뇌물이라니까!"

유주가 불만스럽게 대꾸했다.

"주해인이랑 잘 바에야 김철진이랑 만나지."

"……주 변호사님이 그 정도까지 싫으신 거예요?"

정은이 정색을 하며 대꾸했다. 김철진이란 사람은 한때 유주의 클라이언트로, 처음 사건을 맡았을 때부터 분위기가 심상치 않더니 3일에 한 번 꼴로 찾아와 온갖 선물 공세를 하는 졸부였다.

애초에 고소를 당한 것도 직원들에게 제때 임금을 주지 않았다는 찌질한 이유였다.

"안 그래도 조금 전에 꽃바구니가 도착했어요."

정은이 약 올리듯 웃자 유주가 어떻게 처리해야 할지 알고 있냐는 눈빛을 보냈다. 그 눈빛에 정은은 살짝 고개를 주억거렸다.

"그래도 생화인데 쓰레기통에 넣으려니 괜히 기분이 안 좋아요. 그냥 변호사님께서 들고 가시면 안 돼요? 제가 죄짓는 기분이란 말이에요."

"알았어. 가져와. 그냥 여기서 불태워 버리게."

"제가 처리하겠습니다."

정은은 조용히 대답하고는 슬쩍 엉덩이를 뗐다.

그녀가 사무실을 벗어나자 유주는 편안한 자세로 몸에 힘을 풀고 천장을 가만히 바라보았다.

사귀었다고? 주해인과 자신이?

공허한 웃음이 터져 나왔다. 문득 언젠가를 회상하듯 눈동자를 가볍게 떨던 유주는 어느 순간 몸을 일으켰다. 표정은 어느새 법정에 서 있었을 때와 마찬가지로 차갑게 식어 있었다.

자리로 돌아온 정은은 자신의 책상 위에 놓여 있는 작은 초콜릿 상자를 보고는 슬며시 미소 지었다.

해인이 건네준 선물이었다. 쿠키는 나눠 먹고, 이건 당이 필요한 정은을 위해 따로 사 온 거라며 건네주던 모습이 그렇게 멋있을 수가 없었다.

멀끔한 얼굴에 한없이 차가울 것 같은 인상인데, 막상 입을 열면 10년은 알고 지낸 사람처럼 서글서글했다. 물론 유주는 그걸 능글맞음이라고 표현하며 치를 떨었지만.

정은은 두 사람이 나란히 서 있는 모습을 그려보며 턱을 손에 괴었다.

비주얼적으로나, 성격적으로나 정말 잘 어울릴 것 같은데. 예전에 사귀었던 사이가 아니라면, 거기다 단순히 잔 사이가 아니라면 더욱이 문제될 것이 없는데.

정은은 두 사람의 학창 시절에 대해 즐겁게 늘어놓던 대표의 얼굴을 떠올렸다.

확실히 뭔가 있긴 있다. 그냥 평범한 동기가 아닌, 특별한 무언가가.

그리고 그 특별한 무언가는 남녀 사이의 팽팽한 긴장감 속에서 느껴지는 것임을 정은은 아주 잘 알고 있었다.

아르바이트로 시작했던 로펌 회사에서 유주의 개인 비서 자리까지 올라올 수 있었던 건 오로지 눈치 덕분이라 자부하는 그녀의 입꼬리가 살며시 올라갔다.

❋   ❋   ❋

"결정적인 증거……."

노트북을 뚫어져라 바라보고 있던 유주가 천천히 눈을 떼고 등을 의자에 기댔다. 모니터에는 받은 지 얼마 지나지 않은 항소장 파일과 사건 증거들이 여러 개의 창으로 어지럽게 흩어져 있었다.

몸을 완전히 뒤로 젖히고 천장을 향해 시선을 준 그녀가 쓰고 있던 안경을 벗어 책상 위에 내려놓았다.

다른 사람도 아닌 주해인이었다. 1심에서 이겼지만 그 정도쯤은 어린아이 팔 꺾듯 쉽게 뒤집을 수 있는 능력을 가진 남자.

합의는 절대 없을 거라고 큰소리 뻥뻥 쳤지만 불안한 것은 사실이었다.

"하아……."

유주가 작게 한숨을 내쉬었다. 어차피 이런 기업 분쟁 소송의 마지막은 합의였다. 항소는 오로지 액수가 조정되지 않아서 발생하는 문제일 뿐.

그럼에도 불구하고 아등바등, 어찌 보면 무의미할 수도 있는 승리를 좇는 것은 다름 아닌 상대 변호사가 주해인이기 때문에.

두 손을 들어 눈두덩을 짚었다. 하루 종일 글자를 읽어 낸 눈동자가 건조함에 지쳤는지 알싸함을 자아냈다.

어쩐지 얼굴에서 열이 오르는 것 같아 그녀는 양 뺨을 감 쌌다.

유치하다는 걸 알았다. 이렇게 감정에 치우쳐 소송을 진행 하는 것이 옳지 못한 일이라는 것도 잘 알고 있었다.

유주가 손을 내리고 깊게 숨을 들이마셨다.

문득 낮에 자신의 '밥맛' 소리에 코웃음 치던 주해인의 얼 굴이 떠올랐다.

"……주해인 밥맛인 건 내가 제일 잘 알지. 내 밥이었으니 까."

앞으로도 그럴 거고.

우습지도 않은 말장난을 낮게 내뱉은 유주가 자리에서 일 어났다.

벌써 자정을 넘은 시각이었지만 건물 안은 마치 오후 12시 처럼 빛을 뿜어내고 있었다.

바쁘게 사무실과 복도를 왔다 갔다 하는 사람들은 좀비처 럼 서류에 코를 박고 있느라 누가 퇴근을 하는지 관심조차 없었다.

결국 눈인사도 제대로 하지 못하고 그들을 지나쳐 엘리베 이터 버튼을 누른 유주가 문에 살짝 몸을 기댔다.

밤을 새지 않으면 다행으로 취급받는 이곳에서 고작 자정 이 넘는 시각까지 일했다고 피곤하다 불평할 수는 없었다.

오늘은 빠르게 일을 마무리 짓고 집에 들어가는 게 목표였는데 낮에 등장한 '밥' 때문에 계획이 다 틀어졌다.

몇 시간 동안 서류를 뒤지고 모니터를 붙잡고 앉아 있었지만 주해인을 또 한 번 당황시킬 비장의 카드는 나타나지 않았다.

내일 서한기업의 강영훈 상무이사를 직접 만나 제대로 이야기를 해 봐야겠다는 생각을 하며 유주는 엘리베이터 문에 이마를 콩 하고 찍었다.

도착음과 함께 엘리베이터가 열리는 것이 느껴졌다. 무거운 머리를 조금 늦게 일으키느라 움직이는 문에 살짝 쓸린 몸이 휘청했다.

유주는 설핏 인상을 쓰며 중심을 잡았다.

"괜찮아?"

고개를 들자 익숙한 얼굴이 눈에 들어왔다. 멍하게 눈을 깜빡이는 사이 양쪽으로 벌어졌던 엘리베이터 문이 스르륵 가까이 다가왔다.

순간 손목에 뜨끈한 느낌이 나는가 싶더니 몸이 앞으로 확 끌어당겨졌다.

등 뒤로 엘리베이터 문이 굳게 닫히는 소리가 들렸지만 유주의 귀에는 오로지 두근거리는 심장 소리만이 들릴 뿐이었다.

제 속도를 잃고 폭주하는 심장이 자신의 것인지, 해인의 것인지 알 수가 없었다.

코끝으로 샤넬 알뤼르 향수 냄새가 훅 들어왔다. 낯설면서도 익숙한 그 향에 유주는 저도 모르게 숨을 들이켰다.

"……임유주?"

해인의 가슴팍에 얼굴을 묻고 있던 유주가 순간 감전이라도 된 것처럼 튕기듯 몸을 일으켰다.

두 뺨은 살짝 붉어져 있었지만 초점 없이 멍하게 풀려 있었던 눈동자는 언제 그랬냐는 듯 또렷했다. 해인이 자신의 가슴팍을 내려다보며 피식 웃었다.

"미안. 너무 세게 잡아당겼네."

"……아까 돌아간 거 아니었어?"

"일이 이제 막 끝나서."

"무슨 일? 다른 소송 있어?"

해인은 대답 대신 어깨만 으쓱해 보였다.

그의 올라간 입꼬리에 유주가 머리를 귀 뒤로 넘기며 표정을 갈무리한 뒤 몸을 앞으로 돌렸다.

로비 버튼을 누르고 내려가는 숫자에 시선을 고정시킨 채 뾰족하게 중얼거렸다.

"너한테는 사자 우리나 마찬가지 아닌가? 조심해. 밤늦게 알짱거리다 어디 끌려가서 구타당할라."

준 로펌과 대명 법률 사무소의 사이가 좋지 않다는 것은 군이 언급할 필요가 없을 만큼 대외적으로도 유명한 사실이었다.

이 세계는 그 무엇보다 레이블이 중요했다. 사람들은 변호인이 누구인지보다, 그 변호인이 어디 소속되어 있는지를 보고 일을 맡겼다.

두 로펌이 대한민국 전체 법률 사무소 지분의 6%를 차지하다 보니 각각의 대표이사를 필두로 소속 변호사들까지 서로를 의식하며 라이벌 의식을 불태워 댔고, 그 현상은 줄곧 톱의 자리를 놓치지 않았던 대명 법률 사무소가 준 로펌에게 밀리면서 가속화되었다.

거기다 해인은 스스로 적을 만드는 타입이었다.

그의 이름을 듣기만 해도 이를 가는 변호사들이 한둘이 아니었고, 특히나 준 로펌에는 그를 주시하고 있는 변호사가 차고 넘쳤다.

태생부터 얄미움을 장착하고 있는 사람이니 새삼스러울 것도 없었다.

"너 괜찮아?"

"뭐가?"

그러나 신변을 걱정하는 말은 유주가 아닌 해인에게서 튀어나왔다.

의미를 알 수 없는 물음에 고개를 돌리자 자신을 빤히 바라보고 있는 해인과 눈이 마주쳤다.

"엘리베이터 타기 전에 휘청거렸잖아."

"그냥 기대고 있다가 미끄러진 거야."

"엘리베이터 문에 기대면 안 된다는 건 유치원생도 다 아는 상식인데."

"피곤해서 잠깐."

"내 품은 문제없어. 그렇게 놀라서 떨어지지 않아도 돼."

자신의 슈트 상의를 살짝 열어 보이며 중얼거리는 해인의 모습에 유주는 대답 대신 하, 하고 헛웃음을 흘리며 팔짱을 꼈다.

뭐라 대답할 기운도 없어 조용히 숫자만 응시했다.

해인이 기대고 있던 몸을 일으켜 세웠다.

임유주가 말대답을 안 한다. 자신을 쥐 잡듯 공격하지 않는다.

낮만 해도 핏기 없이 하얗던 뺨이 어느새 발그레하게 홍조를 띠고 있었다.

그가 한 발자국 다가갔다.

"얼굴이 빨간데."

"뭐?"

"열 있는 거 아냐?"

금방이라도 얼굴에 손을 가져다 댈 것처럼 가까이 다가와 묻는 해인의 모습에 유주가 인상을 썼다.

꾹 참고 무시하려던 짜증이 또다시 버릇처럼 목으로 차올랐다.

"열이 날 법도 하지. 누가 다 끝난 사건을 항소한 덕분에 퇴근도 못 하고 이 시간까지 남아 있었거든."

살짝 들리던 해인의 팔이 어중간한 곳에서 멈췄다.

딩, 타이밍 좋게 문이 열리자 유주는 인사는커녕 고개를 돌리지도 않은 채 엘리베이터에서 내렸다. 조금 가벼워졌던 머리가 다시 어질거리고 뻣뻣하게 굳은 뒷목의 근육이 느껴졌다.

로비를 향해 걸음을 옮기려는 순간, 뒤에서 팔뚝을 세차게 잡아 끌어당기는 통에 유주는 거의 넘어질 것처럼 뒷걸음질을 치며 다시 엘리베이터에 타야만 했다.

"뭐하는 짓이야!"

놀라 해인의 팔을 뿌리쳤지만 이미 엘리베이터는 지하 3층을 향해 움직이고 있었다.

"데려다줄게."

"뭐?"

"누구 때문에 아픈 거라며. 죄책감 느끼게 하고 어딜 도망가."

한마디도 지지 않는 반박에 해인을 노려본 유주가 조금 전
그가 움켜쥐었던 자신의 팔뚝을 살짝 쓸었다.

"됐어. 택시 부를 거야."

"차는?"

"수리."

대화를 하는 도중 해인은 생각을 굳힌 듯했다.

엘리베이터가 멈춰 서자 먼저 성큼 내려선 그가 뒤를 돌아
보며 안 내리냐는 시선을 보냈다.

그 눈을 보지 못한 척 닫힘 버튼을 누르려 했지만 해인이
엘리베이터 문을 막아섰다.

"내려."

"그냥 한 소리라고."

"너 열 높아."

해인이 조금 전 닿았던 그녀의 손목과 팔뚝을 번갈아 바라
보며 중얼거렸다.

갑자기 왜 이래?

의도를 알 수 없는 배려에 유주는 고마움보다 의심부터 들
었다.

죄책감, 그것만큼 주해인과 어울리지 않는 말도 없을 텐
데.

하긴, 병 주고 약 준다는 속담도 있지 않은가. 사람 놀리는

거라면 그게 무엇이든, 어디든 빠지지 않는 남자니까.

"내가 괜한 소리 했어. 신경 쓰지 마."

정색을 했음에도 해인은 물러날 생각이 없는지 엘리베이터 문을 붙잡고 가만히 서 있었다. 몸싸움을 할 엄두가 나지 않아 어떻게 해야 하나 인상을 찌푸리는데 갑자기 해인의 뒤에서 자동차 헤드라이트가 켜졌다.

밝은 빛에 유주가 눈을 가늘게 뜨는 순간 빵, 하고 가볍게 클랙슨 소리가 울렸다.

해인이 고개를 돌려 차의 정체를 확인하더니 입꼬리를 올렸다.

"기사님이 빨리 타라는데?"

"……."

유주가 입술을 작게 깨물며 해인을 노려보았다.

주해인이 개인 기사까지 쓸 정도로 잘나갈 줄이야. 유주는 창밖에 시선을 고정시키고 복잡한 머릿속을 비우려 노력했다.

겉보기만큼이나 넓고 부드러운 시트의 차 안은 그래서 오히려 불편했다.

"합의는 안 할 거야."

차 안에 흐르는 침묵을 참지 못하고 유주가 먼저 입을 열었다.

앞을 향해 있던 그의 시선이 자신의 옆얼굴에 꽂히는 것이 느껴졌다. 입술이 느긋하게 올라가는 것도.

"분위기 있는 야경을 보면서 할 대화는 아닌 것 같은데."

해인의 대답에 유주는 실소를 머금으며 저 멀리 반짝이는 빌딩들을 무감각하게 바라보았다. 그럼에도 불구하고 해인은 계속해서 말을 이었다.

"좋다, 서울 야경."

"영국 밤거리는 별 볼 일 없었나 보지?"

"예뻐. 예쁜데…… 아무리 봐도 여기만 한 데가 없어. 그동안 얼마나 보고 싶었는지 몰라."

마지막 말은 거의 속삭이듯이 내뱉었다. 그의 낮은 목소리와 차 안에 퍼져 있는 익숙한 향이 순간적으로 의식되기 시작했다.

"너답지 않게 무슨 야경 타령이야."

"안 어울려?"

"네가 어떤 인간인지 모르는 여자 꼬실 때나 써먹어."

톡 쏘아붙인 유주가 다시 창문 쪽으로 고개를 돌렸다. 그의 얼굴에 머금어지는 씁쓸한 미소를 애써 무시한 채.

한적한 다리를 지나 익숙한 골목으로 접어들 때쯤, 해인이 갑자기 차를 세웠다.

"저기 앞에서 잠깐 세워 주세요."

아무런 말도 없이 문을 열고 내리는 해인의 뒷모습을 바라보던 유주는 개인적인 볼일을 보려나 싶어 별다른 말 없이 가방을 뒤적였다.

휴대폰을 꺼내 들어 시간과 내일 스케줄을 한 번 더 확인하다, 미러를 통해 자신을 힐끔거리는 기사의 시선을 느끼곤 고개를 들었다.

"무슨 할 말 있으세요?"

"아, 아닙니다."

남자는 황급히 시선을 돌렸다. 싱거운 반응에 휴대폰으로 시선을 내리던 유주는 문득 이상한 느낌에 다시 기사를 바라보았다. 그러고 보니…….

"근데 저희 집 주소 어떻게 아셨어요?"

"예?"

그때 차 문이 열리며 해인이 다시 몸을 실었다. 의구심을 풀기 위해 입술을 떼려는 순간, 물병이 눈앞에 내밀어졌다. 해인이 다른 쪽 손으로 비닐봉지를 뒤적거리며 중얼거렸다.

"약 먹어."

"……."

"체온 높은 거랑 목소리 들어 보니까 감기야. 빨리."

유주는 물병과 알약을 받아 들고 얼떨떨하게 해인을 바라보았다.

그러는 사이 차는 다시 부드럽게 출발했다. 그는 아주 자연스럽게 그녀를 챙기고 있었다. 부담을 느끼는 것이 어색할 만큼.

"……주해인."

"물 말고 녹차 줄까?"

"너 우리 집 주소 어떻게 알았어?"

"너네 집 가는 거 아닌데?"

뭐? 유주가 피식 웃는 해인의 얼굴을 멍청하게 바라보았다.

※   ※   ※

"변호사님, 이노모토 전자에서 연락 왔습니다."

"몇 시에?"

"30분 전이요."

"그것들은 시차도 없는데 새벽부터 전화질이야."

유주가 투덜거리며 정은에게서 커피와 서류를 받아 들었다.

손에 들자마자 사무실을 향해 빠르게 걸음을 내딛는 그녀의 모습에, 말을 끝내지 못한 정은이 얼른 뒤를 따랐다.

"오전 10시 전까지 추가 사항 들어간 합의서 넘겨 달라는 요청이에요. 구체적인 건 변호사님께 직접 전달한다고 하기에 이쪽에서 다시 연락하겠다고 말해 놓은 상태고요."

"커피가 식었어."

또각또각, 뾰족한 힐 소리처럼 그녀의 얼굴도 조금씩 구겨져 갔다.

저기압인 터라 아침에 기분이 좋은 날은 손에 꼽을 정도지만 오늘은 유난히도 날카로운 느낌이었다.

"오후 1시에 클라이언트 미팅 있어요."

"몇 번째야? 다른 로펌으로 옮기고 싶으면 그냥 그렇게 하라고 해."

몇 달 전부터 수임료로 말이 많던 기동제약과 또다시 미팅이 잡혀 있자 메모를 훑던 그녀가 진저리를 쳤다.

"3시에 잡아 놓은 진료 예약은 취소해 둘게요."

"진료?"

"어제 목이 좀 잠기시는 것 같아서 미리 예약해 뒀거든요."

"……."

유주는 서류에서 시선을 떼고 정은을 빤히 바라보았다.

다들 왜 이렇게 눈치가 빠른 거야?

애써 떠올리지 않으려고 했던 어제 일이 다시 머릿속에 리플레이됐다.

"우리 집이 아니면 어디……."

"저기 신호등 건너서 골목 꺾으면 내 오피스텔."

"……."

"난 12층 주민. 그리고 넌 아마 내 바로 위지? 1308호."

그동안 말하고 싶어 입이 근질근질했다는 듯 밝게 웃은 해인이 눈만 끔뻑거리고 있는 유주의 손에서 물병을 빼앗아 들어 뚜껑을 열었다.

약과 함께 물병을 건네는 그를 빤히 바라보던 유주가 드디어 상황 파악이 됐는지 얼굴을 구겼다.

"뭐야? 스토커야?"

"그 오피스텔이 위치, 거리, 주변 환경, 모든 면에서 완벽하더라고."

말도 안 되는 변명에 차에서 내리려 했지만 결국 손목을 잡혔다. 하루 종일 밥을 먹지 않았다는 것도 들켜 버려 샌드위치까지 억지로 먹었다.

어제는 확실히 몸살 기운이 있어서인지 얼떨떨하게 받아

들였는데, 지금 생각해 보니 미쳤다 싶었다.

몽롱한 정신에 나란히 엘리베이터를 타고, 심지어 '조심해서 올라가'라는 말을 끝으로 내려서는 주해인의 뒷모습까지 배웅하듯 별말 없이 바라보았다.

내가 정말 돌았지.

"아, 그리고…….."

유주는 정은의 말을 다 듣지 않은 채 사무실 문을 벌컥 열어젖혔다.

그리고 자신의 책상에 앉아 태연하게 손을 흔들어 대는 남의 모습에 지금까지와는 비교할 수 없을 정도로 짜증스러운 표정을 지었다.

"……대표님께서 와 계십니다."

한 템포 늦게 소식을 알린 정은은 유주와 대표이사 세준의 눈치를 살피다 조심스럽게 문을 닫고 그곳을 벗어났다.

손에 들고 있던 서류와 가방을 테이블 위에 올려 둔 그녀는 의자를 장난스럽게 빙글, 돌리고 있는 세준에게로 걸어갔다.

"아무리 대표이사라고 해도 주인 없는 사무실에 마음대로 들어와서 주인 없는 자리에 앉는 건 많이 불쾌하네요."

"당연히 출근해 있을 줄 알고 들렀다가 바람맞은 내 기분도 많이 생각해 줘."

세준의 대꾸에 유주가 조금 과장된 행동으로 손목시계를 확인했다. 그리고 다시 그에게로 시선을 돌렸다.

"7시 20분인데요?"

"7시 전에는 항상 출근했었잖아."

다른 회사와 마찬가지로 9시 출근, 6시 퇴근이라는 지극히 평범하고 정상적인 매뉴얼을 가지고 있었지만 그 시간에 맞춰 움직이는 직원은 단 한 명도 없었다. 오전 7시 전에 출근하여 밤 10시가 넘어서 퇴근하는 것이 기본이었고 특히 신입의 경우에는 더 심했다.

"심심하세요? 직원 출근 시간 체크하고 다니시게요?"

퉁명스럽게 물은 유주는 식어 버린 커피를 한 모금 들이켰다.

날이 서 있는 그녀의 말투에도 세준은 조용히 웃을 뿐이었다. 그 미소에 유주가 생각났다는 듯 한쪽 눈썹을 슬쩍 들어 올렸다.

"안 그래도 찾아가려고 했었어요. 도대체 정은 씨 붙잡고 무슨 소리를 하신 거예요?"

"무슨 소리? 너무 많아서 감이 안 오는데."

"남의 학창 시절을 멋대로 각색해서 떠들어 대지 말라고요."

"너무 궁금해하길래 알고 있는 그대로 말해 준 것뿐이야.

정은 씨가 내 오피스 프렌드거든."

"사모님한테 오피스 와이프가 있는 것 같다고 이르기 전에 쓸데없는 소리 하지 마세요."

제법 강한 협박에도 되돌아오는 대답이 없자 유주가 작게 한숨을 쉬었다.

"무슨 일인데요."

농담은 이쯤하면 됐다는 듯, 세준도 미간을 살짝 모으며 목소리를 낮게 깔았다.

"합의해."

"……뭐라고요?"

"15억이면 나쁘지 않아."

책상에 놓여 있던 서류를 앞으로 밀며 세준이 중얼거렸지만 유주는 그 종이에는 눈길 한 번 주지 않고 짝다리를 짚으며 팔짱을 꼈다.

몸에 딱 달라붙는 원피스가 그녀의 움직임을 따라 부드럽게 라인을 그려 냈다.

"싫어요."

"클라이언트가 합의하고 싶어 해. 우린 그냥 따르기만 하면 돼."

의자에 여유롭게 기대 앉아 손깍지를 낀 세준을 유주는 한참 동안이나 내려다보았다.

"이길 수 있어요. 몇 억이 아니라 오건기업까지 끌어올 수 있다고요."

"임유주."

"도대체 언제 클라이언트랑 얘기하신 거예요? 어제 저랑 통화할 때만 해도…… 아니, 제가 다시 설득시킬게요. 여기서 합의하면 남 좋은 일만 시키는 거예요."

"그쪽에서 제안을 받아들였어. 더 이상 토 달지 마."

"제 사건이에요!"

그녀의 언성이 높아지자 결국 세준도 자리에서 일어났다. 내리깔고 있던 유주의 시선이 그의 쭉 뻗은 키를 따라 올라갔다.

"뭐예요?"

"뭐가."

"왜 끼어드시는 거냐고요."

"네 사건이자 내 로펌의 일이지. 여기에 적혀 있는 거 말고 새로운 증거라도 있어?"

"증거가 없는 건 저쪽도 마찬가지예요."

"위험성이 너무 커. 내가 끼어드는 게 싫다면 이런 허접한 보고서는 올리지 말았어야지."

"일주일 안으로 다시 작성해서 올릴게요. 이 사건, 끝까지 갈 겁니다."

더 이상 들을 가치도 없다는 듯 유주가 몸을 돌렸다.

"다른 변호사 출석 체크 마저 하러 가시죠. 전 소송 준비로 자료 보관실에 들러야 해서."

"분명히 말했어. 합의하라고."

몸을 돌린 유주의 등에 대고 세준의 강압적인 목소리가 흘러나왔다.

한 걸음을 걸어 나가던 유주가 멈칫했다. 그녀는 다시 몸을 돌려 세준을 노려보았다.

"싫다면 어떡하실 건데요?"

"너한테 선택권은 없어. 합의서에 사인 받으러 가는 게 귀찮다면 다른 사람을 보내지."

유주는 입술을 꽉 다물었다. 아무런 말도 하지 않았지만, 세준은 그녀가 차마 뱉어 낼 수 없는 욕들을 속으로 중얼거리고 있음을 알았다.

"어제 유민이한테 연락 왔어. 너 잘 지내냐고 묻더라."

돌아오는 대답은 없었다. 사무실에는 한동안 고요한 정적만이 감돌았다.

"……지금 이 타이밍에 꼭 그 말을 하셔야 돼요?"

책망이 섞인 목소리를 뱉은 유주는 얇은 힐을 부러뜨리기라도 할 것처럼 힘을 주어 걸어 나간 뒤 쾅, 소리가 날 정도로 문을 세차게 닫았다.

그녀의 모습이 사라지자 세준은 얼굴을 거칠게 쓸어내렸다.

"그러게. 왜 지금 했을까. 잘했다 머리 쓰다듬어 주며 해도 욕먹을 소리를."

✳　　　✳　　　✳

오늘까지 답을 주기로 했던 차 수리 센터는 묵묵부답이었다. 엘리베이터를 타고 지하 주차장 버튼으로 손가락을 가져가다 그 사실을 깨달은 유주가 황급히 센터에 전화를 걸었다.

그러나 밤 11시가 넘은 시각에 돌아오는 건 긴 연결음뿐이었다. 한숨을 내쉬며 로비로 내려서서 택시를 불렀다.

좀 가라앉았나 싶었는데 하루 종일 전화를 붙잡고 고래고래 고함을 질러 댔더니 다시 열이 오르는 듯했다.

택시에 타자마자 죽은 듯이 눈을 감고 있던 유주는 도착했다는 기사의 말에 겨우 몸을 추스르고 바닥에 발을 디뎠다.

하이힐에 갇혀 욱신거리는 발을 겨우 놀려 오피스텔 입구로 들어서는데 빵, 하는 클랙슨 소리가 들렸다.

무심결에 고개를 돌리자 그곳에는 윤기가 흐르는 검은색의 차가 서 있었다.

어제부로 눈 밖에 난 그 차가.

핸들에 두 팔을 놓고 턱을 괸 채 자신을 향해 눈웃음을 짓고 있는 해인을 발견한 유주가 허리를 똑바로 세우고 팔짱을 꼈다.

차에서 내린 그가 아직 멀리 있음에도 불구하고 특유의 향이 벌써 코끝을 스치는 것 같았다. 가슴이 이상하게 울리는 남자의 향.

"기사님은 어디에 두고 네가 차를 몰았어?"

"어제는 공적인 일, 오늘은 사적인 일."

힐끔, 왠지 급하게 댄 듯한 차를 해인의 어깨 너머로 바라본 유주가 걸음을 옮기며 퉁명스럽게 물었다.

"저렇게 네 멋대로 세워 놔도 되는 거야?"

"괜찮아."

어제도 그렇고, 집 앞에서 이렇게 마주하고 있으니 기분이 묘했다.

일과 완벽하게 분리된 자신만의 공간에 주해인이 들어와 있는 느낌이 어딘지 모르게 낯설었다.

"아직 몸 상태 안 좋아?"

엘리베이터 버튼을 누르는 유주의 옆모습을 해인이 가만히 내려다보았다.

택시를 타고 올 정도로 몸이 좋지 않은 거라면 자신이 데리러갔을 텐데. 퇴근은 9시에 했지만 아직 불이 꺼져 있는 그녀의 집 창문을 올려다보며 그대로 올라가기가 싫어 차에 앉아 기다렸다.

20분 전쯤부터는 그것조차 지루해져 낮은 속도로 주변을 맴돌고 있었다. 주인이 언제쯤 돌아올까 안절부절못하는 강아지처럼.

그러다 택시에서 내려서는 그녀를 발견하고 황급히 차를 세웠다.

엉덩이가 툭 튀어 나와 있는 차는 볼썽사나웠지만 지금은 그런 걸 따질 때가 아니었다.

임유주는 차를 다시 예쁘게 세우는 것을 기다려 줄 사람이 아니었기에.

자신이 그녀를 기다리며 무의미한 시간을 흘려보냈다고 말하면 믿어 줄까.

물론 말할 생각은 결코 없지만.

"약이고 밥이고 제대로 안 먹었지?"

도저히 적응되지 않는 엄마 같은 잔소리에 유주가 고개를 들었다.

어제는 그냥 넘어갔지만, 오늘은 확실하게 말을 해야 할 것 같았다.

"작전을 바꿔서 살살 구슬려 보기로 한 것 같은데 그래 봤자 합의 안 한다니까. 내가 그런 거에 넘어갈 사람으로 보여?"

날이 선 물음에 해인은 아무런 대꾸도 하지 않았다. 그저 미미한 웃음을 머금은 채 문이 열린 엘리베이터에 먼저 올라탔다.

나란히 박힌 숫자 버튼을 차례대로 누른 뒤 주머니에 손을 넣고 유주를 가만히 응시했다.

"그 얘기는 이미 끝났잖아. 너야말로 내가 끝난 일에 매달릴 사람으로 보여?"

그 말도 일리는 있었다. 주해인이 합의 한번 해 보겠다고 상대편 변호사를 찾아와 비위를 맞춰 줄 남자는 아니었다. 차라리 다른 돌파구를 찾으면 찾았지. 그럼 도대체 왜 이러는 걸까.

"외국에 3년 정도 나가 있더니 매너남이 되어서 돌아오기라도 한 거야?"

엘리베이터 숫자가 빠르게 바뀌었다. 카운트가 되어 가는 시간. 끝이 보이는 만남.

그것이 너무 빨라 해인은 아쉬움에 주먹을 살짝 쥐었다 놓았다.

"난 원래부터 매너 좋았어. 네가 몰라서 그렇지."

"앞으로도 별로 알고 싶지 않아."

"출근은 몇 시에 해?"

"……."

대답 대신 유주의 눈초리가 새침하게 변했다. 마치 목적이 무엇인지 알아내려는 듯한 그 노골적인 눈빛에 해인이 자신의 얼굴을 그대로 맡겼다.

한참 동안 그를 바라보던 유주는 끝내 원하는 답을 찾아내지 못한 것인지 가볍게 한숨을 내쉬었다.

"7시."

"생각보다 여유 있게 나가네."

"퇴근은 보통 9시 넘어서 해."

묻지도 않은 퇴근 시간까지 알려 준 유주는 딩, 소리와 함께 엘리베이터 문이 열리자 해인의 날개뼈 근처를 살짝 밀었다.

"그러니까 시간 잘 체크해서 앞으로는 마주치지 맙시다, 이웃 주민 씨."

가볍게 밀려난 해인이 대답 대신 재킷 주머니에 손을 넣었다.

그리고 유주의 손목을 끌어와 손바닥 위에 주머니에서 꺼낸 물건을 올려놓았다.

"조리법 간단해. 꼭 마시고 자."

스르륵, 닫힌 엘리베이터 문을 멍하게 바라보던 유주가 자신의 손으로 시선을 움직였다.

　힘없이 펼쳐져 있는 손바닥 위에 놓여 있는 봉지에는 커다랗게 '선원약초'라는 글자가 새겨져 있었다.

2
Bounce

"네, 다른 게 나오면 바로 연락 주십시오."

전화를 끊고 휴대폰을 테이블 위에 내려놓을 때까지 해인을 빤히 응시하던 지훈은 해인이 등을 의자에 기대자 그제서야 허공에 멈춰 있던 손을 움직여 피자 한 조각을 집어 들었다.

"뭐야? 새로운 거 찾았대?"

"들어보니까 딱히 도움이 될 만한 증거는 아닌 것 같다."

"아, 또 입맛 떨어지네."

투덜거린 지훈은 그러나 말과 다르게 피자를 한입 크게 물었다.

"서한기업이 언제부터 그렇게 돈보다 명예였대? 돈만 굴러들어 오면 밑의 직원들 죽어나는 건 아무 상관 없다는 게 거기 사훈 아니었어?"

"서한기업보다 그쪽 변호사가 부들부들 떨겠지."

그거야말로 무슨 소리냐는 듯 지훈의 인상이 구겨졌다.

"나한테 이겨야 직성이 풀리는 여자거든."

해인은 잠깐 무언가를 떠올리는 듯하다 이내 피식 웃고 말았다. 그리고 황급히 자리에서 일어나 책상 쪽으로 걸어갔다.

아침 7시 출근이라는 말을 곧이곧대로 믿지는 않았다.

그래도 대충 그쯤이겠거니 생각하며 6시가 되기 전 오피스텔 입구에 차를 대고 그녀를 기다렸다.

차의 수리가 끝날 때까지는 운전기사를 자청할 계획이었다.

그러나 7시가 지나도, 심지어 8시가 다 되어 감에도 임유주는 모습을 드러내지 않았다.

주변이 하얗게 밝아지고 나서야 부랴부랴 큰 도로로 나온 해인이 짜증스럽게 혀를 찼다.

속아서가 아니었다. 그것보다 더 큰 걱정이 머릿속을 차지하고 있었다.

도대체 몇 시에 출근을 한 거야?

그렇게 몸을 혹사시키는데 안 아프면 그것도 정상이 아니었다.

"안 먹어?"

"너 대신 내 입맛이 떨어진 모양이다."

"야, 나도 입맛 없는데 억지로 먹고 있는 거야."

"편하게 생각해. 뭐라도 나오겠지. 그것보다 부탁 하나만 하자."

"무슨 부탁?"

"우리 임 변호사님이 담당했던 사건들을 좀 확인하고 싶은데."

위로 걷어 올렸던 소매를 내리고 재킷을 쥐어 드는 해인의 행색에 지훈이 두 눈을 가늘게 뜨고 그를 빤히 바라보았다. 뭔가 무람없는 생각을 할 때 자주 드러나는 표정이었다.

아니나 다를까, 지훈이 고개를 슬쩍 기울이며 목소리를 깔았다.

"너 정확히 임 변호사랑 무슨 관계냐? 라이벌로 유명했다는 건 알고 있는데, 아무래도 그게 끝은 아닌 것 같거든."

"뭐가 궁금한 건데."

"솔직히 불어."

"잤냐고?"

"어."

지훈의 즉답에 해인은 픽 웃으며 한쪽 팔을 뻗어 슈트 재킷을 입었다.

"유부남의 판타지는 다 그런 거냐? 쓸데없는 소리 하지 말고 새로운 소식 들어오면 바로 알려줘."

"말 돌리는 모양새가 영 수상한데? 꽤 진한 사이였지? 네가 찼고. 자신을 버린 전 애인한테 독기 품은 여자, 이기기 힘들지. 암."

입술에 손가락을 갖다 대고 조용히 하라는 신호를 보낸 해인이 웃으며 그대로 사무실을 나섰다.

✳   ✳   ✳

점잖은 나이에 맞춰 한정식집이라도 예약해 놓았을 줄 알았더니 도착한 곳은 H 호텔 건물 1층에 위치한 브런치 가게였다.

"여기 머쉬룸 샐러드가 아주 맛있어."

만족스러운 미소를 띠고 포크를 놀리는 강영훈 상무이사를 바라보던 유주가 유리잔을 들어 물을 한 모금 들이켠 뒤 다시 시선을 똑바로 주었다.

"강 이사님, 어제 건네 드렸던 자료에서 빠진 부분이 몇 가지 있습니다. 다음 주까지 확인하실 수 있도록 준비해 놓겠습니다."

유주의 말에도 그는 한동안 아무런 답이 없었다.

무슨 생각을 하는지 알 수 없는 표정으로 그저 묵묵히 식
사를 할 뿐이었다. 마치 상대방의 인내심을 시험이라도 하는
것처럼.

유주는 아예 숟가락을 내려놓고 차분하게 그를 기다렸다.
만약 제삼자가 봤다면 말을 무시하고 식사를 계속하는 영훈
이나, 그런 사람을 빤히 바라보고 있는 유주나 보통은 아니
라고 혀를 찼을 것이었다.

"드림홀 프로젝트 관련 사항은 정 대표와 이야기를 끝냈
는데. 못 들었나?"

결국 식사를 마무리한 영훈이 포크를 내려놓으며 입을 열
었다.

냅킨으로 입을 닦는 그의 얼굴에 못마땅하다는 감정이 일
순 떠올랐다.

"들었습니다."

"난 이 상황이 뭘 의미하는지 잘 모르겠네. 정 대표가 앞
과 뒤가 달라 끝난 이야기를 부하 직원에게 다시 시키는 모
자란 인간이라는 뜻인지, 아니면 그저 임 변호사가 상사의
명령에도 고집을 꺾지 않는 변호사다운 변호사라는 뜻인지
말이야."

"후자입니다. 변호사다운 조언을 해 드리려고 찾아왔습니다."

"변호사답다는 건 칭찬이 아니야. 내가 싫어하는 족속이거든."

그가 그다지 편하지 않은 미소를 띠며 탄산수를 머금었다.

"김주한이 감옥에 들어가지 않는 게 조금 아쉽긴 하지만 여기서 마무리를 짓고 싶네."

"정말 이걸로 만족하시는 거예요? 충분히 오건기업을 흔들 수 있습니다. 오늘자 주식만 확인해 보더라도……."

"임 변호사, 이미 정 대표에게 이길 확률이 적다고 들었네. 상사와 부하의 힘겨루기는 회사 안에서 해결해야지, 이렇게 외부인을 끌어들이려고 하면 쓰나."

"무슨…… 아닙니다, 강 이사님."

"먼저 일어나겠네. 합의서가 마무리되면 연락 주게."

그대로 자리에서 일어나 카페를 벗어나는 영훈의 뒷모습을 가만히 바라보던 유주가 아랫입술을 잘근 깨물었다.

분명히 자신이 모르는 무언가가 있었다. 이렇게 갑작스레 등을 돌려 버릴 영훈이 아니었고, 애초에 세준이 관심을 보일 만한 내용의 소송도 아니었다.

자신이 모르는 사이에 무언가 일이 벌어졌다는 걸 깨달은 유주가 덜컹, 신경질적으로 의자를 빼며 몸을 일으켰다.

"토씨 하나 빼놓지 말고 다 말해."

오후 일정을 전부 취소하고 회사를 나갔던 유주가 씩씩거리며 돌아왔다.

정은이 뭐라 말을 할 새도 없이 그녀의 손목을 붙잡고 사무실로 들어온 유주는 들고 있던 가방을 집어 던지고 재킷을 벗었다.

그녀의 앞에 선 정은은 흡사 동급생에게 돈을 뜯기는 고등학생처럼 불안한 기색을 숨기지 못하고 눈동자를 이리저리 굴려 댔다.

"대표이사님 스케줄은 윤 비서님이 알고 계시죠. 저는 임변호사님 스케줄 관리만……."

"정은 씨 심심할 때마다 회사 서버 접속해서 사람들 스케줄 파악하는 거 다 알고 있어."

정은의 눈동자가 튀어나올 것처럼 커졌다.

"아, 아닌데요?"

"윤 비서한테 물어보면 대표이사 귀에 들어갈 게 뻔하잖아. 일 키울 생각 없으니까 불어."

대표이사와 무슨 이야기를 했는지 요 며칠 동안 분위기가 심상치 않았던 유주였다.

하지만 별다른 지시 사항이 없어 그냥 넘어가는가 싶었는데, 마치 적장을 눈앞에서 놓친 장수처럼 벌겋게 달아오른 얼굴로 복도를 가로질러 오는 유주의 모습을 보고 정은은 숨을 크게 들이켜야 했다.

거기다 가타부타 설명도 없이 자신의 손목을 낚아채 사무실까지 끌고 들어오는 이 기세. 이럴 때 보면 박력이 드라마에 나오는 실장님 못지않았다.

"지난 2주 동안 대표 스케줄. 아니, 일주일이면 충분해. 누구를 만났고, 어떤 서류가 오고 갔는지만 알면 돼."

정은은 잠깐 망설이는 듯 유주의 눈치를 살폈다. 그 표정에 유주가 작게 한숨을 내쉬며 눈을 느리게 감았다 떴다.

"서버 몰래 들어가는 거 비밀로 해 줄게."

"……정말요?"

"그래."

그제야 안심했다는 듯 정은이 굳어졌던 얼굴을 편하게 풀었다.

"특별한 건 없었어요. 큰 건만 말씀드리자면 노일그룹 회장님과 미팅 있으셨고, 3일 전에 박 변호사님이랑 나가셨던 것 정도? 아마 특원전자 사모님 병문안이었을 거예요."

"다른 건?"

"다른 거요?"

"평소랑 다른, 뭔가 특이했던 점."

"딱히 그런 건 없었는데…… 아, 하나 있긴 하네요."

정은의 눈동자가 반짝, 빛을 머금었다.

* * *

콰쾅, 문이 부서질 듯한 소리가 집 안을 울렸다. 욕실에서 머리를 말리고 있던 해인은 순간 드라이어를 멈추고 다시 귀를 기울였다.

잘못 들은 건가 싶어 다시금 드라이어의 전원을 켜려는 순간, 착각이 아니었다는 듯 쇠문이 부딪히는 소리가 강렬하게 귓속을 파고들었다.

그는 드라이어를 내려놓고 거실로 걸어 나왔다. 물이 떨어지는 머리카락을 손으로 가볍게 털며 인터폰을 확인하던 그의 눈이 커졌다.

"주해인! 문 안 열어?"

유주는 반응이 없는 철문을 다시 한 번 발로 걷어찼다. 발끝이 지잉, 하고 아려 왔지만 입술을 악물며 이번에는 주먹을 뻗었다.

콰쾅! 유주의 씩씩거리는 숨소리가 거칠었다. 초인종을 몇 번이나 눌러도 집 안에서는 아무런 반응이 없었다. 주민 신고라도 들어가야 움직일 모양이었다.

"주해인, 이 개……."

시원하게 욕설을 내뱉으려는 순간, 굳게 닫혀 있던 문이 기계음을 내며 벌컥 열렸다.

주먹을 쥔 양팔을 허공에 어정쩡하게 세운 유주가 두 눈을 깜빡거렸다.

이곳에 오기까지 얼마나 많은 시뮬레이션을 했던가.

문을 열고 주해인이 나오면 처음에 머리끄댕이부터 잡자. 아무리 자신보다 키가 크고 힘이 세다고 해도 일단 머리채만 잡으면 그다음부턴 쉬울 거다.

아니다. 확 거기를 발로 차 버리자. 있는 힘껏. 그럼 한 방에 무너지겠지. 아니, 그건 위험 부담이 좀 크다. 그랬다가 평생 남자 구실 못하게 되면 어떡하려고. 책임지라고 우기면 곤란했다.

안전하게 정강이를 발로 까? 아냐, 피할 거야. 운동 신경이 얼마나 좋은데.

그래, 역시 머리채다. 머리숱이 아주 풍부해 탈모 걱정 따위는 없는 놈이니 뒤탈도 없을 테고.

"여기까지 어쩐 일이야? 이웃 주민끼리 절대 마주치지 말 자더니."

"……."

문을 열고 너스레를 떠는 해인의 머리끄댕이를 잡아채야

하는데, 유주는 그 자세 그대로 굳어져 입만 벙긋거릴 뿐이었다.

똑똑, 그의 머리끝에 매달려 있는 물방울이 바닥으로 떨어져 내리고 있었다.

그중 일부는 목덜미를 타고 쇄골을 지나 가슴팍을 미끄러지듯 내려갔다. 적당하게 긴장되어 있는 매끄러운 상체 근육이 보기 좋았다.

탐스러운 피부색에 넋을 빼앗겼던 유주는, 자신을 빤히 바라보고 있는 해인의 시선을 느끼는 순간 본능적으로 다리를 움직였다.

"윽!"

"이 자식아."

하이힐로 정강이를 찬 유주는 갑작스러운 아픔에 허리를 숙인 해인을 있는 힘껏 안으로 밀면서 집 안으로 들어갔다.

허리를 숙인 채 밀려난 해인은 넘어지지 않으려 두어 번 절뚝이다 이내 허리를 곧게 펴고 유주를 내려다보았다. 잘생긴 미간이 좁아져 있었다.

"환영 인사가 섭섭해? 오는 거 미리 알고 레드 카펫이라도 깔았어야 했어?"

"네 짓인 거 모를 줄 알아? 어쩐지 조용히 물러간다 했어. 갑자기 왜 이리 친절하게 대해 주시나 했다고! 속병 날 거 걱정해서 약초까지 쥐여 준 거야? 달여 먹고 속 챙기라고?"

"목소리가 시원시원한 거 보니까 잘 마셨나 보네."

남은 열 받아 죽을 지경인데 증상이 호전되었다고 기뻐하
는 모습을 보니 정말 머리에서 연기가 뿜어져 나올 것만 같
았다.

"치사하게 이사를 끌어들여?"

"아, 그거?"

"아, 그거어?"

뻔뻔한 대답에 유주의 얼굴에 기가 막힌다는 표정이 떠올
랐다.

해인은 아직도 맞은 곳이 아픈지 찌푸려진 인상을 풀고 있
지 않았지만 평소와 마찬가지로 특유의 얄미운 말투에는 변
함이 없었다.

"그러게 내가 찾아갔을 때 합의했어야지. 20억에 할 수 있
었던 걸 15억에 하게 됐으니 클라이언트가 알면 얼마나 억울
하겠어."

할 말을 잃은 유주가 주먹을 꽉 쥐었다.

그래, 주해인은 이런 놈이었다. 지난 3년 동안 외국에 나
가 있으면서 아주 잠깐이나마 무언가 변했을지도 모른다고
생각했던 자신이 바보였다.

그렇게 경계를 했는데, 다른 사람들이 지나치다고 생각할

만큼 가시를 잔뜩 세우고 밀어냈는데.

또 이렇게 저도 모르는 사이에 물처럼 흘러들어 와 주변 사람들을 적시고 자신의 자리를 흔들어 놓았다.

침묵하는 유주의 모습에 해인이 인상을 펴고 특유의 미소를 지어 보였다.

"어쨌든 깔끔하게 마무리됐으니 됐지, 뭐. 윈윈이잖아."

"뭐가 윈윈이야! 다 이긴 게임이었는데!"

"정말 그렇게 생각해?"

"그래!"

"그렇다면 내가 아니라 네 대표이사를 설득시켜야지. 아군도 설득시키지 못하는데 여기 와서 내 정강이를 찬다고 뭐가 달라져?"

"이……."

유주가 말을 다 내뱉지 못하고 입술을 깨물었다. 아프게 짓눌리는 붉은 입술에 해인의 눈동자가 잠시 머물렀다.

그녀는 온몸에 쫙 달라붙는 블랙 원피스를 입고 있었다. 무릎을 아슬하게 가리는 길이였지만 미니스커트보다 더 유혹적이고 요염했다.

해인은 골반 라인을 따라 움직이는 자신의 눈동자를 뒤늦게 깨닫고는 천천히 시선을 들어 올렸다.

"아니면…… 정 대표보다 내 쪽이 더 설득하기 쉬울 것 같아서 찾아온 건가."

"이건 우리 둘이 맡은 사건이었어. 다른 사람을 끌어들이는 건 반칙이라고."

"나를 설득시키고 싶었다면 와인이라도 한 병 들고 왔어야지."

유주의 말을 듣는 건지 마는 건지, 해인은 자신의 입술을 살짝 손가락으로 쓸며 그녀의 얼굴을 빤히 바라보았다.

"경고했었지. 조심하라고, 선 넘기 직전이라고! 이건 완전히 선을 넘은 거야."

유주는 소리를 높인 뒤 스스로를 진정시키려는 듯 해인에게서 몸을 돌려 부엌 쪽으로 두어 걸음 걸었다.

들고 있던 가방을 식탁 위에 올려두고 크게 숨을 들이마셨다 내뱉었다.

"와인이 싫으면 샴페인?"

등 뒤에서 작게 속삭이는 소리에 유주는 억지로 유지하던 이성이 다시 사라지는 것을 느꼈다.

머리끄댕이, 머리끄댕이!

확 몸을 돌리는 순간, 눈앞에 다가와 있는 남자의 상체에 그녀는 저도 모르게 숨을 들이켜야 했다. 차마 시선을 위로 올려 해인의 얼굴을 마주하지는 못하고, 황급히 고개를 옆으로 돌려 버렸다.

"뭐라도 좀 입지?"

그제야 자신의 모습을 깨달은 건지 해인은 아, 하는 짧은 소리를 내며 피식 웃었다.

또 무슨 말을 하려나 싶었는데, 그는 별다른 대꾸 없이 걸음을 작은방 쪽으로 옮겼다.

참았던 숨을 뱉어 내며 보기 좋게 움직이는 매끈한 등 근육을 바라보다 유주가 설핏 인상을 찌푸렸다.

개념이 있어, 없어? 현관문을 열기 전에 옷부터 챙겨 입는 건 상식 중의 상식 아닌가?

해인은 지금 이 상황을 전혀 진지하게 받아들이질 않고 있었다.

하지만 그가 농담처럼 흘린 몇 마디가 온전히 틀린 말은 아니라, 그게 더욱 열이 받았다.

솔직히 말하면 뜨끔했다. 아군 설득에 실패해 화풀이를 하러 찾아왔다는 게 100퍼센트 헛소리는 아니었으니까. 하지만……

다시는 떠올리고 싶지 않은 언젠가의 기억이 머릿속에서 범람하자 유주는 황급히 고개를 가로저었다.

그녀는 힘겹게 가방에서 서류를 꺼내 들었다. 탁, 종이를 식탁 위에 던지듯 내려놓자 타이밍 좋게 해인이 티셔츠를 입으며 방에서 걸어 나왔다.

그는 식탁 위에 놓여 있는 서류를 제대로 확인해 보지도 않고 빙그레 웃었다.

절대 제 고집을 꺾지 않을 것처럼, 독불장군인 양 굴면서도 결국 무엇이 가장 옳은 결정인지 아는 여자였다.

조금만 더 유하게, 사람 좋게 군다면 자신에게도 훨씬 이득일 텐데.

하지만 힘들겠지. 특히나 상대가 자신일 때는 더더욱.

해인이 유주를 바라보며 부드럽게 중얼거렸다.

"클라이언트랑 스케줄 조율해서 이번 주 안에 로펌 방문할게. 사인은 그때 하자."

"어딜 찾아와? 우편으로 보내."

우리 회사에 그 재수 없는 낯짝 들이밀 생각 마.

유주는 그의 얼굴에 떠오른 미소를 더 이상 보고 싶지 않아 그대로 몸을 돌렸다.

그러나 또다시 손목을 잡혔다.

"진짜 선을 넘은 게 누군지도 모르면서."

말투는 그녀의 무지를 책망하는 듯 날이 서 있었으나 속삭이는 목소리는 다정하기 짝이 없었다.

그래서 유주는 그가 지금 화를 내는 건지, 아니면 서글퍼하는 건지 알 수가 없었다.

늦은 밤 그의 차 안에서 느꼈던 이상한 감정이 다시금 가슴속을 넘실댔다.

"……내가 언제 선을 넘었다는 거야? 난 너처럼 비겁하게 뒤에서 공작 안 해."

"자신할 수 있어?"

"당연하지."

유주는 가까이 다가오는 해인의 모습에 저도 모르게 뒷걸음질을 쳤다. 그는 여전히 세게 틀어쥔 손목을 놓아줄 낌새가 없었다.

"내가 왜 모든 걸 다 버리고 3년 동안 영국에 가 있었는지 알아?"

"……."

벽에 등을 갖다 댄 유주가 미간을 좁혔다. 여기서 뜬금없이 그 이야기가 왜 튀어나오는지.

흔들리는 눈동자로 올려다보는 그녀를 완전히 몰아세운 해인이 무언가를 말할 것처럼 입술을 달싹이다 이내 굳게 다물었다. 그리고 한참 동안 조용히 그녀를 내려다보기만 했다.

그 침묵을 견딜 수 없던 건 이번에도 유주였다.

아니, 정확히 말하자면 견딜 수 없었던 건 침묵이 아니라 고개를 틀기만 해도 입술이 닿을 것처럼 가까이 서 있는 그의 보디워시 향과 온몸을 눌러 오는 무게감이었지만.

그녀가 고개를 치켜들었다.

"그걸 내가 어떻게 알아? 누구처럼 스토킹을 하는 것도 아니고."

그 말에 해인의 얼굴에 미묘한 표정이 스쳐 지나갔다. 그가 천천히 유주의 손목을 잡고 있던 손을 풀고 뒤로 두어 걸음 물러섰다. 압박감에서 벗어나자 유주가 길게 한숨을 내뱉었다.

해인은 그녀를 짧게 일별하고 부엌 쪽으로 발걸음을 옮겼다.

"이 시간에 혼자 사는 남자 집에 들어오는 건 충분히 선을 넘은 행위야."

어느새 여느 때의 주해인으로 돌아온 그 모습에 유주는 알싸한 자신의 손목을 다른 쪽 손으로 감싸 쥐며 코웃음을 쳤다.

"한잔하고 가. 오퍼스 원 좋아하지?"

"됐어."

"마셔도 괜찮잖아. 집이 코앞이면서."

"……."

"아니, 코 위라고 해야 하나?"

대답하지 않은 채 그대로 해인의 집을 벗어나려던 유주는 거실 선반대 구석에 놓여 있는 액자를 보고 멈칫했다.

"유주야."

부드러운 음성에 몸이 그대로 굳어졌다.

자신을 '임 변호사'가 아닌 이름으로 부르는 사람은 주변에서 주해인이 유일했다.

오랜만에 듣는 그 울림에, 시선을 뗄 수 없는 액자 속 사진에 유주는 입술만 잘근잘근 깨물었다. 강한 손이 그녀의 팔목을 부드럽게 움켜쥐었다.

"얘기 좀 하자."

주해인은 항상 힘들이지 않고 자신을 멋대로 뒤흔든다. 유주는 힘 있게 팔을 쳐 내고 한 걸음을 물러섰다.

"끝난 일에 대한 얘기는 안 한다며?"

자신을 내려다보는 눈동자가 너무도 다정해 주먹을 제법 힘 있게 쥐었다.

"너랑 할 얘기는 아무것도 없어."

"……."

"저 액자 당장 치우는 게 신상에 좋을 거야. 다음에 또 눈에 띄면 박살 내 버릴 거니까."

더 이상 자신을 붙잡지 않는 남자의 집에서 걸어 나와 고요한 복도를 빠르게 걸어 나갔다.

온몸에 힘이 하나도 들어가지 않았지만 필사적으로 무거운 다리를 움직였다.

　　　　✳　　　✳　　　✳

　건물 1층에 위치해 있는 커피숍 창가 자리를 잡고 앉아 커피를 들이켜던 세준은 마치 도살장에 끌려온 사람처럼 터덜터덜 가게 안으로 들어오는 사람을 발견하고 빙긋이 미소 지었다.

　얼마 만에 저런 모습을 보는지 모르겠다. 정확히 따져 보자면, 역시 3년 만이겠지.

　임유주에게 저런 표정을 짓도록 할 수 있는 사람은 그놈밖에 없으니까.

　자신을 뚫어져라 바라보는 시선을 느꼈는지 유주가 본능적으로 고개를 움직였다.

　눈이 마주친 세준이 더욱 입꼬리를 올리며 한쪽 손을 가볍게 흔들어 보이자 그녀가 얼굴을 딱딱하게 굳혔다.

　휙, 마치 못 볼 것을 본 사람처럼 고개를 반대편으로 돌려 버리는 유주의 모습에 세준이 풋, 하고 웃음소리를 흘렸다.

　주문을 하고 커피가 나올 때까지 유주는 세준을 향해 시선을 주지 않았다. 팔짱을 끼고 카운터 옆에 선 채 초조하게 시각을 체크할 뿐이었다.

　하는 수 없이 세준은 테이블 위에 놓여 있던 휴대폰을 들어 통화 버튼을 꾹 눌렀다.

마침 나온 커피를 받아 들고 몸을 돌리던 유주가 휴대폰 액정을 확인하곤 인상을 찌푸렸다.

설마 눈앞에서 무시하진 않겠지 싶었는데 아니나 다를까 유주가 손가락을 가볍게 움직여 통화 거절 버튼을 눌렀다.

세준의 한쪽 눈썹이 꿈틀하는 순간, 그녀가 짧은 한숨과 함께 발을 놀려 그의 앞으로 천천히 걸어왔다.

"좋은 아침입니다, 대표님."

"다 죽어 가는 얼굴로 그런 말을 하니까 내가 꼭 악덕업주가 된 것 같은 기분이 들잖아."

"아니라고는 못 하겠네요."

중얼거린 유주가 자리에 선 채 커피를 한 모금 들이켰다. 마주 앉아 노닥거릴 시간은 없다는 그 무언의 압박을 세준이 눈치채지 못할 리가 없었다.

그는 펼쳐져 있던 책을 덮어 테이블 한쪽으로 치우고 다리를 꼬았다.

마흔이 넘은 남자로는 보이지 않을 정도로 단정한 외모와 깔끔한 슈트 차림은 사람들의 시선을 끌어당길 만큼 매력적이었다.

"안 물어봐?"

서한기업 합의서 초안을 보고하면서도 유주는 일절 아무

런 말이 없었다. 주해인과 뒤에서 무슨 일을 꾸몄냐고 소리라도 지를 줄 알았는데, 소리는커녕 평소보다 더욱 표정이 없었다.

언제까지 모른 척을 하나 싶어 세준도 가만히 입을 닫고 있었더니 그 후로 며칠이 지나도 언급할 낌새를 보이지 않았다.

마음이 불편한 쪽은 세준이었기에 결국 그가 먼저 입술을 뗐다.

순간적으로 미간을 좁혔던 그녀가 이내 표정을 원상태로 돌렸다. 그리고 새침하게 눈을 흘기며 커피를 한 모금 더 들이켰다.

"뭘요?"

변명도 듣기 싫다 이거군. 세준이 어깨를 한 번 들었다 내려놓았다.

"오늘 오후에 강 이사 방문할 예정이야."

"들었어요."

"마무리하는 건 확인해야지."

"……."

굳이 대답하지 않아도 얼굴에 싫은 기색이 역력했다. 이제 와서 담당 변호사 취급이라도 해 주는 거냐는 듯.

한참 아랫입술을 질겅거리던 그녀가 문득 손목시계를 들

여다보더니 대답했다.

"알겠습니다. 나중에 뵙죠."

"나쁘지 않은데."

몸을 돌리려는 그녀를 향해 세준이 나긋하게 중얼거렸다. 무슨 뜻이냐는 듯 그녀가 눈을 조금 크게 뜨자 그가 말을 이었다.

"당황하는 모습은 오랜만에 보는 것 같아서."

"무슨 소릴 듣고 싶으신 거예요?"

"그냥 순수하게 받아들여. 기계가 아닌 사람 같아 보인다는 뜻이니까."

"……."

"그리고 이거."

세준이 덮었던 책을 열어 안에 끼워져 있던 메모지를 꺼냈다.

유주 쪽으로 슥, 밀자 그녀가 천천히 손을 뻗었다.

"이게 뭐예요?"

"유민이 휴대폰 번호."

"……."

"또 타이밍이 별로야? 그럼 오늘은 뇌물 추가."

세준이 커피 잔 옆에 놓여 있던 마카롱을 두어 개 밀어냈다.

그것에는 시선 한 번 주지 않은 채 메모지를 든 유주의 손이 불안함을 숨기지 못하고 파르르 떨렸다. 쪽지를 고이 접어 가슴에 품고 싶은 마음과, 그냥 이 자리에서 찢어 버리고 싶은 자존심이 공존하는 것 같았다.

그녀의 얼굴을 가만히 올려다보던 세준이 꼬고 있던 긴 다리를 풀고 책과 가방을 챙겼다.

자신이 자리를 뜨지 않으면 유주가 곧 종이를 찢어 버릴 거라는 결론에 도달할 듯했다.

"오늘도 수고."

세준이 자리에서 일어나자 유주 역시 천천히 몸을 돌렸다. 버릇처럼 입술을 짓씹던 그녀가 손에 들고 있던 쪽지를 재킷 주머니 안으로 쑤셔 박았다.

그 종이처럼 그녀의 표정 역시 보기 흉하게 구겨져 있었다.

*   *   *

"그럼 이걸로 끝난 건가요?"

유하게 울리는 해인의 목소리에 볼펜을 돌리고 있던 유주의 손이 멈췄다.

그녀가 아무런 대답을 하지 않고 있자 옆에 앉아 있던 세준이 말을 받았다.

"원만하게 해결되어 기쁩니다."

"그렇죠. 모두가 승리하는 게임, 참 좋네요."

보기 좋은 미소를 입꼬리에 매단 채 해인이 중얼거렸다. 모두가 아니라, 너 혼자 이긴 거겠지. 유주의 미간이 좁아졌다. 볼펜을 쥔 손이 하얗게 질려 갔다.

"그쪽은 별로 즐겁지 않으신가?"

주한이 불쑥 물었다. 응접실 안으로 들어와 서류를 꺼내고 사인을 하는 내내 단 한마디도 하지 않았던 유주가 그 질문에 결국 침묵을 깨고 불만스럽게 중얼거렸다.

"글쎄요. 모두가 승리하는 게임이라는데 꼭 승자는 주 변호사님 한 명뿐인 것 같아서요."

지난 공판 때 유주에게 크게 한 방을 먹은 주한은 아직도 그 앙금이 남아 있는 모양이었다. 그는 지금껏 조용히 관망하고 있던 유주가 입술을 떼자 기다렸다는 듯 눈을 가늘게 떴다.

"그래서 불만인가? 날 감옥에 집어넣지 못해서?"

명백한 시비조에 유주가 우습지도 않다는 듯 손에 들고 있던 펜을 내려놓았다. 세준이 황급히 그사이의 침묵을 비집고 들어왔다.

"게임이니 승자니 그런 말은 좀 어울리지 않네요. 애들 장난도 아니고."

심상치 않은 분위기에도 해인은 입가에 띤 미소를 지우지 않은 채 서류를 가방 안에 챙겨 넣으며 대꾸했다.

"그렇네요. 동감하시죠, 임 변호사님?"

그의 시선을 따라 모두 유주에게로 시선을 옮겼다. 그녀는 조용히 볼펜을 굴리며 해인을 노려봤다.

"이쪽이 다 이긴 게임이라는 이야기는 했었죠. 너무 사정사정하셔서 봐 드리긴 했지만."

"……봐줬다?"

해인이 조용히 가방을 손에 들고 자리에서 일어나는 순간, 그의 옆에 앉아 있던 주한이 영훈을 향해 시선을 돌렸다.

뭔가 싸한 느낌이 목 뒤를 스치자마자 주한이 입을 열었다.

"몇백 억쯤은 뜯어 갈 줄 알았는데 겨우 15억에 받아 주셨으니 봐준 건 맞네. 원하는 금액은 말하지도 않았다지? 감사드려야 할지, 아니면 좀 모자라다고 해야 할지."

영훈이 처음 듣는 얘기라는 듯한 표정으로 유주와 세준을 바라보았다. 유주의 얼굴이 싸늘하게 굳어졌고, 세준의 얼굴에 낭패라는 감정이 서렸다. 해인 역시 당황했는지 폭탄을 던진 주한을 굳은 얼굴로 바라보고 서 있었다.

"그럼, 승리자 여러분들. 다음에 다시 만나도록 하죠. 특히 임 변호사님은 멀지 않은 시간에 다시 만날 것 같네요."

　웃으며 자리에서 일어난 주한이 슈트 재킷을 고치며 사무
실을 걸어 나갔다.

$\frac{3}{50\,\text{cm}}$

"정은 씨, 저번에 말했던 파산 소송 서류 어디 있어?"

사무실에서 걸어 나오며 다급하게 묻던 유주는 천천히 발걸음을 멈춰 세웠다. 조그마한 손거울에 얼굴을 비추고 있던 정은이 시선이 마주치자 슬그머니 거울과 립스틱을 내려놓았다.

"여기 있어요."

퇴근 시간은 이미 지나 있었다. 굳이 자신의 눈치를 볼 필요가 없음에도 죄를 지은 듯한 표정을 하는 정은의 모습에 유주는 피식 웃음을 흘렸다.

서류철을 뒤적여 자신이 찾고 있던 서류가 맞는지 확인한 뒤 그녀는 정은에게 한 걸음 다가갔다.

"데이트?"

"네."

정은이 쑥스러운 미소를 지으며 머리를 귀 뒤로 쓸어 넘겼다.

평소보다 짙은 색의 립스틱은 그녀를 더욱 여성스럽게 보이도록 했다.

남자도 아닌데 문득 그녀의 입술에 시선이 머물렀던 유주는 그 이상 묻지 않고 뒤돌아섰다.

"아, 유성기업 통화 목록……."

사무실로 돌아가다 다시 몸을 빙글 돌리던 유주는 자리에서 일어나 재킷을 손에 드는 그녀의 모습을 확인하고 입을 꾹 다물었다.

적어도 퇴근 시간이 지나고 붙잡는 악덕 상사는 되지 말아야지. 데이트가 잡혀 있는 부하 직원을, 그것도 애인이 없는 상사가 잡고 늘어진다면 대외적으로 보기에도 아주 좋지 않다.

더 시킬 일이 있냐는 듯 정은이 눈빛으로 물어왔다. 유주는 대답 대신 고개를 저어 보이고는 쓰게 웃으며 발걸음을 돌렸다.

"주말 잘 보내세요."

"수고했어."

짧은 인사말을 주고받고 사무실로 다시 들어온 유주는 천천히 문을 닫고 등을 기대어 섰다.

친숙한 공간이 갑자기 너무나 공허하게 느껴졌다. 조금 전까지 자신이 앉아 있었음에도 온기 하나 없이 그저 차갑기만 했다.

언젠가 정은이 변호사님도 다른 분들처럼 책이나 CD, 혹은 책상에 사진이라도 좀 가져다 놓으라는 말을 했었다. 이제야 문득 왜 그런 말을 했었는지 이해가 갔다.

오늘 당장이라도 짐 정리를 하고 떠날 수 있을 만큼 사무실은 썰렁했다. 복잡한 것은 책상 위에 어지럽게 놓여져 있는 서류뿐.

"하아."

깊게 한숨을 내쉰 그녀는 머리를 쓸어 올리며 기대고 있던 몸을 일으켰다.

책상 위에 툭, 서류철을 던지듯 내려놓고는 창밖으로 시선을 돌렸다.

어느새 까맣게 변한 공기들 사이로 건물의 불빛들이 점점이 제 위치를 알리고 있었다.

분명히 지금이 몇 시인지, 내일이 주말인지 따위는 전혀 상관도 없었는데.

남부러울 것 없는 잘나가는 변호사였는데.

화장을 하고 사랑하는 남자를 만나러 나가는 부하 직원의
모습 하나에 갑자기 모든 게 부질없고 자신이 바보처럼 느껴
지는 건 도대체 왜일까. 문득 모든 게 다 허무해졌다.

"내가 바보로 보여? 돈이 넘쳐나서 그 비싼 수임료를 낸 줄 알
아? 우리나라에서 내로라하는 로펌에서 일을 이렇게 처리해도
되는 거냐고! 당신들, 각오하는 좋을 거야. 그냥은 안 넘어가."

강영훈 이사의 얼굴이 머리를 스쳤다.

그녀는 팔짱을 낀 채 한참 동안 창밖을 바라보다 결국 책
상 위에 서류들을 그대로 흩트려 놓은 채 재킷을 챙겨 들었
다.

❋   ❋   ❋

저녁식사를 하기 위해 들어온 레스토랑은 어느새 술자리
로 변한 지 오래였다.

유주는 비어 버린 잔에 다시 와인을 가득 따랐다.

잔잔한 음악이 흐르는 레스토랑 구석, 2인석의 자리에 혼
자 자리를 잡은 그녀는 차갑게 식어 버린 스테이크를 뒤로하

고 연신 와인을 들이켜고 있었다.

와인 병이 반쯤 비워졌을 때, 그녀는 문득 이럴 때 부를 사람 한 명이 없다는 사실에 또 한 번 헛웃음을 흘렸다. 사생활을 이렇게 모두 버리다시피 내던졌다면, 일에서라도 성과가 나야 했다.

하지만 그것조차 제대로 이뤄지지 않았다. 생각의 끝은 어느새 주해인에게로 닿아 있었다.

"임유주?"

자연스럽게 흐르는 생각의 확장을 막는 부드러운 저음의 목소리.

유주는 허공을 응시하고 있던 눈동자를 천천히 올려 자신의 앞에 서 있는 남자를 바라보았다.

정말 신기하게도 방금 전까지 욕을 내뱉고 있던 남자가 눈앞에 서 있었다. 떠올리던 모습 그대로, 아주 당당하고 자신감이 가득한 얼굴로.

여전히 주름 하나 잡히지 않은 깔끔한 슈트에 바지 주머니에 손을 찔러 넣은 해인은 의외라는 표정을 짓고 있었다. 유주의 한쪽 눈이 살짝 찡그려졌다.

"주해인……."

"식사하러 왔나 봐."

중얼거리며 유주의 테이블을 한 번 힐끔거린 해인의 입꼬리가 살짝 올라갔다.

"아니면 자작하러 온 건가."

"……."

유주는 아무런 대답도 하지 않고 잔에 담긴 와인을 원샷했다.

미소는 여전했지만 해인의 눈썹이 설핏 모아졌다.

"금요일 밤인데 혼자 식사하는 건 좀 적적하지 않나?"

"주해인."

신경 건드리지 말고 그냥 가.

그렇게 말할 작정으로 고개를 똑바로 드는데 해인의 뒤로 남자 두 명과 여자 한 명이 걸어오는 게 보였다.

"임마, 혼자 어딜 가."

"주 변호사님, VIP석으로 안내해 주겠대요."

"승소 기념 회식이라니까 마련해 주겠대. 올라가자."

해인의 어깨를 툭 치며 웃던 지훈이 유주 쪽으로 고개를 돌렸다.

"어, 이게 누구야. 임 변호사 아냐?"

유주가 씁쓸하게 미소 짓자 지훈이 반갑다는 듯 상체를 숙여 악수를 청해 왔다.

"소식은 전해 듣고 있어. 이 자식한테."

맞잡은 손을 흔들며 다른 쪽 손으로 해인을 가리키고 지훈이 씨익 웃었다.

"알고 있을지 모르겠지만 우리 미션이 재판 일정 미루기였거든. 근데 실패해서 이놈한테 얼마나 욕을 먹었는지…….

질 수도 있다는 얘기를 듣고 진짜 한국을 떠야 하나, 주해인이 있는 한국에선 더 이상 변호사로 벌어먹기 어려울 텐데 하면서 민우랑 나랑 얼마나 떨었다고."

그걸 지금 자랑이라고 떠드는 거니?

그 물음이 턱 끝까지 차올랐지만 유주는 주먹 쥔 손에 힘을 주고 꾹 눌러 참았다.

"아무튼 합의로 끝났으니 다행이지, 뭐. 임 변호사가 우리 살려 준 거야. 고마워."

비꼬는 것 같은 말투에 유주의 미간이 슬쩍 좁아졌다.

해인이 지훈의 몸을 반대쪽으로 밀며 고개를 끄덕여 주었다.

"감사 인사는 거기까지만 해. 먼저들 가 있어. 금방 따라갈게."

해인의 재촉에 지훈과 나머지 사람들은 해인과 유주를 번갈아 바라보다 2층으로 올라가는 계단을 향해 걸음을 옮겼다.

"언젠가 내가 한국에서 변호사 일 못 하게 해 주겠다고 전해 줘."

싸늘한 중얼거림에 해인이 피식 웃음을 터트렸다. 농담이 아니었다는 듯 해인을 한 번 째려본 유주가 자조적인 음성으로 중얼거렸다.

"승소 기념 회식?"

해인이 주머니에서 손을 빼며 한 발자국 더 가까이 다가왔다.

"고 변호사가 판결을 뒤집은 기념으로 다 같이 저녁이라도 먹으려고. 여기 있을 줄은 몰랐네. 그것도 혼자."

"그럼 빨리 가서 축하주라도 들어."

빈 유리잔에 다시 와인이 채워졌다.

이제 거의 3분의 1밖에 남지 않은 와인에 조금 더 시켜야 하나, 아니면 자리를 옮겨 본격적으로 마셔야 하나 고민하는데 의자 끌리는 소리가 났다.

와인병을 향해 있던 시선을 돌리자 해인이 자연스럽게 앞에 자리를 잡고는 웨이터를 향해 손을 들어 보이고 있었다.

"……뭐하는 거야?"

"아직 식사 중인 것 같아서. 같이 먹어서 나쁠 건 없잖아."

다 식어 버린 스테이크를 그가 가리켰다.

저 얄미운 얼굴.

오늘처럼 우울한 날은 건드리지 말고 조용히 넘어가 줬으면 하는데, 주해인은 꼭 최악의 타이밍에 나타나서 사람을 약 올린다.

"그냥 가지?"

"같은 걸로 주세요."

어느새 메뉴판을 가지고 가까이 다가온 웨이터에게 해인이 주문을 했다. 유주의 말은 들리지도 않는 듯이.

"아, 샴페인도."

비어져 가는 병의 존재를 눈치챈 그가 덧붙였다.

"나 이것만 마시고 일어날 거야."

"와인 한 병 가지고 끝낼 임유주가 아니잖아?"

"같이 온 사람들 기다려. 무슨 매너야?"

"눈치 빠른 사람들이야. 알아서 먹고 가겠지."

슈트 재킷의 앞단추를 풀며 해인이 웃었다. 유주는 그만 포기하고 말았다.

어차피 가라고 해서 갈 주해인이 아니었고, 다른 곳으로 옮겨서 마시자니 그것도 꽤나 귀찮다는 생각이 들었다.

성질을 긁으면 그때 자리에서 일어나야지. 아마 얼마 걸리지 않을 거다.

그렇게 와인 한 병을 깔끔하게 비워 냈다.

"진짜 궁금한 게 있는데."

겉만 살짝 익힌 스테이크의 새빨간 속살을 만족스럽게 바라보며 칼질을 하던 해인의 시선이 유주를 향했다. 그녀는 턱을 손에 괸 채 그를 빤히 바라보고 있었다.

옛날부터 술은 잘 마셨지만 몸의 반응은 잘 마시는 사람의 그것이 아니었다.

어느새 볼이 발갛게 달아오른 그녀의 얼굴에 그의 입꼬리가 조금 더 올라갔다.

"비꼬거나 농담 섞지 말고 똑바로 대답해."

"뭔데?"

"정세준을 어떻게 꼬신 거야?"

그럴 줄 알았다는 듯 해인이 스테이크를 한입 물곤 말했다.

"그냥 사실대로 설명했어."

"그러니까 뭘?"

"주해인이란 남자는 아주 뛰어나고 능력 있는 변호사니까 이길 확률이 희박하다고. 합의하는 게 덜 쪽팔릴 거라고."

"……농담하지 말라고 했잖아."

"농담 같아?"

말을 말아야지.

유주는 어느새 바뀌어 샴페인이 담긴 잔을 손에 들었다. 옆자리에 앉은 여자가 이쪽을 힐끔거리는 게 보였다. 그 원인을 눈치챈 그녀가 피식 웃었다.

은은한 미소를 띤 채 스테이크를 써는 주해인은 잘생기긴 했으니까.

처음 수업에 들어가서 해인을 봤을 때, 저렇게 잘생긴 사람도 있구나 하는 생각을 했었다.

물론 그 생각은 시간이 지날수록 찬찬히 바뀌어 지금은 저렇게 잘생겼는데도 재수가 없을 수 있구나, 로 결론이 내려진 상태였지만.

부드럽게 움직이는 커다란 손에 자꾸만 눈이 간다.

유주는 조금 초점이 풀린 눈으로 그것을 멍하게 응시하고 있었다.

금요일 밤에 혼자 술 마시는 게 최악인 건지, 주해인과 있는 게 최악인 건지 우위를 가릴 수가 없다.

"미안하게 생각해. 한번 봐주라."

"마음에도 없는 소리. 조금도 그렇게 생각 안 하면서."

그 말에 뜨끔했는지 아무런 대답이 없다. 그것이 얄미워 유주는 입술을 삐죽였다.

"그것보다 오랜만에 이렇게 마주 앉아 밥 먹으니 옛날 생각나고 좋다. 안 그래?"

학생 시절에는 꽤나 많은 시간을 같이 보냈었다. 그땐 말이 통하는 상대가 주해인 정도였으니까.

다른 사람들은 왜 학교 밖에서도 수업에 대한 이야기를 나

뭐야 하나며 그래서 외로웠다.

네 남자 친구가 무슨 색 스웨터를 입었는지 따위는 전혀 관심이 없지만 다 들어 줬는데, 넌 나랑 사건에 대해서 상의조차 하기 싫니.

그래서 자연스럽게 해인과 엮였던 것 같다.

잘생기고, 매너 있고, 거기다 말까지 잘 통하는 남자였으니까.

그렇게 처음으로 마음이 흔들렸던 남자였다. 처음으로 마음을 주고 싶다고 생각한 남자. 그리고 두 번째로…… 자신을 아프게 한 남자.

"그러게. 오랜만이네, 너랑 밥 먹는 거."

"앞으로 자주 만나서 먹자고."

유주는 시원하게 웃는 해인을 물끄러미 바라보았다. 제법 날카롭게 올라간 눈꼬리가 눈에 들어온 순간 시선이 마주쳤다는 걸 깨달았다.

"체할 일 있어?"

잠깐 상념에 잠겼던 유주는 어느새 정신을 차렸는지 말투가 날카롭게 변해 있었다. 해인이 그녀의 잔에 샴페인을 따라 주었다.

"서한 쪽에서 가만히 안 있을 것 같던데. 우리 회사에 찾아와서 난동 한 번 부렸어."

"거기까지 찾아갔다고? 화풀이할 곳은 그쪽이 아닐 텐데."

"날 찾아온 거지, 뭐. 내가 한 번 보면 쉽게 잊혀지는 인상은 아니니까."

"좋은 인상이 아니라는 뜻이지?"

"좋은 인상 아냐?"

"좋은 인상인 사람 멱살 틀어쥐러 찾아가진 않지."

해인은 모르는 척 어깨를 한 번 으쓱해 보이더니 물었다.

"자리 옮길까?"

술기운이 조금씩 올라오는 기분에 유주는 그린 듯 잘생긴 이목구비를 찬찬히 살폈다.

반듯한 이마, 진한 눈썹, 옆에서 보면 더 감탄이 나오는 코, 굳게 다물린 입술…….

무슨 목적으로 다가오는 건지 알 수가 없어 저도 모르게 바짝 경계심을 세우게 된다. 다시는 흔들리지 않는다고 선언했지만, 마음은 말과 다르게 하루에도 열두 번씩 오르락내리락을 반복했다.

마치 재킷 주머니에 꼬깃하게 접혀진 채 세상 빛을 보지 못하고 있는 그 쪽지처럼.

꺼내 볼까, 말까. 주해인에게 마음을 열까, 말까. 씁쓸함에 저도 모르게 웃음이 터져 나왔다.

해인은 자신의 얼굴을 가만히 바라보다 배시시 미소를 짓는 유주의 모습에 흠, 기침을 한 번 내뱉었다.

술이 꽤 올라왔나 보다. 자신을 향해 비웃음이 아닌 미소를 지어 주다니.

자신이 한턱내겠다고 말을 하자마자 예약조차 할 수 없는 비싼 레스토랑을 고른 지훈의 행동에 눈살을 찌푸렸지만 우연히 혼자 있는 유주를 발견한 순간 그를 부둥켜안고 뽀뽀라도 해 주고 싶었다.

자리에 앉으면 그대로 일어나서 나가 버릴 줄 알았는데 역시 술을 마셔서인지 한두 번 틱틱거리다 이내 체념한 눈치였다.

해인은 의자를 슬쩍 뒤로 뺐다.

같이 나갈 생각인지 옆에 놓아 둔 재킷을 챙겨 드는 유주의 모습에 심장이 제 속도를 잃어 가는데 무언가가 어깨를 지긋이 눌러 왔다.

코를 찌르는 향수에 저도 모르게 미간을 좁히며 고개를 돌리자 익숙한 얼굴의 여자가 자신을 내려다보고 있었다.

"해인 오빠, 여기서 만나네요."

"……조소진."

몸에 쫙 달라붙는 붉은색 드레스는 풍만한 가슴을 그대로 드러내고, 검은 머리카락은 목선을 따라 길게 내려와 있었다.

어찌 보면 조금 무서워 보이기도 하는 긴 생머리를 반대편으로 쓸며 여자가 매혹적으로 웃었다.

"식사 끝나신 거예요? 저도 이제 막 나가려던 참인데."

뭔가 뒷말이 생략된 듯한 뉘앙스에 해인이 살짝 눈을 찌푸렸다.

아무리 아는 사람이라고 해도 여자와 단둘이 있는 남자에게 굳이 찾아와 인사를 할 만큼 눈치가 없는 스타일은 아닌 것 같았는데.

해인이 슬쩍 유주를 향해 고개를 돌렸다. 유주의 얼굴은 어느새 싸늘하게 식어 무슨 생각을 하는지 알 수 없는 눈동자로 두 사람을 응시하고 있었다.

소진의 눈도 자연스레 해인과 같은 방향을 향해 움직였다. 그녀가 방긋 미소 지으며 유주를 향해 고개를 숙였다.

"안녕하세요. 조소진이라고 합니다."

"이쪽은……."

"알아요. 임유주 변호사님이시죠?"

해인의 말을 자르고 소진이 중얼거렸다.

뜻밖의 아는 척에 굳어져 있던 유주의 얼굴에 변화가 생겼다.

자신을 어떻게 아냐는 듯 눈동자에 의문을 담자 소진이 해인의 어깨에 올려져 있는 손을 슬쩍 움직이며 말을 이었다.

"몇 년 전에 해인 오빠랑 법정 앞에서 싸우는 모습을 봤거든요. 저 여자는 누군데 주해인과 말싸움에서도 지지 않는 거지, 궁금해서 옆에 있던 동료한테 물어봤었어요. 해인 오빠 라이벌로 유명한 변호사님이라고 하더라고요. 첫인상이 너무 강해서 잊히질 않네요."

"……."

딱히 대꾸할 말도 없어 유주는 그냥 묵묵히 듣고만 있었다.

무엇보다 해인의 어깨에 올려져 있는 그녀의 손에 자꾸 시선이 갔다. 검은색 매니큐어가 칠해진 그 손은 명백하게 섹슈얼한 의미를 담고 나른하게 움직이고 있었다. 신경이 쓰일 정도로.

"그런 이야기는 다음에……."

해인이 소진을 향해 몸을 틀며 대화를 끊으려 했지만, 소진은 여전히 시선을 유주에게 고정시킨 채 말을 이어 갔다.

"라이벌이라고 했으니 연인 관계는 아닐 거고, 샴페인이 놓여져 있으니 일 관련 미팅도 아닐 거고……. 자리를 파하는 분위기라 말을 걸었는데, 제가 실수한 건 아니죠?"

해인은 구기고 있던 미간을 폈다. 눈치가 없다던 자신의 생각은 완전히 틀렸다. 눈치가 없는 게 아니라 너무 있는 게 문제였다.

"저번에 갔던 호텔 바가 괜찮았는데. 어때요, 오빠? 거기서 한잔할래요?"

소진이 그렇게 묻는 순간, 유주가 자리에서 벌떡 일어났다.

가방과 재킷을 챙겨 든 그녀는 테이블을 벗어나기 전 해인 쪽으로 빌지를 밀며 중얼거렸다.

"승소한 기념으로 네가 내라. 먼저 갈게."

유주는 소진을 향해 묵례를 하는 것도 잊지 않았다. 또각또각, 익숙한 하이힐 소리가 멀어져 갔다.

그녀가 레스토랑 홀에서 완전히 모습을 감추자 해인이 여전히 자신의 어깨에 놓여져 있는 손을 물리치며 낮게 중얼거렸다.

"너 진짜 기가 막힌 타이밍에 나타나서 훼방을 놓는구나."

"어머, 제가 그랬어요?"

"어. 이 빚 나중에 꼭 받을 거니까 그렇게 알아."

빌지를 챙겨 들고 자리에서 일어나는 그의 팔을 소진이 살짝 잡았다.

제법 동그랗게 커진 눈으로 해인을 바라보며 고개를 갸웃했다.

"설마, 연인 관계예요?"

"그렇게 되기 위해 무던히 노력하는 중."

"정말? 농담 아니고? 천하의 주해인이 여자한테?"

"그냥 여자가 아니라 천하의 임유주라서."

해인은 그 말을 끝으로 소진의 손을 쳐내고 뒤돌아섰다. 임유주는 이미 택시를 타고 사라져 버린 뒤겠지.

쫓아갈 생각은 처음부터 없었다. 자신은 그런 사람이 아니었으니까.

임유주의 팔을 붙잡고, 같이 있어 달라고 사정하면서 늘어지는 그런 남자가 아니었으니까.

마음을 열어 준다 싶으면 어느새 도망가 버린다. 잡힐 듯 잡힐 듯 하면서 유주는 언제나 손끝을 아슬하게 스치고 빠져나간다.

갈수록 애가 탔다.

갈수록 예뻐지고, 멋있어지고, 매력 있게 변하는 그녀만큼 자신도 조금씩 초조해진다.

언제까지 그녀의 앞에서 여유로운 척 웃음을 머금고 있을 수 있을까.

조바심을 느끼는 스스로가 낯설어 어떻게 해야 할지 곤란하기만 했다.

해인은 레스토랑을 벗어나 한적한 길가에 서서 한숨을 크게 내쉬었다. 술기운이 조금 걷히는 것 같아 어두운 밤하늘을 바라보았다.

"어떻게 해야 좁혀지는 거냐, 이 거리는."

허망하게 웃던 그가 가라앉은 눈동자로 길목의 어딘가를 응시했다.

쉽사리 내뱉을 수 없는 자신의 과오. 3년의 유예 기간.

이제는 멈출 이유가 없었다.

✳　　　✳　　　✳

노트북 자판을 두드리던 유주가 손을 멈추고는 책상 서랍을 열었다.

어제 와인을 마신 것으로는 부족해 집에 들어가 냉장고에 있던 소주를 전부 털었다.

술을 마시면 졸음이 몰려오는 여타 사람들과 다르게 취하면 취할수록 잠기가 달아나는 터라 새벽 늦게까지 멍하게 앉아 있다 조금씩 밝아 오는 창밖을 보고 그대로 출근을 했다.

찬물에 샤워를 하고 오전 내내 뜨끈한 차로 속을 달래 보았지만 두통만큼은 도저히 가라앉지가 않았다. 아니, 오히려 시간이 지날수록 더욱 심해져 갔다.

버릇처럼 서랍을 휘젓던 유주는 손에 집히는 약 상자가 없자 한숨을 내쉬며 이마를 짚었다.

"정은 씨, 두통약 가진 거 있어?"

─5분 내로 다녀오겠습니다.

굳이 사러 갈 필요까지는 없는데.

자신을 포함해 두통을 지병으로 가지고 있는 변호사가 열 손가락을 넘어설 터였다.

일어나서 직접 구하러 갈까 생각하다 오히려 그게 더 귀찮은 일이 될 것임을 깨닫고 인터폰 버튼에서 손을 뗐다.

뻣뻣하게 굳어 버린 어깨를 반대쪽 손으로 주물럭거리다 보고 있던 서류에 빨간색 펜으로 밑줄을 주욱 그었다.

버릇처럼 아랫입술을 짓씹으며 다음 페이지로 눈을 옮기는데 똑똑, 부드러운 노크음이 들렸다.

5분은커녕 1분도 채 지나지 않았는데. 새삼스레 자신을 보좌해 주는 비서의 총명함에 감탄하며 유주가 가볍게 대꾸를 했다.

"슈퍼맨도 아니고, 날아서 사 왔어?"

서류를 옆으로 옮기며 웃음기가 담긴 목소리를 내뱉던 유주의 손이 순간적으로 멈추었다.

"날진 못해도 마음은 슈퍼맨에 안 지지."

"네가 여긴 또 왜……."

문을 열고 걸어 들어온 사람은 두통을 잠재워 줄 약을 든 정은이 아닌, 이 두통의 시발점이라고 할 수 있는 주해인이었다.

"시계 좀 보면서 일해. 1시가 다 되어 가는데 밥은커녕 물 한 모금 입에 안 댔지?"

부드럽게 타박하며 테이블 위에 쇼핑백을 내려놓는 주해인의 모습이 너무나 자연스럽고 태연해서, 유주는 순간 오늘 그와 점심 약속을 했었나 머릿속을 다시 헤집어 보아야 했다.

눈치라도 보면 뭐라고 한마디 할 텐데 너무나도 자연스러워 오히려 할 말을 잃고 말았다. 사람은 황당한 일을 겪으면 화가 나기는커녕 웃음이 터지고 말을 잃는다는데 딱 그 짝이었다.

"너 지금 뭐해?"

"초밥 괜찮지?"

"뭐하는 거냐고 묻……."

"하자, 그거."

"……?"

"헤어졌다 점심시간에만 만나는 여고생들. 그거 하고 싶어졌어."

어느새 자리를 잡고 앉은 해인이 나무젓가락을 똑, 소리 나게 갈랐다.

"2차까지 달린 걸 알았으면 국물 있는 걸로 사 왔을 건데."

"······2차 안 갔거든."

"얼굴색이 하얀 게 딱 과음한 다음 날 증상이잖아."

유주는 말없이 자리에서 일어나 해인의 앞으로 다가가 섰다.

테이블 위에 놓여져 있는 색색깔의 먹음직스러운 초밥을 내려다보다 팔짱을 끼고 골반을 한쪽으로 뺐다. 짝다리를 짚고 특유의 불만스러운 자세를 취한 뒤 해인의 정수리를 뚫어져라 내려다보았다.

"너야말로 얼굴색이 별론데? 입은 건지 벗은 건지 구별이 안 가던 여자랑 3차, 4차 아주 끝까지 달렸나 봐?"

"질투하는 거야?"

"뭐?"

유주의 눈썹이 치켜 올라갔다.

"그게 아니라면 앉아서 먹어."

오늘은 기필코 답을 알아야 했다. 주해인이 자신의 주변을 맴도는 이유를.

"주해인, 합의로 마무리됐는데 왜 나타나서 사탕발림이야? 이번엔 뭔데? 또 뒤에서 무슨 짓을 꾸미려고 계획 중인 건데."

"내 호의와 소송은 전혀 상관없어. 난 공과 사를 확실하게 구분하는 사람이니까."

"그래, 공과 사를 확실하게 구분하는 주해인 변호사님. 이 도시락의 사적인 목적을 명확하게 얘기해 주실래요?"

"말하면 받아 줄 거야?"

"간단명료하게, 알아듣기 쉽게 말해. 목적이 뭔지."

도시락 옆에 젓가락을 예쁘게 내려놓은 해인이 그것보다 더 정갈하게 생긴 얼굴을 유주에게 고정한 채 중얼거렸다.

"다른 건 정황만으로도 잘 파악하면서 꼭 이런 건 말로 해야 알더라."

자신을 탓하는 듯한 그의 말투에 유주의 눈초리가 좁아졌다.

"누가 봐도 좋아하는 여자한테 잘 보이고 싶어 하는 남자 잖아."

"……."

"내가 너 좋아한다고, 바보야."

속눈썹을 휘날리며 회사 앞 약국에서 두통약을 사서 급하게 엘리베이터 버튼을 누른 정은은 시계를 힐끔거리고는 발을 동동 굴렸다.

오늘은 무슨 일이 있어도 칼퇴를 해야 하는데, 자칫 유주의 신경이 뒤틀려 일거리를 던져 주기라도 하면 데이트 펑크는 둘째치고 언제 집에 돌아갈지도 알 수 없었다.

재빠르고 신속하게 움직여 심기를 거스르지 않는 게 오늘 정은의 목표였다.

느리게 움직이는 엘리베이터 숫자를 목이 빠져라 올려다 보던 정은이 드디어 딩, 하고 불이 들어오자 재빨리 발을 움 직였다.

다짜고짜 상체부터 밀어 넣던 그녀는 순간 단단하게 부딪 혀 오는 남자의 가슴팍에 얼굴을 묻고 말았다.

"정은 씨."

"어머, 주 변호사님!"

"뭐가 그렇게 급해? 타요."

해인이 웃으며 옆으로 비켜섰다. 내리려던 거 아닌가? 문 득 의문이 떠올랐지만 그걸 따지고 있을 시간은 없었다. 꾸 물거리면 야근이었다.

감사합니다, 꾸벅 인사를 하고 엘리베이터에 오른 정은은 해인의 손가락이 숫자 버튼을 누르는 것을 보고 다시 한 번 감사를 표했다.

"임 변호사님 만나고 가시는 거예요?"

"네."

"저 자리 비운 지 5분 정도밖에 안 됐는데……."

얼굴만 보고 쫓겨나듯 발걸음을 돌리는 행색이 새삼스러 운 일은 아니었지만 오늘따라 유난히 미안함이 더했다.

하필 오전부터 내내 두통으로 고생하고 있을 때 찾아오다니, 타이밍도 참 못 맞추는 남자라고 생각하며 해인의 옆얼굴을 살폈다.

그러나 그는 이제 이런 상황에 익숙해진 건지 불쾌한 기색은 전혀 내보이지 않고 있었다.

하긴, 그가 부정적인 감정을 얼굴 밖으로 드러내는 걸 본 적은 거의 없었다.

항상 조금 올라간 입꼬리에 예쁘게 휘어지는 눈웃음. 심지어 오늘은 평소보다 조금 더 들떠 보이기도 했다.

"두통약?"

"네. 좀 참아 보려고 하셨던 것 같은데 도저히 못 견디시겠나 봐요."

손에 쥐고 있던 약 봉투를 내려다본 정은이 문득 고개를 갸웃했다.

가만. 해인이 기분이 좋아 보인다는 건 원하는 것을 이루었다는 뜻이고, 그렇다면 자신의 상사는 그 반대일 가능성이 높았다.

이 행색 멀쩡한 남자는 외모와 반비례하게 분명 상사의 비위를 건드렸을 것이다.

아, 오늘 칼퇴는 물 건너간 것인가.

정은의 얼굴에서 표정이 점점 사라져 갔다.

"······소송, 잘 마무리된 거 맞죠?"

"아, 오늘은 사적인 일로 온 거예요."

"사적인 일······."

정은이 그의 말을 작게 곱씹었다. 그녀의 표정 변화를 눈치채기라도 한 듯 해인이 곤란한 미소를 띠었다.

"미안해요, 정은 씨."

"네?"

"내가 아무래도 폭탄을 터뜨린 것 같아요."

"······."

도착음이 울렸다. 천천히 엘리베이터에서 내리는 정은의 어깨가 한껏 처져 있는 것을 본 해인이 말을 덧붙였다.

"그래도 정은 씨한테 성질 부리진 않을 거니까 크게 걱정하지 말아요."

해인의 목소리에 왠지 장난기가 담겨 있는 것 같아 정은은 그 이상 묻지 못하고 그저 고개를 끄덕일 수밖에 없었다.

✳   ✳   ✳

손에 턱을 괸 채 노트북 화면을 뚫어져라 바라보던 유주는 결국 신경질적으로 화면을 덮고 책상에 이마를 박았다.

그저 조각조각 난 검은색 글자들만 알알이 눈에 박힐 뿐,

무슨 내용인지 머릿속에 하나도 들어오지 않는 중이었다.

"내가 너 좋아한다고, 바보야."

"하아……."

한숨을 깊게 내뱉은 유주가 두 눈을 질끈 감았다. 똑같은 대사가 끝을 모른 채 계속해서 리플레이되고 있었다.

새로 개발해 낸 괴롭힘이 아닐까. 그게 아니라면 주해인이 왜. 갑자기 왜.

어느 날 영국으로 사라지더니 3년이 지나 나타난 뒤로는 하루가 멀다 하고 얼굴 도장을 찍어 댔다. 소송이 진행되면서는 더욱 심해졌고.

단순히 합의를 위한 전략이라고 생각했는데 알고 보니 목적이 자신이란다.

지난날들을 곱씹어 보던 유주는 책상 위에 올려진 휴대폰이 진동하자 천천히 고개를 들었다.

"여보세요."

—퇴근 안 했지?

"집인데요."

—아직 사무실에 불 켜져 있다고 윤 비서가 그러는데.

"……."

―내 책상서랍 두 번째 칸 뒤지면 노란색 봉투 하나 나올 거야. 거기 들어 있는 계약서 확인 좀 해 줘. 어디 보자…… 10조 2항.

"윤 비서님께 부탁하시면 되잖아요."

―윤 비서가 그런 쪽 일에 손대기 싫어하는 거 잘 알잖아. 책임질 일 생길까 봐 벌벌 떨어. 윤 비서보다 임 변호사가 훨씬 더 믿음직스럽기도 하고.

"칭찬 정말 못 하시는 거 아세요?"

―역시 마지막 말은 괜히 덧붙였지?

"아시니 다행이네요."

―안 바쁘면 서류 들고 잠깐 넘어와도 돼. 청담동이야.

"제가 안 바쁠 리 없잖아요."

―하하.

유쾌한 웃음소리에 유주가 천천히 의자에서 몸을 일으켰다.

긴 복도를 지나 엘리베이터 버튼을 누르고 대표이사 층을 눌렀다.

한 층만 올라가면 됐지만 계단을 이용할 생각은 전혀 없었다.

엘리베이터를 타고 올라가는 그 짧은 순간조차 귓가를 떠나지 않는 목소리 때문에 유주는 고개를 두어 번 가로저어야 했다.

"내가 너 좋아한다고, 바보야."

아, 진짜. 뭐가 이래. 왜 곱씹으면 곱씹을수록 심장이 울렁거리는 거냐고.

열여섯 사춘기 소녀도 아닌 서른 중반의 여자가 남자의 고백을 떠올리는 것만으로 가슴이 흔들리는 건 확실히 정상은 아니었다.

"번거롭게 해 드립니다."

"잠깐 실례 좀 할게요."

엘리베이터에서 내리는 자신을 보고 자리에서 일어나는 윤 비서를 향해 유주가 고개를 살짝 숙여 보였다. 대표실 손잡이를 잡고 안으로 들어가려던 그녀가 문득 행동을 멈추었다.

"윤 비서님, 제 사무실에 불 켜져 있는지 체크하고 올라오셨어요?"

"전 모든 사무실을 체크합니다."

"……늦게까지 수고가 많으시네요."

그녀의 말에 윤 비서는 짧게 웃었을 뿐 별다른 대꾸가 없었다.

밤 10시를 훌쩍 넘은 시각이었다.

그러나 지금까지 자리를 지키고 있던 윤 비서도, 잔심부름을 하게 된 유주도 세준에 대해 언급하지 않았다.

밤늦게 계약서 조항에 대해 묻는 그가 사무실에 붙어 있는 자신들보다 더하면 더했지 덜 바쁘지는 않을 것임을 모두 알고 있었기에.

어두운 사무실에 불을 켜고 들어간 유주는 책상 서랍에서 계약서를 꺼내다 문득 모니터 옆에 놓여 있는 액자에 시선을 주었다.

인상을 찌푸린 그녀가 마음에 들지 않는다는 듯 혀를 찼다.

자신은 그렇게 사진 찍는 것을 즐기는 편이 아니라고 생각했는데, 이제 보니 아닌 모양이었다.

"바빠서 올 틈이 없다는데."

바(Bar)의 구석 자리에 앉아 빈 잔을 웨이터에게 건네주던 유민이 피식 웃음을 터트렸다.

세준 역시 새롭게 술을 주문하고는 휴대폰을 바지 주머니 안으로 집어넣었다.

"그러지 말고 회사 한번 들러. 너 이러다 늙어 죽을 때까지 임유주 얼굴 못 봐."

"아직 그럴 용기가 없다."

"내가 세상에서 독종이라고 생각한 인간이 딱 두 명 있는데. 하나가 너고, 나머지 하나가 임유주야."

"……."

"임씨 집안 성격 정말 대단하다."

세준이 새로 만들어진 위스키를 받아 들며 자조적으로 중얼거렸다.

이번에도 유민은 그저 쓰게 웃을 뿐이었다.

"대표님께 연락드렸어요. 저 이제 퇴근할 거니까 무슨 일 생겨도 연락하지 마시고요."

유주의 손에 들려 있는 물건을 바라보던 윤 비서가 고개를 끄덕이다 마침 생각났다는 듯 그녀를 불렀다.

"임 변호사님."

"네."

"혹시 서한기업 쪽에서 별다른 얘기 들으신 거 없습니까?"

"서한기업이요? 아뇨, 없는데요."

"그쪽에 재 대학 후배 녀석이 다니는데 분위기가 별로 안 좋은가 보더라고요."

"그래요?"

"일단은 지켜보고 있는 중입니다만."

"아름다운 마무리라고 하기는 그렇지만 합의하고 수순 다 밟았어요. 성질이 났는지 여기저기 깽판을 치고 다니는 것 같긴 한데 그거야 우리 권한 밖의 일이고요."

그녀의 말에 조금 안심이 됐는지 윤 비서가 고개를 끄덕였다.

다시 한 번 고생하신다고 말을 덧붙이고 자리를 뜨려는데 윤 비서가 말을 덧붙였다.

"아, 이거. 잘 쓰고 있다고 전해 주십시오."

"……."

그가 가리킨 것은 책상 한쪽에 놓여 있는 템포드롭이었다. 그것의 정체를 몰라 한참 동안 바라보던 유주가 다시 윤 비서를 향해 시선을 움직였다.

"누구한테요?"

"주 변호사님이요."

"……주 변호사 감사 인사를 왜 저한테 하세요?"

"네? 아, 대표님께서……."

"됐어요. 말씀 안 하셔도 돼요."

엘리베이터를 향해 걸어가는 그녀의 발에는 평소보다 훨씬 더 힘이 실려 있었다.

입술을 잘근잘근 씹는 유주의 머릿속이 아까보다 더욱 복잡해졌다.

　우선 주해인은 유린죄로 집어넣고, 정세준은 유언비어 및 명예훼손으로 고소할 거다.

$\frac{4}{\text{CUT}}$

차에서 내리던 유주가 진동하는 휴대폰을 바라보고는 그대로 행동을 멈추었다.

메시지 도착을 알린 뒤 어느새 까맣게 변해 버린 액정을 한동안 응시하다 발걸음을 돌렸다.

오늘로 3일째였다.

주해인이 폭탄을 내던지고 간 지.

하루가 멀다 하고 찾아오더니 3일 동안 아무런 연락도, 방문도 없었다.

그게 더욱 신경 쓰였지만 자신이 먼저 움직일 일은 아니라고 생각해 가만히 있었다.

그리고 방금 도착한 메시지.

집 앞 커피숍의 이름만 간단하게 찍혀 있는 그 문자를 무시하고 성큼성큼 걸음을 옮기던 유주는 결국 오피스텔 입구에서 짜증스럽게 멈춰 섰다.

일에서든 실생활에서든 이렇게 찝찝한 기분으로 무언가를 방치한 적은 처음이었다.

언제나 빠른 시간 내에 문제에 대한 답을 찾았고 답이 나오지 않는 일이라면 애초에 끊어 버리든 쳐 냈다. 그런데 그 주체가 '주해인'이 되자 곤란한 일이 생겼다.

아무리 생각해도 그의 고백에 대한 답을 찾을 수가 없었고, 답이 나오지 않는 일을 머릿속에서 지워 버리려 했지만 마음대로 되지 않았다.

주해인을 떠올릴 때마다 묘하게 울리는 심장이 너무나 불편했다.

폭탄을 던졌던 상대방이 다시 반응을 보여 오니 빨리 결론을 내는 게 옳은 일일 것이다.

물론 그 타이밍을 자신이 고르지 못했다는 게 조금 화가 나지만.

그녀는 마치 부모의 원수를 만나러 가는 듯 결의에 찬 얼굴로 몸을 돌렸다.

커피숍에 들어가자 태연하게 앉아 노트북을 두드리고 있는 남자의 얼굴이 눈에 들어왔다.

낮게 내리깔린 속눈썹이 길었다. 벌써 익숙한 향이 느껴져 괜히 귀에 열이 올랐다.

맞은편의 의자를 제법 난폭하게 빼내 앉자 그가 천천히 고개를 들었다.

눈을 마주쳤지만 움직이는 손가락은 여전했다.

해인은 마지막 확인 작업이라도 하듯 모니터를 훑고 엔터를 친 뒤 노트북을 접었다.

"무슨 일이야?"

"왜 불렀는지 알잖아."

"……."

"3일이면 결정을 내리기에 충분한 시간이었다고 생각하는데."

"……."

"대답은?"

고백을 한 건 주해인인데, 왜 이렇게 여유로운지 알다가도 모를 일이었다.

이렇게 태평한 게 말이 돼?

가까이 다가온 종업원에게 아메리카노를 주문한 유주가 팔짱을 끼고 다리를 꼬았다. 그녀에게 있어 그것은 전투 자세이자 방어 자세였다.

해인은 떨떠름한 표정을 짓고 있는 유주의 얼굴에서 눈을 떼 물 잔을 들었다.

원래 계획은 일주일 동안 유주에게 생각할 시간을 주는 것이었다.

갑작스러운 데다 혼란스러운, 거기다 툭 던지듯 내뱉은 고백이었으니 진지하게 생각할 시간이 필요할 것이라 여겼다.

하지만 머리로는 그렇게 생각을 하면서도 몸은 그것을 따라 주지 않았다.

하루에도 열두 번씩 그녀의 사무실로 찾아가고 싶은 걸 억누르느라 일을 제대로 할 수가 없었다.

그녀에게서 어떤 답이 나올까.

사실 어떤 대답이 나오든 해인은 상관없었다. 무슨 말을 듣든 자신은 변하지 않을 것이고, 언젠가 그녀 역시 자신의 마음을 알아줄 거라 생각했기 때문에.

지금은 답을 받는 것보다 자신의 마음을 알리는 것이 우선이었다.

"시간은 충분했지만 자료가 부족했어."

그러나 그럼에도 불구하고 예상치 못한 대답에는 표정 관리를 하기가 조금 힘들었다.

다시 눈을 돌리자 화장기 없이 말간 얼굴이 눈에 가득 담겄다.

"네 말이 진실이라고 받아들일 자료 말이야."

"……무슨 소송 준비해?"

"그것보다 더 힘들어."

주해인이 폭탄을 던지고 떠난 덕분에 3일 내내 일과가 엉망이었다.

오늘만 해도 일을 어떻게 처리했는지 기억이 나지 않았다.

계속 눈치를 보는 정은 씨조차 신경 쓰여 빨리 퇴근시키고 의미 없이 서류만 뒤적거리다 결국 일찍 일어난 것이었다.

"3년 만에 갑자기 나타나서 갑자기 좋아한다고 고백을 하는데, 그냥 그대로 받아들이기에는 증거가 너무 부족하다고."

해인이 웃음을 삼켰다.

누가 변호사 아니랄까 봐 좋아한다는 말에 증거를 내놓으란다.

심장이 간질간질했다.

너무 좋아서.

자신의 눈앞에 있는 게 정말 임유주라서.

"처음부터 좋아했어. 계속. 영국에 가 있는 3년 동안 뼈저리게 느꼈어. 그래서 돌아온 거야. 고백하려고."

"그게 좋아하는 사람의 태도야?"

'내가 뭘?' 이라고 묻는 듯한 얼굴에 유주가 인상을 찌푸렸다.

"보통 좋아하는 여자를 재판에서 물먹이려고 달려드나? 너 변태야?"

"설마 법정에 선 임유주까지 여자로 봐달라는 건 아니지? 내가 그 정도로 망가진 변호사는 아니야. 너도 알잖아."

물론 머리로는 알고 있었다. 하지만 어쩔 수 없이 재판에서 마주하게 된 것과, 작정하고 자신을 물먹이려 달려드는 건 달랐다.

더군다나 치사한 방법을 쓰면서까지 자신을 이기려고 했던 건 지금도 자다가 벌떡 일어날 만큼 분했다.

테이블에 내려진 커피 잔을 잠깐 만지작거리던 유주가 결국 옅은 한숨을 내쉬었다.

그런 곤란해하는 모습을 보는 것이 좋기라도 한 건지 해인의 입꼬리가 말려 올라갔다.

자신은 가지고 있는 패를 내보였는데 네 패는 무엇이냐고 묻는 표정이었다.

망설이는 것처럼 허공을 향해 있던 눈동자가 다시 해인을 향해 움직였다.

"그러니까, 정말 날 좋아한다고?"

"그래."

"쭉 좋아해 왔다고?"

"만난 그날부터."

"……."

어쭈, 점점. 유주는 애써 목구멍으로 튀어 나오려는 말을 삼켰다. 그리고 평정심을 찾으려 크게 숨을 한 번 들이마신 뒤 눈을 똑바로 고정했다. 뭔가 결단을 내린 듯한 표정이었다.

"좋아해 준다니까 일단은 고맙다. 그 마음을 말해 준 것도 고맙고."

"……."

단호함이 느껴지는 말투에 올라가 있던 해인의 입꼬리가 찬찬히 밑을 향해 내려갔다.

"원래 좋아하는 사람 쪽이 지는 거라고 하잖아."

"……."

"고백해 줘서 고마워."

안 좋은 예감이 스치는 것을 느낀 순간, 유주가 좀처럼 보기 힘든 미소를 지었다.

"찰 수 있는 기회를 줘서."

❋　　　❋　　　❋

"정은 씨, 오늘 점심 맛있는 거 먹을까?"

"네?"

사무실 문을 열고 얼굴만 빼꼼 내민 유주가 제법 밝은 톤으로 물었다.

출근했을 때부터 상태가 심상치 않다는 것을 빠르게 눈치챈 정은은 메신저로 한창 상사의 컨디션에 대해 회계팀 민영과 얘기를 나누던 중이었다.

예전에는 그저 두통을 동반하는 저혈압으로 히스테리를 부리는 게 다였는데 최근에는 종류가 아주 다양해졌다. 마치 조울증이라도 있는 사람처럼.

유주의 그날 컨디션에 따라 자신의 일과가 좌우되는 정은은 그래서 하루에도 몇 번씩 그녀의 표정을 살폈다.

다행히 요즘은 '조'의 날이 이어지고 있었고, 오늘 역시 조기 퇴근을 할 수 있을 듯싶었다.

재킷을 챙겨 입고 사무실에서 걸어 나오는 유주를 보고 정은이 얼른 자리에서 일어났다.

"뭐 먹고 싶어? 정은 씨 먹고 싶은 걸로 정해."

"지금 나가시게요?"

"응. 빨리 먹고 들어오자."

"……."

볼이 핑크빛을 띠는 것이, 요 몇 년간 봐 왔던 모습 중에서 가장 생기가 돌았다.

일이 잘 풀려서라면 그 누구보다 자신에게 먼저 얘기를 했을 텐데.

유주의 업적을 널리 퍼트리고 소문 내는 것 역시 정은의 일이었다.

그렇다면……. 정은의 눈동자가 반 바퀴를 돌았다.

"내가 아무래도 폭탄을 터뜨린 것 같아요."

그 폭탄과 연관이 있는 것이 틀림없는데. 뭘까.

정은은 재빨리 모니터를 끄고 휴대폰과 지갑을 챙겨 들었다. 초롱초롱한 눈으로 엘리베이터를 향해 걸어가는 유주의 뒤를 서둘러 쫓았다.

확실한 건 두 사람 사이에서 무언가 일이 진행되고 있다는 거였다. 그것도 지켜보는 사람을 애타게 하는.

"파스타 어떠세요?"

"그래."

시원하게 대답하고 엘리베이터 버튼을 누르는 그녀를 바라보다 정은이 슬쩍 말을 흘렸다.

"변호사님, 뭐 기분 좋은 일 있으세요?"

"그래 보여?"

"네."

딩, 도착한 엘리베이터에 몸을 실은 유주가 입꼬리를 올렸다.

"살면서 이렇게 기분 좋았던 적이 또 있었나 싶어. 나도."

그 대답에 정은이 고개를 갸웃했다.

일이 진행되고 있기는 한데 그게 좋은 방향으로 흘러가고 있는 건지, 나쁜 방향으로 흘러가고 있는 건지 그녀의 반응만으로는 가늠이 되지 않았다.

발그스름하게 생기가 도는 옆얼굴을 다시 한 번 확인한 정은은 뭔가 결심한 듯 턱을 안쪽으로 잡아당겼다.

그러나 정은이 결심을 하게끔 만든 유주의 그 표정은 얼마 가지 못했다.

엘리베이터에서 내려 로비로 내려선 순간, 유주가 그 자리에 굳은 듯 멈춰 섰다.

옆에서 파스타의 종류에 대해 떠들어 대던 정은이 멈춘 채로 움직이지 않는 유주를 향해 시선을 주었다.

한곳에 고정되어 있는 그녀의 눈동자를 따라 그녀도 시선을 움직였다.

입구에 서 있는 남자는 근사한 슈트를 입고 있었다. 어디에 누구와 있든 눈에 띌 법한 외모에 정은이 두 눈을 깜빡거렸다.

저런 외모는 한 번 보고 잊을 리가 없으니 분명 초면인 사람이었다.

다시 유주에게로 고개를 돌리자 그녀가 어느새 싸늘해진 표정으로 카드를 건네주었다.

"정은 씨, 미안. 점심은 다음에 같이하자."

＊　　＊　　＊

"얼굴, 좋아 보이네."

남자의 그 한마디에 유주는 실소를 터트렸다. '덕분에'라는 소리라도 듣고 싶은 건가.

"그러는 오빠야말로 좋아 보이네. 열 받게."

"……."

남자가 얼굴을 찌푸렸다.

유주는 못 본 척 시선을 창밖으로 던졌다.

예전 같았으면 감히 누구한테 그런 말버릇이냐고 벌써 욕을 한바가지 퍼부었을 텐데 세준의 말대로 성격이 많이 죽긴 한 모양이었다.

좋아 보인다고 말은 했지만 살이 빠진 건지 뺨이 움푹했고 수염 자국이 거뭇했다.

그러나 그런 얼굴을 하고 있음에도 입고 있는 옷은 여전히 명품이었다.

주름 하나 없이 빳빳한 슈트와 흰 셔츠가 더욱 꼴 보기 싫었다.

"세준이한테 소식은 듣고 있어."

"됐고, 할 말 있으면 빨리해. 이러고 있을 시간 없어."

"그냥 네 얼굴 보려고 온 거야."

"그럼 볼일 끝났네. 이만 가도 되지?"

유주가 대답을 듣지도 않고 자리에서 일어났다.

"나 너한테 이런 취급 받을 이유 없다."

그 말에 테이블을 돌아 나가던 유주가 멈춰 섰다.

그리고 정말 황당한 소리를 들었다는 표정으로 고개를 돌렸다.

"뭐?"

"1년이야. 죗값 다 치르고 나온 지 1년이 지났다고. 언제까지 날 이렇게 피할 건데."

"······하."

"세상에 피붙이라고는 너뿐인데 정말 이래야겠어?"

유주가 몸을 완전히 돌리고 유민을 내려다봤다.

여섯 살 차이가 나는 유민은 유주에게 영웅이나 다름없었다.

스페인으로 동반 출장을 갔던 부모님이 비행기 사고로 돌아가시고 난 후에는 특히 더 그랬다.

아버지 기업을 물려받아 사회생활을 시작한 그는 유주가 수험생일 때도, 고시생일 때도 항상 옆에서 그 누구보다 든든하게 그녀를 지켜 주었다.

아버지 성격을 닮아 어린 유주의 응석을 받아 주는 대신 모진 소리를 종종 내뱉었지만 유주는 그 덕분에 자신이 이 자리까지 올라올 수 있었다고 생각했다.

언제나 자랑스러운 큰 나무 같은 존재였다. 그 일만 아니었다면.

"죗값을 다 치러? 그건 오빠가 사기 치고 돈 뜯어냈던 사람이랑 판사한테 가서 할 말이지."

"임유주."

"오빠 나한테 여전히 범죄자야. 그리고 나한테 죗값 치른 적 단 한 번도 없어."

그 소리를 들은 유민도 참을 수 없었는지 자리에서 일어났다.

늘씬한 두 사람이 마주 보고 서자 몇 없는 카페 안 사람들의 시선이 그곳으로 모였다.

"너 지금 그게 오빠한테 할 말이야?"

"왜, 내 말이 틀려?"

"어쩔 수 없던 일이라는 거 너도 잘 알고 있잖아. 더 이상 뭘 더 어떻게 설명……."

"오빠 날 법정 앞에서 웃음거리로 만들었어. 내 변호사 커리어를 전부 박살 낼 뻔했다고. 어쩔 수 없던 일이라는 말로 끝낼 수 있을 것 같아?"

유주가 결국 참지 못하고 목소리를 높였다. 이제는 대놓고 내리꽂히는 사람들의 시선을 무시한 채 걸음을 옮겨 카페를 빠져나갔다.

유민은 따라 나갈 생각이 없는지 한동안 그 자리에 서 있다 다시 천천히 앉았다.

이미 식어 버린 커피 잔을 가만히 손으로 쓸던 그가 씁쓸한 얼굴로 휴대폰을 꺼내 들었다.

〈요즘 기분이 좋더라고. 잘 얘기해 봐.〉

세준에게서 온 문자메시지를 가만히 바라보던 그가 한숨을 깊게 내쉬었다.

모든 것의 시작은 자신이었다. 잘못을 부정할 생각은 없었다.

기업 합병 과정에서 일어난 트러블. 그리고 소송.

동생은 억울한 죄를 뒤집어쓴 오빠를 위해 기꺼이 변호인으로 나섰다.

당시에는 전혀 알지 못했다.

동생이 자신의 소송을 맡게 되는 것이 무엇을 의미하는지.

자신의 안일한 태도가 스스로의 인생뿐만 아니라 동생까지 늪으로 끌고 갈 수도 있다는 사실을 그때는 정말 알지 못했다.

유민은 손에 들고 있던 휴대폰을 테이블 위에 내려놓았다. 아무래도 메시지에는 답장을 하지 못할 것 같았다.

점심을 굶은 후로 입맛이 딱 떨어져 하루 종일 물 한 모금 마시지 않았다.

오전과 달리 오후 내내 굳은 얼굴로 자리에 앉아 있는 유주를 정은이 눈치 보듯 살피다 서류를 내려놓고 얼른 밖으로 나섰다.

유주는 서류에 사인을 하다 무언가가 생각났는지 펜을 내려놓고 자리에서 일어났다.

걸려 있는 재킷 주머니를 부산스럽게 뒤져 구겨진 종이를 꺼내 들었다.

한 번 펴 볼 생각도 하지 않은 채 그것을 갈기갈기 찢어 그대로 쓰레기통에 뿌리듯 던져 넣었다.

그래도 화가 풀리지 않아 책상에서 벗어나 창 쪽으로 몸을 움직였다.

1년 만에 보는 얼굴이었다.

그의 말대로 벌써 1년이라는 시간이 흘렀기에 얼굴을 마주하면 다른 감정이 생기지 않을까 싶기도 했다.

그렇지만 마음속 깊게 자리한 배신감은 좀처럼 그를 용서할 수 없는 모양이었다.

여전히 그는 사기꾼이었고 자신이 받아들일 수 없는 종류의 인간이었다.

"세상에 피붙이라고는 너뿐인데 정말 이래야겠어?"

세상에서 제일 멋있는 사람이었다. 누구보다 자랑스러운, 하나밖에 없는 롤모델이었다.

자신을 세상에서 가장 안전하게 보호해 주던 총이 어느 날 갑자기 몸통을 돌려 자신을 향해 총구를 겨눈 기분이었다. 사지가 떨릴 만큼 충격적인 배신.

입술을 잘게 깨물며 머리카락을 쓸어 올리는데 노크 소리와 함께 정은이 안으로 들어왔다.

"사인한 거 책상 위에 있어."

"네."

대답과 함께 결제판을 챙겨 든 정은이 유주에게로 다시 시선을 주었다.

"왜? 할 말 있어?"

"더 시키실 일 있으신가 해서요."

"없어. 퇴근해요."

"아, 네."

"아니다. 같이 나갈까? 내일 오전 중으로 보내야 할 서류가 차에 있거든. 넘겨줄 테니까 출근하기 전에 부탁 좀 할게."

입술을 달싹거리는 게 무언가 할 말이 있는 것 같았지만 유주는 더 이상 묻지 않았다.

오늘은 더 이상 일이 진행되지 않을 것 같아 얼른 책상을 정리하고 가방을 챙겨 들었다.

사무실을 나서는 중에도 정은이 뭔가 우물쭈물하기에 왜 그러나 싶었는데 지하 주차장에 도착하자마자 하얀색 차 한 대가 빵, 하고 클랙슨을 울렸다.

"남자 친구가 데리러 오겠다고 하도 그래서……."

그제야 정은이 눈치를 본 이유를 알게 된 유주가 괜히 심통스러운 표정으로 팔짱을 꼈다.

"오늘 내가 자기 야근이라도 시켰으면 어쩔 뻔했어?"

변호사님 상태만으로 저는 압니다, 오늘이 야근일지 아닐지. 극단적으로 좋거나 극단적으로 나쁠 땐 무조건 칼퇴라는 것을.

정은은 말을 삼키며 어색한 미소를 지어 보였다.

유주를 종종 따라와 서류를 받아 들고 꾸벅 고개를 숙인 그녀가 얼른 하얀색 차를 향해 달려갔다.

어느새 차에서 내려선 남자가 유주를 향해 마찬가지로 고개를 숙여 보였다. 유주 역시 인사를 받은 뒤 차에 올라타 시동을 걸었다.

가까이서 자세히 본 건 아니지만 서글서글한 인상이 정은과 잘 어울리는 것 같았다. 더군다나 언제 퇴근할지 모르는 여자 친구를 기다린다니.

왠지 묘한 기분이 들어 유주는 핸들을 잡은 채 생각에 빠져들었다.

자신을 좋아한다고 고백했던 주해인을 저도 모르게 그 상황에 대입하자 저절로 인상이 찌푸려졌다.

주해인이 자신을 기다릴 리는 없을 것이다.

만약 피곤해서 운전을 못 하겠다고 한다면 대리 기사를 보내거나, 아니면 대리 기사 부를 돈을 주겠지. 배려라고는 눈곱만큼도 없는 놈.

마치 실제로 그런 일을 당하기라도 한 것처럼 유주는 분노로 파르르 떨었다. 핸들을 잡고 있는 손에 힘이 저절로 들어갔다.

실제로 그는 유주가 공식적으로 고백을 거절한 뒤 별다른 반응을 보이지 않았다.

마치 예상이라도 했다는 것처럼 그냥 그렇게 받아들였을 뿐이었다.

그 뒤로 종종 문자메시지를 보내오긴 했지만 회사로 찾아온다거나 집 앞에서 마주치는 일은 없었다.

그래, 겨우 그 정도였단 말이지. 뭐? 처음 본 순간부터 좋아해? 3년 동안 뼈저리게 느껴?

유주는 애써 생각을 떨쳐내려 고개를 저은 뒤 사이드기어를 내렸다. 순간 빵, 하는 클랙슨이 한 번 더 울렸다.

정은 씨는 먼저 빠져나가지 않았었나?

무심결에 고개를 돌리자, 그곳에는 하얀색 차 대신 윤기가는 검은색 차가 그녀를 향해 인사를 하고 있었다.

"……."

창틀에 팔을 올리고 거기에 턱을 괸 채 자신을 바라보며 웃고 있는 남자.

몸에 힘이 저절로 풀렸다. 이상한 느낌이 찌릿, 하고 몸 전체를 한 바퀴 돌아 심장으로 되돌아왔다.

평소였다면 그냥 무시한 채 그대로 차를 몰고 주차장을 빠져나갔을지도 몰랐다.

하지만 유주는 운전석 문을 열고 차에서 내렸다. 그냥, 왠지 그러고 싶었다.

"여긴 웬일이야?"

"저녁 먹자."

"너 나한테 차였잖아."

"1심에서 졌다고 바로 포기할 순 없지."

"……."

저도 모르게 터져 나오려는 웃음을 애써 삼키고 유주가 보 닛을 돌았다.

조수석 문을 열고 몸을 싣자 해인이 의외라는 표정으로 그 녀의 옆모습을 바라봤다.

"밥 말고 술이나 하자."

안전벨트를 맨 뒤 팔짱을 낀 유주가 턱짓으로 정면을 가리 켰다.

"출발해. 오피스텔로."

얼큰하게 취해도 바로 집으로 돌아갈 수 있는 곳. 주해인 의 집. 편안한 차림으로 갈아입은 유주가 벨을 누른 뒤 길게 내려오는 소매를 둥글게 말아 접었다.

왠지 가까운 친구 집에 찾아가 밤늦게 숙제를 하던 시절이 떠오르기도 하고 기숙사 생활을 하던 시절이 떠오르기도 해 저도 모르게 설핏 웃음이 나왔다.

부드럽게 문이 열리고 해인이 얼굴을 드러냈다.

하얀색 니트를 입고 있는 그 모습이 어쩐지 낯설었다. 슈트를 입고 있지 않은 주해인은 왠지 적응이 되지 않았다.

그러고 보니 학교 다닐 때는 다리가 길어 청바지를 입으면 핏이 그렇게 좋았는데.

동기들이 옆에서 매번 꺅꺅거리는 통에 관심 없던 저도 가끔 힐끔거리곤 했다.

잊고 있었던 기억에 잠깐 빠지는데 자신을 위아래로 바라보던 해인과 눈이 마주쳤다.

"옛날 생각난다."

그도 마찬가지인 모양이었다.

유주는 대꾸하지 않은 채 집 안으로 걸어 들어갔다. 문이 열릴 때부터 맛있는 냄새가 코끝을 자극했다. 곧장 부엌으로 직행해 식탁에 자리를 잡자 뒤따라온 해인의 웃음소리가 들렸다.

"밥 생각 없다며?"

"기회를 주는 거야. 2심에서 역전할 기회. 요리 잘하는 남자는 점수 따기 쉽잖아."

"말이나 못 하면."

투덜거리던 해인은 그러나 정말 점수를 딸 생각인 건지 제법 진지해진 얼굴로 뒤돌아서서 무언가를 열심히 지지고 볶기 시작했다.

유주는 손에 턱을 괸 채 그런 해인의 뒷모습을 가만히 바라보았다.

얇은 니트 밖으로 날개뼈가 툭 튀어 나와 팔을 따라 움직이고 있었다.

숙인 고개에 드러난 목덜미와 살짝씩 보이는 옆얼굴.

저도 모르게 시선을 뺏겼다가 흠, 헛기침을 하며 거실을 향해 얼굴을 돌렸다. 그리고 거실 한쪽 선반대에 눈이 멈췄다.

한 번만 더 눈에 띄면 가만두지 않을 거라고 반쯤 협박했던 그 액자가 사라져 있었다. 왠지 모르게 가슴 한쪽이 허전해지는 듯한 기분에 스스로도 당황스러웠다.

그렇게 화를 내놓고 섭섭함이라도 느끼는 거야, 임유주?

"새로 주문했어."

식탁에 샐러드를 내려놓으며 해인이 중얼거리자 유주는 말없이 그를 올려다보았다.

"액자 디자인이 별로라서 박살 내겠다고 한 거지?"

"……."

"예쁜 걸로 주문했어. 이번엔 마음에 들걸."

그에게서 와인 잔을 건네받은 유주가 등을 완전히 의자에 기댔다.

언제 찍었는지 생각도 나지 않는 두 사람의 사진.

마치 타인인 양 어색한 표정을 짓고 있는 어린 자신의 사진을 주해인이 언제부터 그렇게 소중하게 장식해 놓았을지 짐작조차 되지 않았다.

"정말 날 좋아하는 거야?"

"그래."

붉은 와인이 잔을 채웠다. 치즈가 가득 뿌려진 먹음직스러운 샐러드가 눈앞에 놓여졌음에도 유주는 그보다 알코올이 급했다.

와인을 소주처럼 들이켜는 그녀를 보던 해인이 올리브와 으깬 감자, 소시지 등이 올려진 타파스와 그라탕을 밀어 주며 손짓했다.

"이제 슬슬 화해하는 게 좋지 않을까."

묵묵히 비워 낸 잔에 다시 와인을 따르던 유주의 표정이 변했다.

'너 정말 내 스토커였어?' 하고 묻는 듯한 그 얼굴에 해인이 어깨를 한 번 으쓱했다.

"정은 씨 월급 더 올려줘. 그렇게 쓸 만한 사람을 어디서 구했어?"

"……그럴 줄 알았다."

이제야 상황이 어떻게 돌아가고 있는지 깨달았다는 듯 인상을 찌푸린 유주가 와인을 한 모금 더 들이켰다.

"그렇게 사이가 나빠졌을 거라고는 생각 못 했어."

"나를 가지고 놀든, 손바닥 안에서 굴리든 전혀 상관은 없는데."

해인의 말을 끊은 유주가 발갛게 달아오르기 시작한 뺨에 손을 가져다 대며 낮은 목소리를 냈다.

"내 앞에서 그놈 감싸지는 마."

이제 그만 용서할 때도 되지 않았느냐, 그 말을 지겹도록 들었다.

실제로 그가 그렇게까지 나쁜 잘못을 한 게 아니라는 것도 알고 있었다. 하지만…….

"재판 준비할 때 기억나?"

유주가 풀려 있던 눈에 힘을 주고 흐려지던 초점을 되잡았다. 해인이 씁쓸한 미소를 머금은 채 자신을 바라보고 있었다.

왜 그가 저런 표정을 짓고 있는지 모를 일이었다.

"그렇게 절박한 얼굴을 본 건 처음이었어."

"……."

"물론 가족이 엮인 일이니까 그렇게 되는 게 당연하긴 한데. 그래도 뭔가 달랐어. 너무 필사적이고 간절해 보였거든. 그때 알았지. 그 사람이 너에게 어떤 의미를 가지고 있는 존재인지. 그래서…….”

해인이 순간 말을 멈추었다. 몇 번 달싹이던 입술이 이내
굳게 다물렸다.

유주는 눈을 가늘게 뜨며 그의 입이 다시 열리기를 기다렸
지만 아무리 시간이 지나도 흘러나오는 말은 없었다. 하, 하
는 자조적인 웃음만 터졌을 뿐.

"그냥, 다 용서해 줘. 유주야."

유주야말로 처음이었다. 저렇게 애틋한 표정을 짓고 있는
주해인의 모습을 보는 것은.

5
Chance

택시에서 급하게 내린 유주는 로비 엘리베이터 앞에 초조하게 서 있는 정은의 모습을 보고 분주하게 움직이던 발걸음의 속도를 늦추었다.

"어디 있어?"

다가서자마자 그것부터 물었다.

정은이 대답 대신 얼른 엘리베이터 버튼을 눌렀다. 약속이라도 한 듯 1층에 멈춰 서 있던 엘리베이터의 문이 열렸다.

급하게 몸을 싣고 문이 닫히자, 정은이 그동안 참고 있었던 것처럼 말을 빠르게 쏟아 냈다.

"한 시간 전부터 회의실에서 기다리고 계세요."

"조용히 기다리고 있어?"

"……대표이사님이 화분을 하나 엎었어요."

제정신이 아니라는 소리였다. 유주의 얼굴이 더욱 딱딱하게 굳었다.

무겁게 느껴지는 도착음이 울리고 문이 열리자 유주는 크게 한숨을 들이마시고 한 발자국을 뗐다.

사무실에서 내려 복도를 걷는 내내 파티션 사이사이로 사람들의 시선이 느껴졌다. 애써 모른 척하며 회의실을 향해 빠르게 다리를 움직였다.

전면이 통유리로 되어 있는 회의실은 굳이 문을 열지 않아도 안에 누가 앉아 있는지, 어떤 상황인지 알 수 있었다.

문 쪽으로 걸어오는 유주의 모습을 본 세준이 앉아 있던 몸을 벌떡 일으켰다.

화분을 엎었다는 것치고 그렇게까지 이성을 잃은 얼굴은 아니었다.

그의 앞에 앉아 등을 보이고 있던 남자 역시 고개를 돌리며 유주를 바라보았다.

시선이 마주치자 찡긋 눈인사를 해 유주는 자기도 모르게 인상을 썼다.

"제가 좀 늦었네요. 연락을 갑자기 받아서."

유리문을 열고 들어가며 유주가 중얼거렸다.

그와 동시에 남자가 천천히 일어나 재킷의 단추를 잠그며 악수를 청했다.

유주는 그 손을 가만히 내려다봤을 뿐 그대로 세준의 옆에 자리를 잡고 앉았다. 남자는 머쓱하지도 않은지 손을 다시 거둬들였다.

"오랜만이네요, 임 변호사님."

"누가 누굴 고소한다고요?"

인사도 받지 않은 그녀가 바로 말을 꺼냈다. 표정은 평소와 다름없이 침착하고 냉철했지만 어딘지 모르게 어수선한 분위기는 숨길 수가 없었다.

두 뺨은 살짝 달아올라 있었고 평소 정갈하게 세팅되어 있는 머리는 흐트러져 있었다.

눈앞에 앉아 있는 남자는 요즘 한창 주가를 올리고 있는 성일 로펌의 변호사 강현오로, 유주와는 딱 한 번 부딪힌 적이 있었다.

그는 악수를 거절당했음에도 특유의 편안한 미소를 잃지 않은 채 조심스레 자리에 앉았다.

앞에 놓여 있는 서류를 정리하는 그 여유로운 손짓에 유주가 미간을 좁히며 세준을 향해 고개를 돌렸다.

그 역시 보기 드물게 흥분한 기색이 역력했다. 이렇게 참고 자리에 앉아 있는 상황이 놀라울 정도로.

"정확한 내용은 서류를 살펴보시면 될 겁니다. 뭐, 굳이 제가 설명을 드릴 필요는 없을 것 같고요."

그러나 유주는 서류를 쳐다보지도 않은 채 현오에게 눈동자를 고정시켰다. 잡아먹을 듯한 그 시선에 현오가 웃으며 말을 덧붙였다.

"강일그룹에서 임유주 변호사님을 업무상과실로 고소하셨습니다."

"업무상과실이라니, 지나가던 개가 웃겠네."

유주가 비아냥거리며 책상 위에 올려져 있는 서류를 낚아채듯 집어 들었다.

그리고 몇 줄도 채 읽지 않아 현오의 앞에 그것을 집어 던지듯 내려놓았다.

"지금 절 상대로 소송을 해서 이기겠다는 게 말이 된다고 생각해요?"

"안 될 이유가 있나요? 임 변호사님, 지금부터는 말을 가려서 하셔야 할 겁니다. 불리하게 적용될 수 있거든요."

"개소리하지 마시죠."

유주가 톡 쏘아붙이자 옆에 있던 세준이 그녀의 팔뚝을 잡아 누르며 조금 뒤로 물렸다.

"잘못된 판단으로 이길 수 있는 사건을 합의 보게 한 점, 충분한 이익을 이끌어 낼 수 있었음에도 그렇지 않은 조건에 받아들인 점, 부실 변론을 한 점……. 나열하자면 끝도 없네요."

어이가 없어 하, 헛웃음밖에 나오지 않았다.

누가 누구한테 부실 변론 운운이야. 반박하려 다시 입술을 달싹이는데 세준이 먼저 움직였다.

"얼마를 원하는 겁니까?"

세준과 유주를 번갈아 가며 바라보던 현오가 안경을 치켜올렸다.

"합의는 없습니다."

두 사람 다 뜻밖의 말에 두 눈이 커졌다. 합의가 없다고?

"굳이 한 가지 조건을 내건다면……."

현오가 빙긋이 미소를 지었다.

"준 로펌이 문을 닫고 임유주 변호사님이 변호사직에서 물러나는 거죠. 그거라면 합의가 가능하겠네요."

❋   ❋   ❋

"서진아 씨, 이런 건 증거 자료로 채택 안 됩니다. 애초에 불법으로 도청하신 거죠?"

"아니, 그럼 가만히 앉아서 당하란 소리예요?"

소파에 앉아 있던 여자가 등을 세우며 소리를 질렀다.

이어폰을 귀에서 빼낸 해인이 한숨을 내쉬며 손으로 이마를 짚었다.

"굳이 이런 짓 하지 않으셔도 괜찮습니다. 현재 상황은 저희가 유리해요."

"경영권, 제가 꼭 가져올 수 있는 거죠?"

"작년부터 급격히 부채 비율이 높아졌고 공장 두 개가 문을 닫은 데다 횡령·배임 혐의 자료가 충분합니다. 걱정하지 않으셔도 됩니다."

"주가가 계속 높아지잖아요. 불안하게. 난 이 회사 팔 생각 전혀 없단 말이에요."

"최선을 다하겠습니다."

투덜거리던 여자가 해인의 대답에 표정을 바꾸더니 몸을 일으켰다.

붉은색 립스틱을 바른 입술이 부드럽게 호를 그리며 위로 올라갔다.

"주 변호사가 그렇게 대답할 때마다 정말 섹시한 거 알아요?"

해인이 의자에 몸을 묻었다. 그리고 자신을 향해 다가오는 여자를 올려다보며 작게 한숨을 내쉬었다.

"전 항상 섹시한데요."

"나를 보호하기 위해 다른 사람과 싸운다고 생각하면 정말 흥분돼요."

"……다른 사람이 아니라 서진아 씨 아버지죠."

해인의 입에서 나온 '아버지'라는 단어에 그의 책상 모서리를 손으로 쓰다듬던 진아의 얼굴이 구겨졌다.

"그 영감은 언급하지 마요. 생각만 해도 피가 거꾸로 솟는 기분이니까."

해인은 쓴웃음을 감추지 못했다. 애초에 회사의 경영권을 가져오기 위해 아버지를 고소하겠다는 발상 자체가 그로서는 이해할 수 없는 종류의 것이었다.

거기다 도대체 무슨 생각인 건지 하루가 멀다 하고 찾아와 자칫하다가는 상대방에게 책잡힐 수 있는 일들을 증거랍시고 건네고 있었다.

"그냥 가만히 있으면 됩니다. 쓸데없는 짓 하지 말고요."

"내가 바쁜 와중에도 찾아오는 이유를 잘 알잖아요."

가까이 다가와 어깨에 손을 올리는 그녀의 행동에 해인의 인상이 살짝 구겨졌다.

"서진아 씨, 제가 변호사라는 건 알고 계시죠?"

"물론이죠."

"그럼 누구보다 성희롱 관련법에 대해 빠삭하다는 것도 아실 텐데."

진아가 자신의 귀를 의심하는 것처럼 숙였던 상체를 세웠다. 해인은 여전히 여유로운 미소를 지은 채 그녀를 올려다보고 있었다.

"당신 편일 때 잘해요. 그리고 앞으로는 사무실로 직접 찾아오실 필요 없습니다. 사람 보낼 테니까."

어깨에 올려져 있는 그녀의 손을 제법 힘있게 쳐내며 그가 몸을 일으켰다.

"한 번만 더 마음대로 건드리면 성희롱법 절차에 대해 자세히 배우시게 될 테니 꼭 기억해 두세요."

"무슨 일 있어?"

담백한 굴과 시금치 소스가 곁들여진 아귀를 눈앞에 두고도 휴대폰을 손에서 놓지 못하는 해인의 모습에 지훈이 눈썹을 치켜들었다.

그의 물음에도 한동안 휴대폰을 만지작거리던 그가 그것을 테이블 위에 뒤집어 놓았다.

"서진아 씨, 엄청 씩씩거리면서 나가던데? 무슨 문제 생겼어?"

"아니."

"그럼?"

"내가 저번에 부탁한 거 어떻게 됐어?"

그의 물음에 크림소스가 묻은 삼치를 입 가까이 가져가던 지훈의 행동이 멈췄다.

밥을 먹든 말든 그냥 내버려 둘 것을, 쓸데없는 것을 물었다는 후회가 밀려왔지만 이미 늦었다.

그는 포크를 내려놓고 냅킨으로 입 근처를 닦았다.

"임 변호사 말하는 거지?"

"아무리 기다려도 서류가 넘어오질 않아서."

핀잔을 주는 듯한 말에 지훈은 흠, 헛기침을 한 번 하고 말을 이었다.

"내가 저번 주에 좀 바빴잖냐. 정리만 하면 돼. 사무실 들어가면 건네줄게."

식사할 땐 식사만 하자, 어? 소화 안 된다.

덧붙이며 와인 한 모금을 삼키는 그를 가만히 노려보던 해인이 다시금 휴대폰으로 시선을 옮겼다.

진동도, 벨도 울리지 않는 휴대폰을 괜히 들추어 보았다. 함께 술을 마신 이후 유주에게서는 어떠한 연락도 오지 않고 있었다.

메시지에 답이 없는 것은 물론, 로펌으로 찾아가도 외근을 나갔다는 답만 돌아왔다.

어제는 큰맘 먹고 집까지 찾아갔지만 밤 10시가 넘어서는 시각에도 그녀는 돌아와 있지 않았다.

새벽이 넘어서 퇴근하는 것이 드문 일은 아니었지만 자신이 알기로 현재 그녀가 맡은 재판은 없었다.

사실 그것도 마음에 걸리는 일 중 하나였다. 임유주가 일을 안 하고 있다니.

"그런데 특별한 건 없었어. 네가 뭘 찾는지는 모르겠지만."

"기업 사건이 전부야?"

"그런 것 같아."

"……."

"도대체 뭔데? 나도 좀 알자."

그동안 해인의 무거운 분위기 탓에 눈치를 보느라 하지 못했던 질문을 지훈이 답답하다는 듯 던졌다.

식사할 땐 식사만 하자던 말은 어느새 까맣게 잊어버렸는지 그는 상체까지 테이블 가까이 붙이며 궁금증을 숨기지 않았다.

"나중에 말해 줄게."

그러나 그런 호기심을 단 한마디로 끊어 버린 해인은 답답한지 넥타이를 느슨하게 풀었다.

와인을 한 모금 들이켜려는 순간, 휴대폰이 진동했다.

그는 감전이라도 된 사람처럼 급하게 휴대폰을 손에 들었다.

놀란 듯 동그래진 눈을 하는 지훈의 반응에도 아랑곳하지 않고 액정을 확인한 해인의 얼굴이 딱딱하게 굳었다. 자리에서 벌떡 일어나는 그를 따라 고개를 들어 올린 지훈이 작게 중얼거렸다.

"그 일도 나중에 말해 줄 거지?"

"연락할게."

슈트 상의를 챙겨 들고 식당을 뛰쳐나가는 그의 뒷모습을 가만히 바라보던 지훈은 이내 관심을 끊고 웨이터를 향해 눈길을 돌렸다.

무슨 일인지는 모르겠지만 낌새로 보아 오늘 당장 서류를 내놓으라고 닦달을 하지는 않을 성싶었다.

그리고 그것은 와인 한 병을 더 주문해도 괜찮다는 뜻이었다.

❀   ❀   ❀

"제가 피소를 당했잖아요. 저 아니면 누가 맡는다는 거예요?"

"내가 해."

"은퇴하신 거 아니었어요?"

"네 스스로를 변호하는 건 안 돼."

세준의 대답에 유주는 한숨을 크게 내쉬며 소파에 무너지

듯 주저앉았다. 이마에 손을 얹은 그녀가 입술을 앙물며 중얼거렸다.

"드문 경우 아니라는 거 아시잖아요. 변호하겠습니다."

"회사 이미지를 생각해. 어떤 식으로 소문이 날지 고려하란 말이야."

그 말에 유주가 반사적으로 고개를 들었다.

"지금 회사 이미지 때문에 이러시는 거예요?"

"내 로펌 변호사가 고소를 당했어. 어떤 식으로든 말이 나가는 건 막아야지."

감싸 주는 건지 아니면 내치는 건지 알 수 없는 모순적인 말을 내뱉는 세준을 보고 유주의 인상이 더욱 찌푸려졌다.

"그러니까 제가 책임을 지겠다고 하잖아요."

자신은 애초에 합의를 하려는 마음이 없었고, 그 금액에 클라이언트를 설득시킨 사람 역시 세준이었다.

그가 상사만 아니었다면 벌써 멱살을 잡아도 열 번은 더 잡았을 것이다.

물론 지금 상황에서 그런 것들을 따지는 자체가 무의미하지만.

"네 개인적인 문제가 아니라 회사 이미지 자체가 망가질 수도 있는 일이야."

"……."

세준의 표정은 여태까지 본 그의 얼굴 중에 가장 심하게 굳어져 있었다.

총각 시절, 현재는 그의 부인인 소은이 잠수를 타고 미국으로 날아가 버렸을 때 이후로 처음 보는 얼굴이었다.

"……그 사건이랑 연관 지어서 생각하고 계시는 건 아니죠?"

"아니야."

만약 조금이라도 뜸을 들이거나 머뭇거렸다면 당장 사무실을 나가 버릴 생각이었다.

하지만 한 치의 망설임도 없이 흘러나온 대답에 유주는 입을 다물 수밖에 없었다.

이 일을 어떻게 수습해야 할지 떠올리는 것만으로도 머릿속이 하얘지고 두통이 밀려왔다. 미간을 구긴 채 마른세수를 했다.

지금 당장 준비해도 승소를 자신할 수 없는데, 세준은 준비는커녕 집으로 돌아가서 얌전히 기다리라는 말만 반복하고 있었다.

관련 자료는 종이 쪼가리 하나 가지고 나갈 수 없다는 얘기를 덧붙이면서.

세준의 시선을 피해 고개를 숙이던 유주는 휴대폰 벨소리에 고개를 돌렸다.

그리고 익숙한 손길로 거부 버튼을 눌렀다.

3년이라는 시간 동안 잔잔하게 고여 있던 샘물이, 파도를 만난 것처럼 격렬하게 요동쳤다.

결국 세준의 뜻을 거스르지 못하고 집으로 돌아온 유주가 침대에 그대로 드러누웠다. 평소였다면 가라고 강제로 등을 떠밀어도 끝까지 버텼을 텐데, 오늘은 컨디션이 너무 좋지 않았다.

이미 종결된 사건을 다시 살펴봐 주기를 요청한 사람이 하필이면 VIP 클라이언트였다.

그저께부터 온 신경을 쏟아붓다 좀 진정이 된 지금에서야 몸에서 반응이 오는 모양이었다.

하긴, 진정됐다고 하기에는 그보다 수배 더 큰 폭탄이 투여됐다.

머리가 지끈거리다 못해 어지러울 지경이었다. 하루 중 물보다 더 자주 찾는 두통약을 먹기 위해 몸을 일으키다 결국 다시 눕고 말았다.

그러고 보니 요 며칠 먹은 게 없었다.

되짚어 봐도 에너지 드링크와 두통약 몇 알밖에 떠오르지 않자 눈을 팔로 가린 유주가 피식 웃고 말았다.

주해인이 차려 주었던 저녁이 마지막 식사였구나, 하는 생각에.

저도 모르게 잠이 들었던지 부스럭거리는 소리에 눈을 떴다.

주변은 어느새 캄캄하게 변해 있었다.

목마름을 느끼고 천천히 몸을 일으키던 유주는 자신의 몸 위에 덮여 있는 부드러운 시트를 손으로 만지작거렸다. 내가 이불을 덮고 잤던가?

그때, 어렴풋이 들려오는 그릇들이 부딪히는 소리에 그녀는 황급히 방을 벗어났다.

"일어났어?"

"……."

김이 나는 죽을 그릇에 옮겨 담던 해인이 고개를 돌려 유주를 바라보았다.

아직 잠이 덜 깬 건지 부스스한 머리를 정리할 생각도 하지 못한 채 서 있는 그 얼굴에 설핏 웃음을 흘렸다가, 가슴골이 보일 정도로 풀어져 있는 블라우스 단추에 시선이 가자 황급히 고개를 돌렸다.

"옷 갈아입고 나와. 딱 먹기 좋게 식었어."

"……여기 우리 집 맞지?"

"비밀번호 정은 씨가 알려 줬어. 너 상태 안 좋아 보이니까 좀 챙겨 주라고."

내 밑에서 일하든지 주해인 밑에서 일하든지 둘 중 하나만 하라고 분명히 못을 박았는데 자신의 말은 귓등으로도 안 들은 모양이었다. 한숨을 작게 내쉰 유주가 머리카락을 쓸어 올렸다.

정은이 서한기업과의 일을 어디까지 그에게 전달했을지 감이 잡히지 않아 쉽사리 말을 꺼낼 수가 없었다.

그가 자신의 집에 함부로 들어왔다는 것보다 지금은 그 부분이 신경 쓰였다.

직업병이라고 해도 할 말이 없을 만큼.

"어디까지 들었어?"

결국 먼저 물었다. 등을 보인 채 남은 죽을 냄비에 옮겨 담던 해인이 대수롭지 않게 대답했다.

"서한 사람 왔었다며? 우리 쪽에 찾아와서 난동 한번 피우더니, 번갈아 가면서 난리네."

"······."

그래, 아무리 스파이 노릇을 한다고 해도 회사의 중대사를 그렇게 함부로 전달하지는 않았겠지.

정은이 말을 아꼈다고 판단한 유주는 방으로 들어가 편안한 차림으로 갈아입고 나왔다.

식탁에 놓여 있는 죽 그릇이 낯설었다.

"이거 어디 있었어?"

"선반에. 왜, 쓰면 안 되는 거야?"

"아니. 처음 보는 거라서."

"……."

해인의 표정을 보지 못한 척 식탁 의자를 빼고 앉았다.

집에 돌아왔을 때만 해도 손가락 하나 까딱할 힘이 없어 두통약도 먹지 못하고 뻗어 있었는데, 고소한 냄새를 맡으니 배가 드디어 자신의 역할을 깨달은 것처럼 허함을 호소하기 시작했다.

"잘 먹을게."

유주가 손가락을 잡으며 중얼거리자 해인이 허락하듯 고개를 살짝 주억였다.

불법 침입으로 신고할 거라고 소리를 고래고래 지르며 쫓아내지는 않을까 걱정했는데 유주는 놀란 표정을 지었을 뿐이었다.

심지어 고마움까지 표하며 죽을 조심스레 떠먹고 있었다.

그것이 또 안쓰러워져 해인은 미간을 좁혔다.

진짜 자기가 본드걸이라도 되는 줄 아나.

세상 똑똑한 척은 혼자 다 하면서 제 몸 하나 챙길 줄 모르는 게 화도 났다.

하루에 한 끼라도 꼭 먹게 하라고 정은에게 누누이 부탁했

건만 소용이 없는 모양이었다.

해인은 조심스레 유주에게로 다가가 그녀의 뺨에 손등을 가져다 댔다.

"열 있네."

"시원하다."

뭐하는 짓이냐며 손을 쳐 내는 대신 유주는 가만히 자신의 얼굴을 맡겼다.

시원하고 커다란 손이 기분 좋았다.

손 쪽으로 조금씩 기울어지는 보드라운 볼의 느낌에 해인은 바싹 마르는 입술을 혀로 한 번 핥았다.

"내 손이 시원한 게 아니라 네 뺨이 뜨거운 거야."

"감기가 오려나."

갖다 대었던 손을 움직여 뺨을 살짝 쓰다듬은 해인이 천천히 상체를 숙였다.

기울어진 얼굴이 조금씩 가까워졌다. 서로의 숨이 느껴지는 거리에서, 유주가 속삭였다.

"뭐하는 거야?"

"……나한테 옮기면 좀 낫지 않을까 싶어서."

"……."

순간 거실 테이블 위에 놓여 있던 휴대폰에서 메시지 도착음이 울렸다.

유주가 팔을 들어 그의 얼굴을 제법 힘 있게 밀어냈다.

자리에서 일어나 거실로 움직이는데 뒤에서 아쉬움의 한숨이 터져 나왔다.

유주는 가늘어진 눈꼬리로 해인을 한 번 노려본 뒤 휴대폰 액정을 확인했다.

〈내가 지시 내릴 때까지 안 나와도 돼.〉

누구 마음대로.

유주가 신경질적으로 손가락을 놀렸다. 그녀의 표정을 살피던 해인은 제 할 일이 끝났다 판단했는지 의자에 걸쳐 두었던 재킷을 챙겨 들었다.

"냄비에 있는 건 나중에 데워서 먹어. 시간 맞춰서 조금씩이라도 먹은 후에 약 복용하고."

현관을 향해 걸어가는 늘씬한 실루엣을 보고 입술을 달싹이던 유주는 황급히 자신의 입을 막았다.

그냥 그렇게 가는 거냐고 물을 뻔했다.

이 이상 뭘 바라서?

계속 같이 있어 달라 부탁이라도 하려고?

"주해인."

해인이 걸음을 멈추고 유주를 돌아보았다.

오늘따라 그의 어깨가 넓어 보였다.

가슴도, 팔도, 전부 성인 남자의 그것이었다.

아니, 어쩌면 처음부터 그랬는데 자신이 눈치채지 못했을 뿐일지도.

입술을 우물거리던 그녀는 해인의 이름을 부를 때와는 전혀 다른 목소리를 냈다.

"한 번만 더 우리 집에 내 허락 없이 들어오면 죽을 줄 알아."

미소 지은 그가 고개를 끄덕였다.

❋   ❋   ❋

이틀을 꼬박 죽은 듯이 잠만 잤다.

중간중간 세준과 해인에게서 연락이 왔지만 답을 하지는 않았다.

한 번만 더 마음대로 들어오면 가만두지 않겠다는 협박에 해인은 그 뒤 집으로 찾아오지는 않았다. 그라고 추정되는 사람이 몇 번 초인종을 누르기는 했지만.

3일째, 몸이 가벼워진 것을 느낀 유주는 드디어 침대에서 벗어났다. 새벽부터 일어나 샤워를 하고 서재로 들어가 노트북을 펼쳤다.

누워 있는 중에도 머릿속으로는 일을 어떻게 처리해야 하나, 그 생각뿐이었다. 마냥 앉아 당하고 있을 수만은 없었다. 서한기업 관련 자료 폴더를 여는 그녀의 얼굴은 재판을 준비하던 때와 다름이 없었다.

잔디 사이로 하이힐의 굽이 푹푹 들어갔다. 유주는 인상을 찌푸리며 얼굴로 내려온 머리카락을 귀 뒤로 넘겼다.

이럴 줄 알았으면 운동화를 신고 오는 건데. 속으로 욕을 중얼거린 그녀가 신경질적으로 발을 놀리며 골프장을 걸어 내려갔다.

"강영훈 이사님."

지팡이 짚듯 골프채에 몸을 의지하고 먼 곳을 바라보고 있던 영훈이 고개를 돌렸다. 그는 격식 있는 슈트를 차려입은 유주의 모습을 확인한 뒤 끼고 있던 장갑을 천천히 벗었다.

"같이 코스라도 돌 참인가?"

그의 물음에 유주가 순간적으로 터져 나올 뻔한 말을 꾹 눌러 참았다.

"죄송합니다."

다섯 글자를 힘주어 또박또박 말한 뒤 허리를 꾸벅 숙였다. 영훈은 고개를 숙인 유주의 모습에 다른 쪽으로 시선을 돌렸다.

제법 긴 시간 고개를 숙이고 있던 그녀가 다시 천천히 허리를 곧게 폈다.

분명 사과와 함께 머리를 숙였지만 그녀의 표정은 여전히 차가웠다. 주눅이 들었다거나 눈치를 본다는 느낌은 전혀 들지 않았다.

그녀의 얼굴에 변화가 없음을 알아챈 영훈이 무슨 생각을 했는지 피식 웃음을 지었다. 그 반응에 유주의 눈동자가 깜빡였다.

"내가 사람만 봐 온 게 20년이야."

"네?"

"기세 하나는 정말 인정해야겠군. 고소를 당했는데도 이렇게 당당하니 나도 모르게 웃음이 나와."

영훈의 말에 유주는 마른침을 삼켰다.

천천히 걸음을 옮기기 시작하는 그의 옆에 붙어 서며 다급하게 입을 열었다.

"정말 진심으로 죄송하게 생각하고 있습니다. 합의 과정에서 세밀한 부분까지 신경을 쓰지 못한 건 인정하겠지만 과실이라니요. 제가 하루에 몇 시간을 자고 일하는지 아시면 그런 말씀 못 할 겁니다."

"내가 로펌에 얼마를 부었는지 안다면 자네 역시 그런 말을 못 할 텐데?"

"저에게 시간은 돈보다 훨씬 가치 있습니다. 감히 이사님의 돈과 제 시간을 비교할 수 있다고 생각하는데요."

어느새 말투는 새침하게 변해 있었다.

영훈은 그녀를 빤히 바라보며 생각에 잠기더니 대뜸 물었다.

"주해인 변호사와는 어떤 관계인가?"

"……네?"

유주는 순간 자신이 무슨 말을 들었는지 이해하지 못해 조금 느리게 대답했다.

주해인의 이름이 왜 이 타이밍에 나온단 말인가? 그녀의 혼란스러움을 읽었는지 영훈이 슬쩍 인상을 썼다.

"주 변호사와 내기라도 한 것 같던데. 아닌가?"

"오해십니다."

"혈기왕성할 때에는 아무것도 보이지 않기도 하지. 모든 게 가볍고 쉬워 보이고. 일과 연애를 구분하지 못하기도 하고."

가면 갈수록 지금 이 상황과는 어울리지 않는 단어가 튀어나오는 듯한 느낌에 유주는 제대로 대답을 하지 못하고 입을 다물었다.

멍청하게 영훈의 얼굴을 바라보고 있다 황급히 말을 이었다.

"저에게 일은 단순한 의미의 일이 아니에요. 제 전부입니다. 이사님도 잘 아시잖아요. 제가 얼마나 프라이드를 가지고 있는지. 저희는 그냥 클라이언트 돈만 받아먹고 대충 변호해 주는 그런 회사가 아닙니다. 합의 과정에서 불쾌함을 느끼셨다면 그 점에 대해서는 얼마든지 사과드리겠습니다."

묵묵히 잔디를 밟으며 걸어 나가던 영훈이 자리에 멈춰 섰다.

멀리서 젊은 남자 한 명이 음료를 들고 이쪽으로 다가오고 있었다.

영훈은 고개를 돌려 자신을 뚫어질 듯 바라보고 있는 유주를 응시했다.

"단순히 자네 혼자 사과한다고 해결될 문제는 아니야."

"……대표이사가 찾아오길 바라시는 건 아니죠? 제 실수고 제 선에서 해결하고 싶습니다."

"아직 이야기를 못 들었나 보군."

영훈의 중얼거림에 유주의 얼굴에 의아함이 떠올랐다.

무슨 뜻일지 머리를 굴리고 있는데 영훈이 다가온 남자에게서 음료를 받아 들더니 한 모금을 들이켰다. 아무런 말도 하지 않고 있는 유주를 가만히 바라보던 그가 어울리지 않는 웃음을 내뱉었다.

"정말 모르고 있을 줄이야."

"……죄송합니다. 무슨 말씀인지 이해를 잘……."

"내 귀에 들어왔으니 임 변호사가 아는 것도 시간문제겠지. 그건 차차 알게 될 테니 내가 굳이 말할 필요는 없을 것 같고. 소송에 관해서는 이미 내 손을 떠났네. 간부 회의를 통해 내려진 결정이니 너무 날 탓하진 말게. 클라이언트 비밀 조약을 깼으면 그에 따른 책임은 져야지."

"그럴 리 없다는 거 잘 아실 텐데요. 입도 벙긋한 적 없습니다."

"그거야 재판에 가 보면 알게 되겠지."

음료를 다시 남자에게 건넨 영훈이 한쪽 입꼬리만 올려 웃었다.

그 얼굴을 본 순간, 유주는 생각했다.

이 남자, 이렇게 매너 있는 말투로 이야기하는 중후한 남자는, 정말 자신을 변호사직에서 물러서게 하고 준 로펌을 망하게 할 작정인 모양이었다.

"임 변호사는 내가 생각하던 이미지와 조금 다르군."

"……."

알 수 없는 말을 툭 던진 그는 인사도 하지 않은 채 그대로 뒤를 돌아 걸음을 옮겼다.

그가 자신을 정말 고소한 것이라는 사실을 깨달은 순간, 발이 움직이지 않았다.

푸른 잔디들이 까슬하게 돋아나 있는 공허한 공간에서, 그 장소와 전혀 어울리지 않는 복장을 한 유주는 그저 멍하게 사라져 가는 그의 모습을 바라볼 수밖에 없었다.

이해하기 힘들었던 영훈의 말을 한마디 한마디 곱씹어 보고 있는데 휴대폰의 벨소리가 울렸다. 액정을 확인한 그녀가 짜증스럽게 몸을 돌렸다.

"움직이지 말라고 했을 텐데?"

사무실 문을 열자마자 눈에 들어오는 세준의 얼굴에 유주가 신경질적으로 재킷을 벗었다.

"제 사무실이 탐나세요? 그럼 바꿔 드릴게요. 제가 그 넓은 대표 사무실로 옮기죠, 뭐."

"오건기업에는 왜 찾아갔어?"

"상황이 어떻게 돌아가나 확인해야 하잖아요. 이사진을 만나야 무슨 말이라도 주워듣으니까."

"강영훈 이사까지 만났지?"

"그 사람, 끝까지 갈 생각이던데요. 사과해도 씨알도 안 먹히고."

"잘도 사과를 했겠다."

세준이 안 봐도 비디오라는 얼굴로 혀를 찼다.

"내가 아무것도 하지 말고 가만히 있으라고 말한 건, 정말 아무것도 하지 말고 가만히 있으라는 뜻이었어. 그 간단한 말조차 받아들이지 못하는 이성으로 어떻게 스스로를 변호하겠다는 거야?"

"그럼 정말 대표님께서 해 주시려고요? 법정에 안 선 지 얼마나 되셨죠?"

팔짱을 낀 채 유주가 물어 오자 세준이 입술을 작게 깨물며 자리에서 일어났다.

"그러려고 했는데, 클라이언트가 내 실력을 믿지 않는 것 같아서."

"잘 생각하셨어요. 제가 알아서 준비……."

"그래서 클라이언트가 믿을 만한 사람이 누구일지 생각해 봤지. 아무래도 외부 변호사가 좋겠더라고."

유주의 말을 자른 세준이 빙긋이 웃었다.

반박 증거를 찾아내겠다고 말하려던 유주의 눈썹이 슬쩍 위로 올라갔다.

이 상황에서 웃는다? 정세준이?

뭔가 심상치 않은 기운을 느낀 순간, 세상에서 제일 얄미운 목소리가 등 뒤에서 들려왔다.

"저 정도면 신뢰도에서 비교할 변호사가 없죠."

유주의 고개가 천천히 돌아갔다.

자신을 내려다보고 웃고 있는 해인과 눈이 마주친 순간,

머릿속에 강영훈 이사의 목소리가 떠올랐다.

"주해인 변호사와는 어떤 관계인가?"
"단순히 자네 혼자 사과한다고 해결될 문제는 아니야."
"아직 이야기를 못 들었나 보군."

그가 무슨 말을 한 것인지 깨달은 순간, 유주는 그대로 눈을 감아 버리고 말았다.
"미리 클라이언트와 인사라도 하려고 했는데 통 연락이 안 되더라고요."
그러나 눈을 감아도, 느긋하고 낮은 목소리는 귀를 파고들어 와 마음을 세게 흔들었다.
어떻게 손을 쓸 수 없을 만큼.

<u>6</u>
New Position

"왜 항상 밤에 만나야 하냐고."

현관문이 열리자마자 눈에 보인 것은 방금 씻은 건지 차분하게 머리를 내리고 있는 해인의 모습이었다. 자신이 좋아하는 향이 코를 자극하자 유주는 그것을 티 내지 않기 위해 인사 대신 바로 볼멘소리를 내뱉었다.

"업무 정지를 당했으니 시간이 남아도는 건 잘 알겠는데, 난 네가 원하는 시간대에 스케줄을 뺄 수 없어. 최고의 변호사를 선임했으면 그 정도는 감내해야 하는 거 아닌가?"

해인은 평소와 마찬가지로 한마디도 지지 않고 맞받아치며 한쪽으로 비켜섰다.

저렇게 말을 할 때마다 회사로 찾아오고, 밥을 챙겨 주고, 열이 난다며 뺨에 손을 가져다 대던 남자는 당최 어디로 사라졌는지 알 수가 없었다.

자신은 클라이언트, 그는 자신의 변호사라는 상황을 머리로는 알고 있었지만 마음으로 이해하기엔 여전히 힘든 문제였다.

사실 가장 큰 문제는 평소처럼 얄미운 그가 그저 얄밉게만 느껴지지 않는다는 점이었다.

안정감 있는 낮은 목소리, 상냥한 말투, 싱긋이 짓고 있는 미소가 그의 얄미움을 상쇄시키고 있었다.

저 표정과 저 목소리와 저 말투로는 '죽여 버릴 거야'라고 협박을 한다 해도 아마 아주 달콤하게 들릴 것이다. '죽여 주세요' 하고 부탁하게 될 만큼.

"오늘은 뭘 했어?"

"에스테틱 갔다 왔어."

"……."

"왜, 난 피부 관리 받으러 가면 안 돼? 모처럼 백수 됐는데 넘쳐나는 시간도 활용 좀 해야지. 그동안 미용에 너무 소홀했어. 내가 어디서 꿀릴 외모는 아닌데."

유주가 거실 소파에 앉아 다리를 꼬며 톡 쏘아붙였다.

한쪽 눈썹을 들어 올렸던 해인이 피식 웃음을 내뱉으며 부억으로 걸어가 냉장고 문을 열었다.

"그래서, 뭐 좀 나왔어?"

그의 물음에 유주가 마음에 안 든다는 듯 입술을 한 번 삐죽였다.

주해인은 이래서 마음껏 미워할 수가 없었다. 자신이 무슨 말을 어떻게 하든, 항상 그 의중을 꿰뚫어 보고 정확한 질문을 해 오니까.

짜증스러우면서도 한편으로는 답답함이 풀리는 기분에 유주가 복잡한 표정으로 입을 뗐다.

"강 이사 사모님도 바깥양반이랑 성격이 똑같더라. 한마디를 안 받아 줘. 형제도 아닌데 어쩜 한배에서 나온 것처럼."

"원래 그렇게 닮은 사람들끼리 결혼하는 법이야. 끼리끼리. 애썼네. 피부 관리 받는 데까지 쫓아가고."

끼리끼리.

자신의 말을 이해해 주는 사람.

내가 무슨 생각을 하는지 정확하게 파악하는 사람.

그런 사람과 결혼을 해야 하는 법이라.

편안한 차림새를 하고 있는 해인의 모습을 본 순간부터 자꾸만 생각이 다른 곳으로 튀었다.

유주는 애써 생각을 지우며 그가 건네주는 오렌지 주스가 담긴 잔을 받아 들었다.

"웬 주스?"

"클라이언트와 술 마시면서 일 얘기를 할 순 없잖아. 내가 아무리 상식이 없는 사람이라고 해도."

그가 웃으며 유주의 옆에 자리를 잡았다.

"아쉬워? 그럼 오늘은 직급 떼고 미팅할까?"

"시끄러."

가까이 몸을 기울여 오는 그를 밀어내며 유주가 주스를 한 모금 입에 담았다.

오늘로 벌써 네 번째 방문이었다.

자신의 집과 같은 구조지만 다른 분위기를 풍기는 이 공간에도 어느새 익숙해져 이제는 편안하게 얘기를 주고받을 수가 있었다.

처음에는 죽어도 싫다고 했다.

주해인에게 자신의 변호를 맡길 바에는 차라리 그냥 변호사직을 그만두겠다고도 했다.

그러나 그런 협박에 눈 하나 깜빡할 정세준이 아니었다.

"네가 변호사직을 그만두든 말든 난 상관없어. 내 회사 이미지 회복시키려는 거야."

그는 정말 말 그대로 자신의 개인적인 감정에는 아무런 관심이 없어 보였다.

그렇기에 주해인을 붙인 거겠지.

강영훈 이사가 해인과 자신의 사이를 어떤 식으로 오해하고 있는지, 지금 업계에 두 사람이 어떤 식으로 소문나고 있는지에 대해서는 관심 밖인 것 같았다.

한 회사를 운영하는 대표자의 마인드에 혀를 내두르면서도, 강영훈 이사가 싫어하던 변호사의 면모가 드러나는 것 같아 없던 정이 떨어질 지경이었다.

싫어할 만하다. 자신의 이익 앞에서는 물불 가리지 않는 변호사라는 사람들을.

그것을 처음으로 깨달았다.

싫다고 떼를 쓸 단계는 이미 애저녁에 지났음을 알았기에 해인을 받아들일 수밖에 없었다. 좀 더 정확하게 말하자면 받아들인 것이 아니라 포기였다.

그녀는 어쩔 수 없이 납득한 척하며 스스로 움직이는 방법을 택했다.

주해인이 무슨 일을 하고 돌아다니든 제 알 바 아니었다. 그저 여태껏 그래 왔던 것처럼 묵묵히 혼자서 재판을 준비하면 되었다.

물론 정 대표를 위한 눈가림은 필요했다. 이렇게 주기적인 자택 방문으로.

지친 몸을 소파에 기대고 잠깐 숨을 돌리던 그녀가 거실 선반 쪽으로 눈을 움직였다.

처음 이곳에 왔던 날, 다음에 또 보이면 박살을 내 버릴 거라고 단언했던 그 액자는 두 번째 방문했을 때 사라지고 없었다.

그리고 현재, 새로운 옷을 입은 사진은 마치 제자리를 찾은 듯 당당하게 집 한켠을 차지하고 있었다.

"그것보다 궁금한 게 있는데."

"뭐?"

"도대체 내 고백에 대한 2심 결과는 언제 받아 볼 수 있는 건가 해서."

그녀의 시선을 따라 낡은 사진을 응시하며 해인이 물었다. 잊고 있었던 고백을 떠올린 유주가 잠깐 머뭇거리다 입술을 뗐다.

"……판단 중이야. 변론기일도 없었잖아."

그 말에 해인이 고민하듯 고개를 옆으로 기울였다. 차분하게 내려온 앞머리가 그 움직임에 맞추어 그의 눈을 살짝 가렸다.

"난 충분한 내용이 담긴 서면을 제출했다고 생각하는데."

"검토하는 데 시간이 걸려."

"그냥 질의응답으로 넘어가. 묻는 말에 뭐든지 솔직하게

192

대답할 테니까."

유주가 천천히 고개를 돌렸다.

자신을 바라보고 있는 남자의 입꼬리는 부드럽게 올라가 있었지만 눈은 그렇지 않았다.

검은색 눈동자는 그가 웃든, 그렇지 않든 항상 무겁게 가라앉아 있어 어떤 게 진심이고 어떤 게 농담인지 구별하기가 힘들었다.

눈동자를 바라보던 유주는 저도 모르게 중얼거렸다.

"왜 3년 전 영국으로 떠났어?"

"……."

돌아오는 대답은 없었다.

그 침묵에, 그날 이후 줄곧 묻고 싶었던 것들이 문득 둑이 터지듯 터져 나왔다.

"왜 갑자기 돌아와서 고백한 거야?"

"……."

"왜……."

그때 그런 표정을 짓고, 왜 그런 말을 했어?

마지막 물음은 차마 입 밖으로 내뱉지 못했다.

말을 하는 순간, 왠지 들어선 안 될 일들이 쏟아져 나올 것만 같아서.

그가 무슨 얘기를 꺼내든 지금의 자신은 납득할 수 없을 것이다.

그냥 느낌이 그랬다.

이제 그만 용서해 주라는 그의 말이 누구를 향한 것인지 알 수 없다는 생각이 들었을 때, 더 이상 아무것도 물어볼 수가 없었다.

어떤 이야기로도 인정할 수 없는 일이라면 꺼내어 상처 받기보다 그대로 묻어 두는 편이 나았다.

그렇게 믿었다.

말끝을 흐리고 고개를 돌리던 유주의 옆모습을 바라보던 해인이 천천히 손을 뻗었다. 차마 얼굴로 향하지 못한 손가락은 머리카락 끝을 조심스레 만지다 스르륵, 밑으로 떨어졌다.

"아무래도 변론기일은 다른 날로 잡아야겠다."

한숨 섞인 목소리에 유주의 틀어졌던 고개가 다시 반듯하게 돌아왔다. 흔들리는 그녀의 눈동자에 해인이 피식, 웃음을 내뱉었다.

"진짜 네가 듣고 싶을 때…… 그때 대답할게."

"……."

"네 마음이 준비될 때."

"……그게 언젠지 네가 어떻게 알아."

"글쎄."

그와 눈을 마주친 유주가 자리에서 일어났다. 아까부터 자꾸 귀를 먹먹하게 만드는 것이 자신의 심장 소리라는 것을 깨달은 순간 계속 그대로 앉아 있을 수가 없었다. 거리가 지나치게 가까웠다.

언제나 여유로운 미소가 떠올라 있는 그의 얼굴이었지만 지금은 그 어떤 감정도 드러나 있지 않았다.

주해인은 정말 자신을 다 알고 있어서, 지금 무슨 생각을 하는지, 무슨 심정인지 전부 다 알고 있는 것 같아서 항상 이렇게 말문을 막히게 만들었다.

그의 앞에 서면 언제나 벌거숭이가 된 기분이었다. 아무리 머리를 굴리고 생각과 다르게 움직여 보려 해도, 결국 그것까지 모두 아는 남자.

"헛소리 그만하고 미팅이나 하자."

유주는 애써 침착한 얼굴로 머리를 쓸어 올린 뒤 팔짱을 꼈다.

달아오른 얼굴빛까지는 숨길 수 없었지만, 표정은 평소대로 돌아가 있었다.

밤늦게 시작된 미팅은 바깥이 어스름하게 밝아 오기 시작했음에도 끝날 줄을 몰랐다.

출근을 했던 해인과 달리 충분한 수면을 취했던 유주는 피곤한 기색을 드러내는 해인을 꿋꿋이 붙잡고 미팅을 진행했다.

세준의 눈치를 보며 어쩔 수 없이 하는 방문이었지만, 주해인은 역시 주해인이었다.

자신이 하루 종일 구두 바닥이 닳도록 쫓아다니며 캐 온 것들보다 많은 정보들을 어느 날 덥썩 안겨 주곤 했다.

자신이 가져온 자료에 대해서 길게 설명할 필요도 없었다. 그냥 서류를 건네주면 어떤 식으로 어떻게 써먹어야 할지 주해인은 금방 파악했다.

투자하는 시간에 비해 얻는 결과물은 빠르고 많았다. 그렇게 정신없이 서류들을 정리하다 보니 어느새 시곗바늘은 새벽 5시에 도달해 있었다.

젖은 머리를 수건으로 닦으며 욕실에서 걸어 나온 해인은 거실이 비어 있자 시선을 움직였다.

반쯤 열려 있는 침실 문을 통해 사락사락 종이 소리가 들려왔다.

부엌 식탁 위에 올려져 있는 물병을 집어 들고 침실을 향해 발걸음을 옮겼다.

문틈으로 침실을 들여다본 해인은 바로 들어가지 않고 그 자리에 멈추어 서서 벽에 슬쩍 몸을 기댔다.

퀸사이즈 침대 위에 올라앉은 유주는 하얀 허벅지를 드러내 놓고 심각한 표정으로 서류를 들여다보고 있었다.

인기척도 느끼지 못하는지 앞에 어지럽게 흩어져 있는 종이 중 하나를 다시 집어 들었다.

해인이 살짝 인상을 찌푸리며 손에 들고 있던 물통을 입가로 가져갔다.

시선을 잡아끄는 새하얀 다리가 갈증을 더욱 고조시키고 있었다.

임유주는 자기가 지금 어디에 앉아 있는지 자각이나 할까.

여태껏 옷을 입은 채로 거기 올라간 여자는 없다며, 각오도 없이 침실에 들어온 벌이라고 그녀를 붙잡아 넘어뜨리는 상상을 하던 그가 입 근처를 손등으로 닦아 낸 뒤 문을 똑똑, 작게 두드렸다.

그제야 유주의 시선이 움직였다.

"배 안 고파? 뭐라도 좀 먹어야지."

"난 됐어."

돌아오는 대답은 빨랐다. 귀찮다는 듯 성급하게 중얼거린 유주가 손을 움직여 형광펜으로 서류에 주욱, 밑줄을 그었다.

"회사 내규를 더 자세히 알 수 있는 방법은 없을까? 자료가 너무 부족해."

신음 비슷한 한숨이 터져 나왔다.

해인은 천천히 걸음을 옮겨 침실 안으로 들어갔다.

방문을 닫는 손길이 너무 나른하고 자연스러워 유주는 침실 문이 닫혔는지도 눈치채지 못했다.

한 걸음씩 침대를 향해 다가가는 그의 움직임은 마치 표범처럼 우아했다.

"아무것도 안 먹어도 괜찮겠어?"

유주가 눈을 가늘게 뜨며 자신을 향해 걸어오는 해인을 올려다보았다.

상반신은 아무것도 걸치지 않았고, 머리카락은 젖어서 방울 몇 개가 목선을 타고 흘러내리고 있었다.

여자로 태어났으면 여러 남자 울렸겠다 싶을 만큼 섹시해 저도 모르게 마른침을 삼키며 얼른 시선을 돌렸다.

남자한테 '너 지금 나 유혹하니?' 라고 묻는 건 조금 웃긴 일 아닌가.

그것도 해가 떠오르는 시간에.

"별로 생각 없어. 그것보다 너 출근 전에 이것 좀 마저 살펴봐. 유용할 것 같은 부분은 체크해 놨는데. 아무래도 저쪽 패가 뭔지 알 수 없으니까 뒤져도 뒤져도 부족한 느낌이야."

해인이 옆에 자리를 잡고 앉으며 널브러진 서류 종이들 중 하나를 집어 들었다.

방금 씻고 나온 그에게서 너무나도 기분 좋은 향이 나자 유주는 흠, 하고 헛기침을 하며 맞닿은 몸을 살짝 떨어뜨렸다.

처음에는 익숙한 향수 냄새에 마음이 울렁거리는 줄 알았다. 그런데 그게 아니었다.

향수도, 보디워시 향도, 스킨 향도, 그냥 주해인에게서 나는 냄새에는 심장이 매번 반응했다. 본인 스스로도 민망할 정도로.

"별다를 거 있겠어? 어차피 판결 뒤집을 결정적 증거가 없는 건 저쪽도 마찬가지야. 큰소리치는 거지."

"그렇게 안도하고 있으면 꼭 뒤통수를 맞는 법이야."

유주는 기본이 안 되어 있다는 듯 해인을 노려보고 짜증스럽게 머리를 흩뜨렸다.

"이렇게까지 막막한 기분은 처음인 것 같아."

머리를 헝클어뜨리던 그녀가 아, 모르겠다, 하며 뒤로 벌렁 드러누웠다.

천장을 멍하게 바라보다 두 손을 들어 마른세수를 하는 모습이 시험 전날, 문제를 풀지 못하고 있는 학생처럼 절박해 보였다.

"임유주."

"응?"

얼굴을 감싸고 있던 손을 내리고 고개를 조금 틀어 해인을 바라본 유주가 눈을 두어 번 깜빡였다.

말을 하지 못하고 달싹거리는 그의 입술에서 뭔가 곤란함을 느낄 수가 있었다.

"뭐야? 무슨 문제 있어?"

그가 작게 한숨을 내쉬더니 부드럽게 몸을 움직였다.

무엇 때문에 갑자기 저렇게 심각한 얼굴을 하고 있나 잠깐 고민하는데, 어느새 얼굴 바로 위로 해인이 다가와 있었다.

내내 글자와 씨름을 하고 있던 머리는 현재의 상황을 제대로 인식하지 못하고 여전히 남아 있는 서류의 잔상을 쫓듯 돌아가고 있었다.

"우리 쪽에 불리한 증거 나온 거야?"

"하……."

코끝이 닿을 법한 거리까지 얼굴을 내렸던 해인이 문득 그 물음에 움직임을 멈췄다.

따뜻한 숨결이 느껴진다고 생각한 순간, 그가 다시 얼굴을 들었다.

해인의 구겨진 인상을 보고 유주의 얼굴도 따라 굳어졌다.

"뭐야, 방금 결정적 증거는 어차피 없다고 그랬……."

"유주야."

다시 한 번 그가 자신의 이름을 부르자 유주는 조심스럽게 몸을 일으켰다.

심각하게 굳어져 있는 얼굴로 봐서는 정말 무슨 증거가 나온 모양이었다.

침묵을 유지하는 유주의 모습에 해인이 한쪽 눈썹을 찌푸리며 입술을 뗐다.

"자기 상황을 좀 빨리 판단했으면 좋겠는데."

"지금 내 상황이 어떤데? 그 정도로 불리해?"

"아주 많이."

해인이 피식, 웃었다. 서로 말하고자 하는 바가 전혀 다른데 대화가 된다는 것이 신기했다.

아랫입술을 살짝 깨무는 유주를 보고 그는 더 이상 망설이지 않았다.

뭐라고 대답하기도 전에 그녀의 부드러운 입술을 한입 머금었다.

얼마나 혼자 짓씹었는지 촉촉하고 따끈하게 변한 입술을 조심스레 빨아 당긴 뒤 얼굴을 뗐다.

아직 무슨 일이 일어났는지 모르는 듯, 그녀가 두 눈을 깜빡이며 그를 바라보았다. 해인은 다시 한 번 입꼬리를 올리며 중얼거렸다.

"안도하고 있으면 뒤통수 맞는 법이라며?"

"……."

"서한기업 내규에 대해서 알아볼게. 그리고 이사진 중에 한 명과 약속 잡았어."

사춘기 소녀가 처음으로 입술을 빼앗긴 것처럼, 유주의 뺨이 찬찬히 달아올랐다.

✳　　　✳　　　✳

"새벽부터 무슨 일이야?"

─설마 지금까지 주무셨던 거예요? 오전 6시 30분이면 적어도 회사 주차장에는 계셔야 하는 거 아니에요?

"……임유주, 누누이 말했을 텐데. 나 말고 화풀이할 상대를 찾으라고. 난 네 상사야."

─당장 변호사 바꿔 줘요.

"……하아."

무슨 일인가 했더니 주해인인가. 침대에서 몸을 일으킨 세준이 이마에 손을 짚었다.

─더 뛰어난 변호사 많잖아요. 로펌 이미지 이대로 망가지는 거 원치 않으시면 담당 변호사부터 갈아치워요.

"새벽부터 사랑싸움이라도 했어?"

─……무슨, 잠 덜 깨셨어요? 잠꼬대하시는 거예요?

"주해인이 뭘로 심기를 건드렸는지는 모르겠는데, 변호사 바꿀 생각 없으니까 둘이 알아서 해결해. 사랑싸움할 때마다 나한테 일러바치지 말고."

─저예요, 그놈이에요? 둘 중 한 명 선택하세요.

그대로 전화를 끊으려던 세준은 그녀의 물음에 귀에서 떼던 휴대폰을 다시 가까이 했다.

"당연히 주해인이지. 그걸 질문이라고 해?"

─…….

"오늘 오후에 출근해. 점심 먹으면서 얘기 좀 하자."

─……이따 연락드릴게요.

어딘지 모르게 들뜬 것 같았던 목소리가 가라앉더니 이내 전화가 끊어졌다.

세준은 통화가 끊긴 휴대폰을 허망하게 바라보다 다시 시계를 확인했다.

오전 6시 37분. 도대체 주해인과 무슨 일이 있었기에 이 시각에 화가 나서 전화를 한단 말인가.

"……."

설마, 주해인이 아무리 능글맞은 놈이라고 해도 법적으로 문제가 될 만한 짓을 하진 않겠지.

그러나 고개를 주억거리면서도 세준은 찜찜한 심정을 가라앉히지 못했다.

누구 덕분에 잠에서 깨 버렸다고 뒷머리를 긁적이던 그가 신경질적으로 침대에서 벗어났다.

씩씩거리며 전화를 끊은 유주는 회사 주차장 안을 걷다 멈추고 걷다 멈추기를 반복했다.

아무리 진정을 해 보려고 해도 가슴의 두근거림이 멈추지를 않았다.

도대체 어떻게 하다 그런 분위기가 됐는지 아무리 생각해도 감이 잡히지 않았다.

사랑스럽다는 얼굴로 자신을 바라보던 해인의 얼굴이 떠올라 때 아닌 얼음물을 벌컥벌컥 들이켜야 했다. 언제나 얄밉다고만 생각했던 그 얼굴이, 이제는 떠올리는 것만으로도 온몸에 열이 올랐다.

솔직히 말하면 주해인에게 화가 났다기보다 쉽게 넘기지 못하고 발끈해 버린 자신이 너무 창피해 도저히 가만있을 수가 없었다.

"……임유주?'

이름을 부드럽게 부르던 그를 엄청난 힘으로 밀어낸 뒤 자신의 집으로 도망치듯 올라왔다.

정확하게 기억은 안 나지만 입술을 손등으로 쓸며 소리를 질렀던 것도 같다.

오늘 저녁에 다시 회의하자는 그의 메시지에도 답장을 하지 않았고, 벨을 누르는 소리에도 꼼짝하지 않았다.

해인이 사라지고 난 뒤에도 침착하지 못하고 집 안을 부지런하게 돌아다니다, 결국 무엇에도 집중이 되지 않아 저 역시 출근 준비를 시작했다. 도저히 집에 가만히 있을 수가 없었다.

그런 입맞춤 한 번, 뭐하는 짓이냐고 구박하고 넘기면 됐을 일인데.

요즘은 일곱 살짜리도 그 정도로는 그렇게까지 화내지 않을 것이다. 생각할수록 더 귀 끝이 빨갛게 타들어가는 기분이었다.

아, 임유주. 이러니까 주해인이 계속 놀리지.

　　　　✻　　　　　✻　　　　　✻

"너 엄청 기분 좋아 보인다?"

"그래?"

"어. 마치 10년 동안 도망 다니던 빚쟁이를 잡은 것 같은 시원한 표정을 하고 있어."

"뭐, 아주 틀린 소리는 아니네."

해인이 낮게 웃으며 재킷을 벗어 옷걸이에 걸었다. 그가

별다른 부정 없이 인정하자 지훈은 더욱 궁금해진 표정으로
해인을 훑다 소파에 자리를 잡았다.

지훈이 테이블 위에 툭, 내려놓은 서류철을 힐끔거린 해인
이 셔츠 단추를 풀던 손을 멈추고 가까이 다가갔다.

"저번에도 말했지만 특별한 건은 없었어. 알다시피 기업
분쟁이 대부분이고."

"고맙다. 살펴볼게."

바빠졌으면 바빠졌지, 한가해지지는 않은 것 같은데 최근
해인은 무언가 분위기가 달랐다.

예전에는 웃고 있는 얼굴이었음에도 꼭 끝맛이 썼다. 속으
로 무슨 생각을 하고 있는지 알 수 없는 표범 같아서.

하지만 최근, 사람이 바뀌었다 싶을 정도로 온화한 모습을
보였다.

주해인이 둥글어진다라. 지훈은 자세를 고쳐 앉으며 툭 던
지듯 물었다.

"……혹시 그거랑 연관 있냐?"

"뭐?"

서류를 손에 쥐는 그를 가만히 응시하던 지훈이 이내 아무
것도 아니라는 듯 고개를 저었다.

"됐다. 너한테 물어봤자지."

"그래."

"그건 그렇고 다음 주 수요일 시간 어때? 송 원장이 고맙다고 술 한잔하자네."

"무슨 술자리를 평일로 잡았어? 너 버스 소송 재판 일정은?"

"그 양반 약속을 거절한 게 한두 번이어야지. 바쁘다는 핑계를 하도 댔더니 자기 피하는 거 아니면 이제 그만 튕기고 제발 만나 달란다. 어쩔 수 없이 오케이했지, 뭐."

"그런 성격이었던가? 뭐, 아무튼 난 안 돼."

"그 양반 술 센데……."

벌써부터 간이 걱정되는지 지훈이 슬쩍 미간을 찌푸린 채 자신의 배를 쓰다듬었다.

"일대일은 힘들어."

"다른 녀석 데려가."

"수요일에 술 마셔 줄 놈이 너 말고 또 누가 있냐. 출퇴근 자유로운 사람이 얼마나 있다고."

투덜거리기 시작하는 지훈을 향해 한 번 웃은 해인이 이제 그만 자신의 사무실에서 나가라는 듯 무심한 손동작을 해 보였다.

"너 되는 날로 다시 약속 잡아야지."

그런 해인이 얄미웠는지 지훈이 놀리듯 중얼거리고는 후다닥 사무실을 벗어났다.

＊　　　　　＊　　　　　＊

　　회사 주차장에 차를 대고도 자신의 사무실로 올라가지 못
하고 방황하던 유주는 결국 집으로 다시 돌아왔다.

　　침대에 누워서 한참을 뒤척거리다 이내 세준과의 약속 시
간이 가까워졌다는 사실을 깨닫고 이불 속에서 벗어났다.

　　출근을 하지 않으면 그만큼 시간이 많아질 줄 알았는데 아
니었다.

　　가만히 있는 것이 불안해 여기저기 돌아다니며 사람들을
만나다 보니 책상에 앉아 서류를 뒤적일 때보다 더 에너지
소비량이 많았다.

　　해인과 늦은 시각 시작하는 미팅은 새벽이 되어서야 끝나
는 경우가 많았기에 그로 인해 더욱 피로함을 느끼는 것인지
도 몰랐다.

　　법정에 설 때 주로 입는 새하얀 셔츠에 무릎 길이의 핏되
는 스커트를 걸친 유주가 후, 숨을 크게 내뱉으며 화장대 거
울에서 눈을 뗐다.

　　슈트를 입으면 몸은 불편했지만 마음은 편했다. 자신이 입
어야 할 옷을 입은 것처럼.

　　하이힐에 발을 밀어 넣고 막 현관문을 여는데 휴대폰이 진
동했다.

"여보세요."

—어디야?

"집이요. 나가려던 참이에요."

—회사 말고 '여화루'로 와.

"클라이언트 만나시는 거예요?"

—그건 아니고. 마침 그 근처라.

"……알겠습니다."

둘이서 식사를 하는데 그런 고급진 한정식집을 고를 리는 없었다.

설마 강영훈 이사도 함께인가.

잠깐 자리에 멈춰 선 채로 상황을 짐작하던 유주는 그대로 구두를 벗고 집 안으로 들어갔다.

황급히 서재 문을 열고 책상에 어지럽게 흩어져 있는 서류들을 긁어모아 가방에 쑤셔 넣었다.

언제 어디서 무슨 일이 닥치든 대비만 해 놓으면 문제를 해결하는 것이 어렵진 않을 것이다.

"……."

"뭐해, 안 앉고."

그러나 한정식집의 개인실 문을 연 유주는 아무런 말도 하지 못한 채 입술만 벙긋거렸다.

가방끈을 쥐고 있는 손이 새하얗게 질렸다.

그녀를 맞이한 것은 세준, 그리고 그의 친구이자 그녀의 친오빠인 유민이었다. 왜 그가 있을 거라고 생각하지 못했을까.

이대로 그냥 돌아서 나가 버릴까 잠깐 고민하던 유주는 세준의 말 한마디에 등 뒤로 문을 닫고 안으로 들어섰다.

"주해인과 무슨 문제가 있었는지 들어보려고 하는데."

식사는 조용히 이루어졌다.

유주는 맞은편에 앉아 있는 유민을 향해서 시선 한 자락 주지 않았다. 조용히 젓가락질을 하는 그녀와, 그런 그녀의 눈치를 살피는 두 남자로 인해 방 안은 불편할 정도의 침묵이 흘렀다.

결국 참지 못하고 먼저 입을 연 것은 세준이었다.

"아침부터 무슨 일이 터졌던 거야. 준비 잘되고 있는 거 아니었어?"

"도대체 무슨 기준으로 주해인을 선택하신 거예요? 제가 그놈보다 떨어지는 게 뭐가 있다고."

"적어도 주해인은 오전 6시에 대표이사에게 전화를 걸진 않겠지."

"……나중에 따로 준비한 자료 들고 찾아뵐게요. 그때 결정하세요. 누가 법정에 설지."

톡 쏘아붙인 유주의 눈 끝이 가늘어지더니 이내 젓가락을 내려놓았다.

그리고 이 불편한 식사 자리를 참을 만큼 참았다는 얼굴로 유민을 향해 시선을 돌렸다.

"앞으로 이런 짓은 안 했으면 좋겠어. '페어런츠 트랩'도 아니고, 두 사람 다 마흔 넘어서 왜 이래?"

"하고 싶은 말이 있어서 내가 세준이한테 부탁했어."

"그래, 빨리해."

유주는 잔을 들어 물을 한 모금 들이켰다.

마치 유민의 말이 끝나면 그대로 자리에서 일어나 가게를 나설 것처럼.

유민이 보기 좋게 세팅되어 있는 머리를 헝클어뜨리듯 한 번 쓸어 넘긴 뒤 자신의 여동생을 내려다봤다.

"내가 허위 진술을 한 건 맞지만, 그건 일부러 의도해서 한 게 아니었어."

유주의 한쪽 눈썹이 들렸다.

결국 또 이렇게 변명을 하기 위해서 자신을 불러냈단 말이 지.

그녀의 표정 변화를 눈치챈 건지 유민의 말이 조금 빨라졌 다.

"지난번 대화로 네가 왜 그렇게 나에게 화가 나 있는지 깨달았다. 너에게 제대로 된 설명을 한 적이 단 한 번도 없었다는 사실 역시 알았어. 그저 형량을 채우는 걸로 끝났다고, 그렇게 생각했거든."

"그래서?"

유주가 뾰족하게 물었다. 어디 한번 더 말해 볼 테면 말해 보라는 표정이었다.

"당시 회계를 담당하고 있던 강 팀장이 넘겨준 자료를 받아 확인했을 뿐이야. 그놈들까지 다 한통속이었을 줄은 정말 몰랐어."

"……그걸 지금 말이라고 해?"

"난 약속된 대로 움직였어. 병합하는 회사를 고의로 부도낼 계획 따위는 전혀 없었다."

더 이상 들어 주지 못하겠다는 듯 유주가 목소리를 냈다.

"오빠는 그 회사 사장이었어. 어음을 돌린 게 바로 오빠였다고. 그리고 나한테 그 일에 대해 입도 벙긋한 적 없지. 내가 법정에 설 때까지. 이제 그만하자."

"임유주."

가방을 챙겨 드는 유주를 부른 건 세준이었다. 그녀가 행동을 멈추었다.

어릴 때 유민과 함께 자신을 친동생처럼 아껴 주었던 세준은, 이제 상사가 되어 근엄한 얼굴로 자신을 비난하고 있었다. 유주가 입술을 세게 깨물었다.

"누구보다 네가 제일 잘 알잖아. 유민이 혼자 모든 일을 책임진 거. 변호사에게, 아니, 친동생에게 자신의 과오를 고백하지 못했다고 해서 죗값을 치른 사람이 이렇게까지 비판받아야 할 이유는 없어. 널 기만하거나 속이려고 했던 게 아니야. 그저 잘못된 일에 대해 말을 하지 못했을 뿐이지."

"……."

"그만해야 될 건 너야."

"그냥, 다 용서해 줘. 유주야."

왜 지금 그의 얼굴이 떠오르는 건지 알 수가 없었다. 유주는 자리에서 일어나려던 어정쩡한 자세 그대로 굳어진 채 유민을 내려다보았다.

알고 있었다. 모든 것이 그의 잘못이 아님을. 하지만 일이 어긋나는 것을 알면서도 자신에게 말해 주지 않았다는 사실을, 자신을 속였다는 사실을 받아들일 수가 없었다.

그녀에게 유민은 항상 큰 어른이었기에 더욱 그랬을지도 모른다.

그는 잘못된 일을 바로 잡는 어른이었지, 일을 그르쳐 놓고 아무 말도 하지 않는 나약한 인간이 아니었으므로.

깊은 검은색 눈동자는 그가 얼마나 진중한 성격인지를 드러내고 있었다. 마주하고 있으면 저절로 마음까지 차분해지는.

그래서 외면했다.

아무것도 아니었다는 듯이 그를 다시 받아들이기가 너무 힘들어서.

"미안하다."

살면서 단 한 번도 들어 본 적 없는, 부모보다 더욱 커다란 존재였던 오빠의 사과는 참으로 낯설기만 했다. 유주는 무언가가 울컥 가슴을 치고 오르는 것 같아 입술을 꽉 깨물었다.

어쩌면 제멋대로 마음속에서 커진 유민에 대한 이미지가 깨져 버려 그것에 분노했던 것인지도 몰랐다.

그 역시 그냥 한 명의 사람일 뿐인데.

실수를 하고, 잘못을 저지르고, 무언가 틀어지고 있다는 걸 알면서도 멈추지 못하는.

모든 사람들이 살면서 한 번쯤은 저지르는 그런 일이었을지도 모르는데.

"……먼저 일어날게."

더 이상 앉아 있다가는 무슨 말을 어떻게 하게 될지 몰라 유주가 몸을 일으켰다.

세준도 더 이상은 그녀를 붙잡지 않았다.

그저 별실을 나서는 유주의 표정에 조금은 안도하는 듯한 숨을 흘려보냈다.

✳   ✳   ✳

쓰고 있던 안경을 책상 위에 내려놓은 해인이 눈꺼풀 위에 손을 올렸다.

동시에 진행되고 있는 소송이 세 개였다.

하나는 작은 분쟁이라 크게 신경 쓸 필요가 없었지만 경영 권을 둘러싸고 딸이 아버지를 고소한 사건은 생각보다 일이 컸다.

특히 법 따위는 전혀 상관없다는 듯 독자적으로 움직이고 있는 서진아라는 여자 때문에 더욱 그러했다.

"하아……."

가장 집중하고 있는 사건은 말할 필요도 없이 유주의 것이 었다.

짐작하건대 강영훈 이사는 이런 일을 벌일 성격이 아니었 다.

뒤로 무엇이 오가지 않은 이상 준 로펌을 고소했다는 사실을 대내외적으로 알리며 굳이 위험을 감수할 필요는 없었다.

무엇 때문에 그러는 걸까.

똑똑, 가벼운 노크 소리가 그를 생각에서 끄집어 올렸다.

"들어와요."

열린 문틈으로 하이힐 소리가 났다.

그것에 해인이 감고 있던 눈을 천천히 떴다. 눈앞에 서 있는 여자를 믿기 힘들다는 얼굴로 바라보던 그가 저도 모르게 미소를 지었다.

"오늘은 내가 음식을 좀 가져와 봤어."

유주가 쇼핑백을 테이블 위로 내려놓았다.

"나 점심 많이 먹었는데."

"너 먹으라고 가져왔단 소리는 안 했는데."

샌드위치를 꺼내며 유주가 작게 중얼거렸다.

정말 자신이 먹을 요량으로 사 온 것인지 소파에 자리를 잡은 그녀는 해인을 향해 눈길 한 번 주지 않고 커다란 샌드위치를 한입 가득 베어 물었다.

"굶었어?"

"……먹었는데, 입으로 들어갔는지 코로 들어갔는지 모를 지경이라."

우물거리며 대답하던 유주가 해인을 힐끔거리더니 마치 인심 썼다는 듯 쇼핑백에서 샌드위치 하나를 꺼내 테이블 한

쪽에 올려 두었다. 그 행동에 해인이 웃으며 자리에서 일어났다.

"내 사무실에 온 거 처음이네."

"안 그래도 올라오다 장 변호사 만났어. 입으로는 아무 말 안 하는데, 눈으로 욕을 하더라. 내가 몇 개월 전 재판 진행하면서 면박을 좀 주긴 했는데 아무리 그래도 그렇지. '네가 감히 여기를?' 이라는 표정으로 노려보는데……. 우리 회사 사람들도 너한테 그러니?"

"난 더 심하지. 찾아갈 때마다 5분 안에 갈 거니까 커피는 준비할 필요도 없다고 정색을 하는 변호사가 있거든."

"……."

"나갈 땐 내가 보디가드 해 줄게."

좁아진 유주의 미간을 본 그가 미소를 머금었다.

"점심 챙겨 주러 온 게 아니면, 뭣 때문에 여기까지 온 거야."

샌드위치를 우물거리던 작은 입술이 맞은편에 앉는 해인을 보고 멈추었다.

올라간 눈꼬리로 그를 가만히 바라보다 샌드위치를 내려놓고 손을 탁탁 털었다.

유민이 자신에게 사과를 하던 순간, 어째서 해인이 생각난 것인지 이곳으로 오는 내내 생각했다.

217

무언가를 자신에게 말하고 싶어 하던 그 얼굴이, 슬프게 느껴질 정도로 애틋하던 미소가 왜 그렇게 보고 싶었는지.

언제나처럼 긴 다리를 꼰 그녀가 입술을 다시 움직였다.

"2심 결과가 나왔는데 지금 들을래?"

"벌써?"

"뭐가 벌써야?"

"난 2년 정도 걸릴 줄 알았지."

"……지금 들을 거야, 말 거야?"

그 말에 해인이 풀어져 있던 자세를 바로 하고 흠, 기침을 한 번 했다.

유주는 태평한 척을 하고 있었지만 어딘지 모르게 불안정하고 들떠 보였다.

갑작스레 이렇게 찾아온 상황 자체가 더욱 그렇게 보이도록 만들었다.

해인은 자신이 생각하는 방향이 맞기를 바랐다.

"말해."

"1심은 증거 미흡으로 패소했지만 2심은 원고의 주장을 납득할 만한 증거들을 제출했다 보이고……."

마치 서류에 써져 있는 글자를 읽는 것처럼 일정한 톤으로 목소리를 내던 유주가 말끝을 흐리며 해인의 얼굴을 살폈다.

그는 오늘도 고백에 대한 답을 기다리는 사람답지 않게 평온한 얼굴을 하고 있었다.

정말 판사 앞에서 재판의 결과를 듣는 사람처럼.

유주가 작게 혀를 찼다. 자신이 지금 얼마나 큰 결심을 하고 이곳에 왔는지도 모르고.

"……지만 두 가지 더 확인해야 할 부분이 있어."

급하게 말의 방향을 틀자 해인이 그게 뭐냐는 듯 눈을 깜빡였다.

조금 전 자신을 바라보던 유민의 눈동자와 그의 눈동자는 어딘지 모르게 닮아 있었다.

그저 머릿속으로 떠올릴 때보다 이렇게 직접 대면하니 더욱 확신이 들었다.

그래서 망설임 없이 말을 내뱉었다.

"3년 전, 왜 영국으로 갔었는지에 대한 답을 아직 안 해 줬잖아."

"준비가 되면 말할 생각이야."

"준비 끝났어."

"……오늘 저녁에 시간 돼?"

유주가 말없이 고개를 끄덕였다.

"내가 집으로 갈게."

"우리 집에는 대접할 음식 없는 거 알지?"

해인이 피식 웃으며 자리에서 일어났다.

아까와는 미묘하게 달라진 표정을 눈치챈 유주가 책상으로 돌아서는 그의 뒷모습을 바라보다 내려놓은 샌드위치를 다시 챙겨 넣었다. 그리고 마찬가지로 몸을 일으켜 재킷을 들었다.

애초에 일하는 사람을 붙잡고 방해할 생각은 없었다. 그저, 자신이 내린 이 결론에 대해 한시라도 빨리 알려 주고 싶었을 뿐이다. 그의 평온한 얼굴을 보고 김이 새어 버리긴 했지만.

유주는 사무실 문고리를 잡은 채 몸을 돌려 못다 한 말을 전했다.

"나머지 하나는, 앞으로도 상대방 동의 없이 스킨십을 할 의향이 있냐는 거야. 대답에 따라 결과가 달라질 가능성이 있으니 생각 잘 해."

오피스텔 주차장에 차를 세우고 핸들에 이마를 가져다 댔다.

하, 한숨을 깊숙이 내쉬던 그녀가 천천히 팔을 뻗어 조수석 서랍을 열었다.

그리고 그 안에 처박듯 넣어 둔 자그마한 액자를 꺼내 들었다.

세준의 사무실 책상 위에 놓여져 있던 사진이었다.

어린 자신을 가운데에 두고 양옆으로 세준과 유민이 밝게 미소를 짓고 있었다.

그때는 정말 감히 올려다볼 수도 없는 어른이었는데, 이제 와 보니 그들 역시 20대 초반의 어린 남자들이었다.

그때도 그랬겠지. 동생에게 자신의 과오를 고백하기 힘든 그의 마음을, 그저 배신감이라 치부하며 외면해 버렸다.

조심스레 액자를 손가락으로 쓸던 그녀는 잠깐 망설이다 그것을 손에 쥐고 차에서 내렸다.

유주가 다녀가고 난 후 해인은 정신이 하나도 없었다. 한 손에 휴대폰을 들고 한 손으로는 재킷을 입으며 사무실을 벗어나고 있었다.

뒤에서 지훈이 이름을 크게 부르는 소리가 들렸지만 대답도 하지 못한 채 엘리베이터에 몸을 실었다.

"알겠습니다. 감사합니다, 정 대표님."

―……괜찮겠어?

"네."

이제 상관없었다. 그녀가 들을 준비가 되어 있다고 말했으니까.

해인이 통화를 끝낸 휴대폰을 주머니 속으로 넣었다. 엘리베이터 거울에 비친 자신의 얼굴이 스스로가 느끼기에도 어딘가 홀가분해 보여 혼자 웃고 말았다.

예약해 둔 가게로 찾아가 이름을 댄 뒤 화려하게 꾸며진 꽃다발을 받았다.

그것을 조수석에 내려놓고 다시 안전벨트를 매는 그의 얼굴은 조금 전과 다르게 긴장으로 굳어 있었다.

마음속에 묻어 두었던 상자를 여는 것은 설렘과 긴장을 동시에 동반해 자꾸만 한숨이 새어 나왔다.

"이게 뭐야?"

문을 열자마자 눈앞에 내밀어지는 꽃다발에 유주가 저도 모르게 목소리를 높였다.

그러나 해인은 그런 반응까지 이미 예상했다는 듯 빙긋 웃으며 다른 쪽 손에 들고 있던 상자를 마저 내밀었다.

"……."

꽃다발은 받아 들었지만 상자로는 쉽사리 손이 가지 않는 모양이었다.

그녀가 천천히 고개를 들어 올려 해인의 얼굴을 살폈다.

차마 입으로는 묻지 못하고 표정으로 '설마?' 라는 표정만 지어 보일 뿐이었다.

"안 받을 거야?"

"······뭔 줄 알고 받아."

"터지는 거 아니니까 그냥 받지?"

"터지는 것보다 더 무서운 게 들어 있을 것 같은데."

"너 지금 표정이 꼭 애인이 결혼하자고 할까 봐 두려워하는 30대 샐러리맨 같은 거 알아?"

"······완전히 부정할 순 없어."

"말했잖아. 나 상식 있는 놈이라고. 이제 겨우 2심 결과 기다리면서 청혼을 할 수는 없지."

피식 웃으면서 덧붙인 해인의 말에 그제야 유주는 그의 손에 조그마한 상자를 받아 들었다. 해인이 못 말린다는 표정으로 그녀를 지나쳐 집 안으로 들어갔다.

종종 쫓아 들어가던 유주는 그가 별다른 말 없이 소파에 앉는 것을 보곤 상자를 열었다. 들어 있는 것은 심플한 디자인임에도 고급스러움이 묻어나는 귀걸이였다.

"예쁘다."

"다행이네."

"프러포즈 링이 아니라는 사실이 다행이지. 갑자기 이게 뭐야? 2심 결과를 조금이라도 원하는 방향으로 이끌어 내기 위한 물밑작업?"

"그러기엔 좀 많이 늦었지."

해인이 그녀를 올려다봤다. 검은색 눈동자가 그녀를 똑바로 주시했다.

"3년 전에 건네주지 못했던 네 생일 선물."

"······."

"정은 씨가 줬던 검은색 봉투에 든 자료, 기억해?"

갑작스런 물음에 유주는 한쪽에는 꽃다발, 한쪽에는 귀걸이가 든 상자를 든 채 눈만 깜빡였다.

재판 자료 정리는 대부분 정은이 했다. 자신은 내용만 확인할 뿐이었다.

어떤 자료를 말하는 것인지 불명확한 질문에 쉽사리 입이 떨어지질 않았다.

유주에게서 대답이 없자 해인이 한숨을 낮게 내쉬며 말을 이었다.

"네가 친오빠 사건을 맡았다는 얘기를 들었어. 꽤나 까다로운 성질의 소송이라는 것도."

"······이 업계에서 가장 잘나가는 임유주가 핏줄을 위해 나섰으니 모르면 간첩이지."

핀잔을 주자 입꼬리를 올리는 해인이었지만 어쩐지 그 표정이 씁쓸해 보여 유주는 더 보채지 않고 그의 옆에 자리를 잡고 앉았다.

"단 한 번도 힘들어하는 모습을 본 적이 없는데. 아무리 어려운 일이 있어도 이 악물고 참는 것만 봤는데."

"……"

"너 그때 처음으로 내 앞에서 울었잖아."

"……"

잊고 있었던 기억이 떠오르자 유주는 슬며시 미간을 찌푸렸다.

어쩌다 법정 앞에서 마주친 해인과 술을 한잔했었다. 그 자리가 만들어진 계기도 아마 처음은 말싸움이었을 것이다. 내 승률이 더 높네, 내가 더 잘났네 싸우다 주해인이 저녁 식사를 권유했다.

유민의 허위 진술로 난전을 겪긴 했지만 재판을 준비하는 과정이 그렇게까지 까다롭진 않았다.

눈물을 보인 건 사실이었으나 그건 힘들거나 지쳐서라기보다는 억울해서였다. 자신을 든든하게 지지해 주는 유일한 버팀목마저 빼앗길지도 모른다는 생각에 화도 났고.

그러나 해인은 그 눈물을 조금 다른 의미로 받아들인 모양이었다.

"그때 깨달았지. 내가 이 여자를 많이 좋아하고 있구나. 어떻게든 도와야 되겠구나."

"……"

"재판을 뒤집을 결정적인 증거라고 생각해서 네 쪽으로 자료를 보냈어. 그게 위조 자료인 걸 알게 된 건, 너와 마찬가지로 재판 결과가 나오고 난 후였지."

그러니까 지금, 위증 자료를 주해인이 자신에게 넘겨줬다는 말인가? 유주는 혼란스러움을 숨기지 못해 흔들리는 눈동자로 그를 바라보았다.

"내부자가 흘린 자료를 진짜라고 믿었던 거야. 그건 오히려 네 목을 죄는 결과로 나타났고…… 재판은 그렇게 끝이 났지."

"……."

"내 잘못이라고 생각했어. 결정적인 증거를 넘겨준 게 나였으니까. 그래서 나타날 수가 없었어. 내가 마치 네 손에 칼을 쥐여 주고 오빠를 찌르라고 부추긴 것 같아서. 그래서……."

"……."

해인의 얼굴은 평소와 다름이 없었지만 그의 목소리는 명확하게 흔들리고 있었다.

"차마 용서해 달라는 말도 할 수가 없었어. 그렇게 계속 내 과오를 안고 괴로워만 했지."

해인이 유주의 손에 들려 있는 조그마한 상자를 내려다봤다.

"원래 시나리오는 정반대였거든. 그 재판이 끝나면 멋있게 등장해 누가 도와줬는지 자랑하며 생일을 축하해 주고,

그리고 내 마음도 고백하려고 했어. 지금 생각해 봐도 그 실수만 하지 않았다면 완벽한 계획인데. 안 그래?"

반짝, 빛에 반사되는 귀걸이를 상자에서 꺼내 든 해인이 시선을 유주에게로 옮겼다. 아무런 말도 하지 않고 자신을 가만히 바라보고만 있는 그녀의 귀로 손을 가지고 갔다. 발갛게 열이 오른 귓불을 엄지와 검지로 살짝 어루만진 뒤 귀걸이를 가져다 댔다.

간지러운 건지 유주가 움찔하고 몸을 떨었다.

"3년 전 갑자기 떠나 버린 이유는 그거야. 자료를 위증했던 놈 꼬리를 잡았거든. 영국에 있다는 얘기를 듣고 현지 변호사와 컨택해 뒤를 밟는 데만 그만큼의 시간을 썼지."

"……."

"지금 그놈은 사기죄와 횡령죄로 감옥에 있어. 물론 그때 그 사건의 죄로 처벌받은 건 아니지만, 그래도…… 조금이라도 네 마음이, 아니, 내가 편해지고 싶었어. 내가 했던 실수를 그렇게나마 만회하고 싶었거든."

"……."

유주의 한쪽 귀에 자리를 잡은 귀걸이가 옅게 반짝였다. 원래 처음부터 그곳이 제가 있어야 할 자리였던 것처럼 아주 잘 어울렸다.

해인이 피식 웃어 보였다.

"나, 상고(上告)까지 가야 되는 거지?"

그 물음에 아주 조용히 해인의 말을 듣고만 있던 유주가 마치 감전이라도 된 것처럼 목소리를 터뜨렸다.

"너 바보야?"

"……뭐?"

"내가 겨우 그런 위증된 자료만 가지고 재판에 임했을 거라고 생각해? 그렇게 안일하게 보이냐고."

"……."

"재판에서 진 건 멍청한 우리 오빠가 한 허위 진술과 증거 자료 검토를 제대로 안 한 내 탓이지, 그게 어떻게 우편 하나 딸랑 보낸 네 탓이 되는 건데."

"……."

"어렴풋이 짐작은 하고 있었어. 오빠 일과 연관되어 있겠구나 싶었는데, 그게 도대체 뭘지 아무리 생각해도 감이 오지 않아서 무서웠어."

어쩜 자신의 주변에 있는 남자들은 이렇게 한결같이 바보인 걸까.

"언제 눈치챘어?"

"네가 우리 오빠와 내 사이를 알고 있었을 때."

그는 정은에게 들은 말인 척 이야기를 흘렸지만 정은은 자신과 유민의 관계에 대해 알지 못했다. 그때였다. 주해인이 그 재판과 연결고리가 있음을 깨달은 것은.

"고작 그런 이유 때문에 네 변호사 커리어까지 버리고 3년 동안 영국에 가 있었던 거야? 정말 그것 때문에?"

"안 그랬으면 난 평생 네 앞에 서지도 못했을 거야. 두 사람의 사이가 그렇게까지 틀어졌을 거라고는 생각 못 했었거든."

"주해인 너 진짜 재수 없는 거 알아?"

유주가 신경질적으로 내뱉은 말에 해인이 웃음을 터뜨렸다.

"알아."

"옛날부터 꼭 그래. 뭐든지 다 네가 영향을 끼쳤을 거라고 생각하는 그 버릇. 내가 누누이 말했지. 너 그렇게 대단한 애 아니라고."

"어쩔 수 없었어."

"어쩔 수 없⋯⋯."

"미안해."

"⋯⋯."

"생일 선물 너무 늦게 줘서."

유주는 그의 말에 어이가 없다는 듯 그저 픽 웃어 버리고 말았다. 하루에 진심이 담긴 사과를 두 번이나 받을 줄은 몰랐다.

귀를 조심스럽게 쓰다듬는 커다란 손을 잡아 내린 유주가 그에게 가까이 다가가 입술에 부드럽게 입을 맞추었다. 살짝 닿은 입술의 따스함은 얼마 가지 않아 곧 뜨거움으로 변했다.

해인은 그녀의 뒷목을 감싸고 나머지 한 손은 가녀린 허리를 끌어안았다.

유주의 호흡이 조금 가빠진다 싶을 때쯤 입술을 뗀 해인이 그녀의 이마에 부드럽게 입을 맞추었다. 그리고 이마에 입술을 댄 채 작게 속삭였다.

"내 경우에 상대방의 동의 없는 스킨십은 바로 승소 판결까지 가능해. 할수록 승소율은 올라가."

"……시끄러."

유주가 해인의 가슴팍을 세게 내리쳤다. 해인은 무엇이 그렇게 좋은지 이마에서 입을 떼지 않은 채 쿡쿡 웃음을 흘렸다.

＊　　　＊　　　＊

"미안해. 회사 근처로 오라고 해서. 그냥 여기가 제일 적당할 것 같아서 불렀어."

유주의 말에 유민은 별로 신경 쓰이지 않는다는 표정을 지어 보였다.

올라간 눈매가 서로 똑같았다. 한참 눈씨름을 하는 것처럼 그를 바라보고 있던 유주가 조용히 자신의 휴대폰을 앞으로 밀어냈다.

무슨 뜻이냐고 묻는 그에게 유주가 불만스럽게 중얼거렸다.

"저번에 받았던 오빠 휴대폰 번호가 적힌 종이는 찢어 버려서 없어. 거기다가 새로 입력해 줘."

"……."

"언제까지 대표이사라는 메신저를 통해서 연락을 주고받을 순 없으니까."

유민의 얼굴에 희미하게 떠오르는 미소가 또 누군가를 생각나게 해 유주는 놓여 있던 잔을 들어 커피를 한 모금 들이켰다.

얼어 버린 채 녹을 것 같지 않았던 자신의 주변이 조금씩 변화하는 듯한 기분이 들었다.

$\frac{7}{}$
Beginner

살면서 이런 우연이 자신에게도 있구나 했다.

서울에서 나고 자라며 그렇게 많은 클라이언트들을 상대했지만 길거리에서 아는 사람과 마주치는 경우는 거의 손에 꼽았다.

그런데.

"……."

유주는 복잡한 표정으로 조수석 너머 창밖을 뚫어져라 응시하고 있었다.

카페 테라스에는 제법 편한 복장의 주해인과 언젠가 마주쳤던 여자가 마주 보고 앉아 즐거운 듯 이야기를 나누고 있었다.

틀림없이 그때 보란 듯이 주해인에게 호텔 어쩌고 하는 말
을 던졌던 그 여자였다.

유주는 그들을 주시하다 휴대폰을 들었다.

자신이 이렇게 바람피우는 애인을 발견한 드라마 주인공
처럼 행동하게 될 줄은, 몇 주 전까지만 해도 꿈에서조차 상
상하지 못한 일이었다.

—여보세요.

"어디야?"

—역삼동 카페.

순순히 자신의 위치를 알리는 태도에 순간 뜸을 들인 유주
가 목소리를 한 톤 낮추고 말을 이었다. 진짜 질문은 이제부
터였다.

"누구랑 있어?"

주해인은 과연 뭐라고 대답할까.

커피 잔을 들던 해인의 눈동자가 앞의 여자를 힐끔거리는
것이 보였다.

잠깐 망설이는가 싶더니 그가 중얼거렸다.

—저번에 인사했던 여자잖아.

"뭐?"

—어디서 보고 있는 건데?

"......."

당황한 나머지 아무런 대답을 하지 못한 채 유주는 그대로 통화 종료 버튼을 눌렀다.

끊어진 휴대폰을 내려다보며 입꼬리를 올리는 해인의 옆얼굴이 눈에 들어왔다.

그 표정이 너무 얄미워 미간을 찌푸리며 핸들을 가볍게 내리쳤다.

현장을 잡아 바로 검거하려고 했는데 오히려 당한 기분이었다.

그때 손에 쥐고 있던 휴대폰이 진동했다. 해인이 다시 전화를 건 것인가 싶어 고개를 내렸던 유주는 액정에 뜬 상대의 이름을 보고 짜증스럽게 손가락을 움직였다. 하필 이 타이밍에 전화라니.

—어디서 뭘 하기에 아직까지 안 나타나?

"다 왔어요. 바로 앞이에요."

—10분 전에도 그 말 했잖아.

그건 사실이었다.

다만 약속 장소를 코앞에 두고 그곳으로 들어갈 수 없는 이유가 갑자기 생겼을 뿐.

"잠깐 볼일 보고 있는 중이에요."

—최근에 강영훈 이사 만난 적 있어?

"가만히 있으라고 해서 손가락 하나 까딱 안 하고 있잖아
요."

―서한기업 쪽 사람 만난 적도 없고?

세준과 통화를 하는 도중에도 해인에게서 눈을 떼지 않던
유주는 커피를 마저 들이켜더니 자리에서 일어나는 그를 보
고 몸을 핸들 밑으로 숨겼다.

따라 일어난 긴 머리의 여자는 뭔가 불만스러운 표정으로
말을 하고 있었지만 해인은 그것을 듣는 둥 마는 둥 재킷을
챙겨 든 뒤 인사를 고했다.

그의 얼굴에 떠올라 있는 미소는 분명히 어디선가 유주가
보고 있다는 사실을 알고 짓는 웃음이었다.

"왜요?"

―이상한 소문이 좀 돌아서. 네가 직접 움직인 게 아니라
면 됐어. 그쪽에서 뭘 걸고넘어질지 알 수가 없으니 하나하
나 신경이 곤두서.

"알아서 할 테니까 신경 끄세요."

―내 회사가 넘어가게 생겼는데 어떻게 신경을 꺼.

"엄살 좀 피우지 마세요. 회사에 티클만큼의 영향도 없는
거 잘 아니까. 그리고 언제는 저보다 더 믿음직스러운 변호
사도 없다고 그러셨잖아요."

―그 도끼에 발등 찍히고 난 후 아무것도 안 믿어.

여자는 해인이 돌아서기 직전까지 무어라 계속 말을 하고 있었고 그는 그저 웃으며 고개를 까딱거릴 뿐이었다.

카페를 벗어나 거리로 나온 해인을 따라 눈동자를 움직이며 유주가 헛웃음을 흘렸다.

들킨 다음에 헤어지면 뭘 해? 이미 내가 이 두 눈으로 똑똑히 다 봤는데.

"오른쪽 뺨을 맞으면 왼쪽 뺨을 내줘라, 모르세요? 이왕 찍힌 발등 한 번 더 찍힌다고 크게 달라지겠냐고요."

—내가 아픈 걸 세상에서 제일 싫어하는 거 몰라?

"지금 바쁘니까 급한 거 아니면 만나서 천천히 얘기하죠, 대표님."

—어디서 뭘 하길래 바쁜데.

"보고 올릴게요."

세준에게서 무어라 대답이 돌아오기도 전에 통화를 끊낸 유주가 해인에게로 전화를 걸었다. 차를 세워 둔 곳으로 걸어가던 해인이 휴대폰을 내려다보더니 미소를 더욱 진하게 만들었다.

—어디서 보고 있는 건지 말 안 해 줄 거야?

"어차피 다 봤는데 이제 와 헤어지면 뭘 해?"

—어디야. 치사하게 혼자만 보지 말고 알려 줘. 나도 보고 싶어. 네 얼굴.

"그런 소리 해 봤자 소용없······."

조금씩 멀어져 가던 그가 문득 자리에 멈춰 섰다. 그리고 마치 텔레파시라도 통한 사람처럼 몸을 돌려 정확하게 유주를 바라봤다.

마치 처음부터 유주가 그곳에 있었던 것을 알기라도 한 듯이.

눈이 마주친 순간, 그가 한쪽 눈썹을 들어 올리며 중얼거렸다.

—찾았다.

"무슨 사이야? 그때 우연히 한 번 마주친 게 아니라 자주 만나나 보지?"

"난 비밀을 지켜야 할 의무가 있는 사람이야."

"고객이라도 된다는 거야?"

"노코멘트."

"주고 받던 서류가 있던 것도 아니고, 주해인 옷이 클라이언트를 만나는 복장도 아니라 의심이 되서 전화를 한번 해 봤는데. 왜, 내가 실수한 건가요?"

언젠가 들었던 약이 바짝 오르는 여자의 말투를 흉내 내자 해인이 결국 참지 못하고 웃음을 터뜨렸다.

"나 못 믿어?"

"당연하지. 그걸 질문이라고 해? 세상에서 제일 신뢰가 안 가는 사람 중 한 명이 너야."

해인의 질문에 튕기듯 대답한 유주가 신경질적으로 머리를 쓸어 올렸다.

주해인이 엮이면 꼭 이렇게 피곤해진다.

아무것도 아닌 일에도 하루 종일 신경이 곤두서 마치 바보가 된 기분이었다.

"임유주가 질투하니까 기분 좋은데."

놀리기만 할 뿐 여자와 어떤 관계인지, 무슨 일로 만났는지 말해 줄 생각이 없어 보이자 유주는 그의 말을 무시하며 차에 시동을 걸었다.

"내려. 나 대표님 만나러 가야 돼."

"어디서? 재판 관련일 텐데 같이 가지, 뭐. 내가 네 변호인이잖아."

"아직 정식으로 널 내 변호사라 인정한 적 없는데? 정보 공유만 허락했을 뿐이지, 법정에는 내가 직접 설 거야."

"다른 건 몰라도 내 실력은 믿어 봐."

"네 실력을 못 믿는 게 아니라, 내 실력을 더 믿는 거지."

팔짱을 낀 채 턱을 들어 보이자 해인이 갑작스럽게 상체를 가까이 가져왔다.

놀라서 뒤로 물러나던 유주가 차 문을 등에 바짝 붙인 채

241

눈을 키웠다.

"왜 이래?"

"키스해도 돼?"

"뭐?"

"한다."

해인이 얼굴을 옆으로 틀자 유주가 황급히 그의 가슴팍에 손을 짚고 힘을 주었다. 도대체 이게 무슨 황당한 상황이란 말인가.

허락도 구하지 않고 돌진해 오던 그는 유주의 손에 의해 거리감이 생기자 아쉬움이 가득 담긴 목소리로 낮게 속삭였다.

"질투하는 귀여운 모습, 자기 능력에 자신 있는 당당한 모습. 두 가지를 동시에 보여 주는데 키스하고 싶어지는 건 당연하지."

무슨 말도 안 되는 변명을.

거의 상체를 누이다시피 한 유주가 그를 밀어내려 반항을 해 보았지만 딱딱한 남자의 몸은 움직일 줄을 몰랐다.

"……이런 식으로 어물쩍 넘어가려는 거 누가 모를 줄 알아?"

"알아도 돼. 입술만 줘."

그 이상은 뭐라 대꾸하지 못했다.

부드럽게 닿아 오는 감촉에 유주는 천천히 눈을 감았다. 이제는 이런 갑작스러운 스킨십에도 조금씩 익숙해지고 있었다.

대화 도중 갑작스러운 키스, 갑작스러운 고백. 그의 존재 자체가 임유주의 인생에서는 갑작스러움 그 자체였다.

그가 몸을 움직이자 위로 점점 무게가 실리는 것이 느껴졌다.

받아들이는 것이 갈수록 힘에 부치자 유주가 살짝 인상을 찌푸리며 눈을 가늘게 떴다.

대낮에, 그것도 사람들의 이동이 잦은 곳에서 이렇게 진하게까지 키스할 줄은 몰랐다.

차 선팅이 어떻게 되어 있더라.

입에 있는 호흡 한 자락까지 다 뺏어갈 기세로 밀어 대는 그를 저지하려 다시 팔을 뻗는데 타이밍 좋게도 휴대폰의 벨이 울렸다.

"……."

"……하."

힘겹게 떨어진 두 사람이 긴 숨을 내뱉었다.

입술을 손등으로 감싼 채 발갛게 달아오른 얼굴을 숨기지 못한 유주가 해인을 지긋이 노려보다 자신의 휴대폰으로 눈을 돌렸다.

"여보세요."

—바쁜 일이라는 게 그거야?

"······."

—요즘 변호사들은 풍기문란이라는 말을 모르나 봐.

휴대폰 너머로 들려오는 말소리를 들었는지 해인의 얼굴이 굳어졌다.

조수석에 자세를 똑바로 하고 앉은 그가 차창 너머 한곳을 응시했다.

곤란한 표정으로 휴대폰을 귀에 가져다 대고 있는 세준과, 금방이라도 쫓아와 차 문을 부술 것 같은 표정의 남자가 눈에 들어왔다.

"왜 나까지 여기 있어야 되는 건데."

"계세요."

"계셔야 합니다."

유주와 해인이 동시에 대답했다.

딱딱하게 굳어진 두 사람의 얼굴과 자신의 옆자리에 굳은 듯 앉아 있는 유민의 모습에 불만스럽게 팔짱을 끼고 있던 세준이 작게 한숨을 내쉬며 고개를 가로저었다.

이거야 원, 10대 커플과 학부형 사이에 끼인 담임 선생님도 아니고.

"재판을 도와주는 변호사가 있다고만 들었지, 그 변호사와 이런 사이일 거라고는 전혀 예상 못 했다."

"그렇게 됐어."

유주가 퉁명스럽게 중얼거리자 유민의 눈썹이 치켜올라갔다.

유주가 화났을 때와 똑같다고 생각하며 해인이 급히 말을 이었다.

"주해인이라고 합니다. 유주와는⋯⋯."

"주해인?"

이름을 듣자마자 유민의 인상이 급격하게 바뀌었다.

그리고 그를 향해 손가락질을 하며 유주를 향해 되물었다.

"이 새끼가 널 대학교 때부터 그렇게 괴롭혔다던 '그' 주해인이야?"

"⋯⋯."

유민의 물음에 그 자리에 있던 모든 사람들의 시선이 유주에게로 향했다.

커피를 마시기 위해 잔을 들어 올리던 그녀가 대수롭지 않게 대꾸했다.

"맞아, 그 주해인."

"이 녀석이랑 지금 사귀는 사이라고?"

"그래."

"언제부터?"

"얼마 안 됐어. 대표님도 모르고 있었고."

"이놈이 '그' 주해인이란 말이지."

해인을 아래위로 가만히 훑어보던 그가 낮게 한마디를 내뱉었다.

"헤어져."

"뭐?"

유주가 못 들을 말을 들었다는 것처럼 황당한 웃음을 흘렸다.

생전 연애 같은 것에는 신경도 쓰지 않던 남자가 갑자기 10대도 아니고 30대 동생의 연애를 반대하고 나서는 것이 우스웠다.

거기다 그가 그냥 가족인가.

요 몇 년 동안 얼굴도 제대로 보지 않은 채 남처럼 지냈던 사이인데.

해인도 황당한 것은 마찬가지인 듯 평소보다 빳빳하게 세워진 등에서 긴장하고 있다는 것이 느껴졌다.

하긴, 임유민이 인상으로 어디서 밀리는 사람은 아니지.

부모나 다름없는 존재였지만 남보다 못한 사이가 된 큰오빠와, 일단 사귀는 것 같기는 한데 어디서 무얼하고 다니는지 속을 알 수 없는 애인의 만남이라.

유주가 힐끔 세준을 바라봤다. 곤란한 표정으로 중간에 끼인 채 앉아 있던 그가 유주의 눈빛을 읽었는지 흠, 하고 기침을 하며 침묵을 깼다.

"내가 두 사람 연애하라고 붙여 놓은 건 아니거든."

"언제는 싸우지 말라면서요."

유주가 톡 쏘아붙였다.

애초에 주해인이 자신의 변호를 맡는다고 나서지만 않았어도 이런 관계로 갑작스럽게 발전하진 않았을 것이다. 그 말에 지금껏 조용히 앉아 있던 해인의 얼굴 표정이 바뀌었다.

그는 자신을 향해 손가락질을 하며 이놈, 저놈 하는 유민보다 아무렇지 않게 대답을 하고 있는 임유주에게 더 따져 묻고 싶었다.

도대체 대학교 시절 무슨 이야기를 어떻게 각색해서 들려주었기에 지금 유민이 자신을 죽이지 못해 안타깝다는 표정으로 보고 있는 거냐고.

"둘이 붙어서 노닥거릴 생각은 아니에요. 저도 변호사직 물러나고 감옥에 가긴 싫거든요."

"헤어진다는 거지?"

"······오빠, 내가 몇 살인 줄 알아?"

"그 나이 먹고 사람 보는 눈 없다고 자랑하는 거야?"

유민의 그 한마디에 세준이 손으로 관자놀이를 짚었다.

임씨 집안 두 명이 만나면 피해자는 주변에 있는 애꿎은 사람들이었다.

결국 담임 선생님이 된 심정으로 그는 중재를 선언할 수밖에 없었다.

"유예기간을 갖자. 나도 내 회사 살려야 하니까, 두 사람 다 자제해. 재판 끝날 때까지만."

❋   ❋   ❋

"우리 오빠 원래 이상한 사람이야."

"……."

그러나 그 말에도 해인은 굳어진 얼굴을 풀지 않았다.

끝까지 해인을 노려보는 유민과 겨우 헤어지고 해인의 집으로 돌아온 유주는 식사를 만들면서도 평소와 다르게 말이 별로 없는 해인의 표정을 계속 살폈다.

유민이 좀 기분 상할 만한 이야기를 했어도, 평소 해인의 성격으로는 그냥 웃으며 넘길 줄 알았다.

이런 적은 처음이라 뭘 어떻게 얘기해야 하는 건지 쉽사리 판단이 서질 않았다.

어색한 저녁 식사 자리가 끝나고, 식탁에 나란히 머그컵을 두고 앉아 있던 두 사람 중 유주가 먼저 입을 열었다.

"신경 안 써도 돼."

그러자 해인이 두 손을 깍지 낀 채 입으로 가져다 대며 낮게 중얼거렸다.

"내가 널 대학교 때부터 괴롭혔어?"

"신경 안 써도 된다니까."

"도대체 내가 언제 널 괴롭혔는데."

"……잊었나 본데, 넌 몇 주 전까지 날 계속 괴롭혔어. 뒤에서 정 대표와 공작질을 서슴없이 하면서."

"그건 괴롭힌 게 아니라 내 마음을 전하기 위해서 다가갔던 거고."

하, 헛웃음을 흘린 유주가 말은 바로 해야겠다는 듯 허리를 똑바로 폈다.

"대학교 때 네가 야비하게 군 건 솔직히 사실이잖아. 그땐 오빠한테 학교에서 있었던 일들을 시시콜콜 다 얘기하던 시절이야. 주로 멍청하고 모자란 동기들 욕을 많이 했는데 아마 그중 90%가 네 욕이었을 거야."

"……"

그래, 이제야 유민이 자신을 왜 그렇게 노려봤는지 이해가 간다.

해인이 생각에 빠진 듯 눈을 내리깔았다.

처음 대면하게 되었을 때의 그 상황도 말이 안 되고, 제가 모르는 사이에 누군가에게 고정된 자신의 이미지는 더욱 말이 안 됐다.

그 이미지를 만든 것이 자신의 애인이라는 사실이 가장 말이 안 되는 부분이긴 했지만.

유주는 해인의 심각함과는 다르게 별수 없다는 표정으로 어깨를 으쓱해 보인 뒤 커피를 한 모금 들이켤 뿐이었다.

그러게 왜 나를 괴롭혔어. 자업자득이지.

그런 그녀를 가만히 바라보던 해인이 뭔가 결심한 듯 상체를 기울여 얼굴을 가까이 들이밀었다.

"다음 주 금요일에 최상경 변호사를 주축으로 공익 인권 변호사 모임이 열려."

정은에게서 얼핏 들은 이야기라 아, 하는 소리를 낸 유주가 고개를 갸웃했다.

"참석하려고?"

"같이 가자."

"뭐?"

서한기업과의 일뿐만 아니라 준 로펌 임유주와 대명 법률 주해인이 그렇고 그런 사이일 것이라는 소문은 이미 널리 퍼지고 퍼져 새삼스러울 것도 없는 사실이었다.

그러나 한 걸음 물러서서 소문을 듣는 것과 직접 대면하는 것은 근본적으로 달랐다.

"너 내가 지금 고소당한 입장이라는 건 알고 있어?"

"알아."

"그런데 내가 거길 왜 참석해? 물고 뜯고 맛보고 즐기라고?"

"말 전하기 좋아하는 사람들이 많이 참석하는 자리야. 가면 뭐라도 주워들을 수 있을 거야."

"주워듣는 건 둘째치고, 만약 내가 간다면 하이에나 무리에 떨어지는 고깃덩어리나 마찬가지야. 그리고 난 원래 그런 모임에 참여 안 해."

그럴싸한 이름을 가져다 붙인 모임은 많았지만, 실질적으로 그중 이름대로 모임이 쓰이는 곳은 100개 중 하나가 될까 말까 했다.

편을 만들고 패를 갈라 이 좁은 변호업계에서 조금이라도 우위에 서고 싶어 하는 이들일 뿐이라고, 유주는 쭉 그렇게 생각해 왔었다.

실제로 준 로펌은 세준만이 가끔 얼굴을 내비칠 뿐 적극적으로 인맥을 관리하는 변호사들이 극히 드물었다.

"최상경 변호사가 원래 성일 로펌 쪽 사람이었던 거 알지?"

"……."

성일 로펌은 현재 서한기업을 도와 소송을 준비하고 있는 곳이었다.

공판 기일을 연기하기 위해 찾아갔던 법원 앞에서 딱 마주쳤던 강현오 변호사의 얼굴을 떠올리며 유주가 인상을 찌푸렸다.

"그 사람이 왜 뜬금없이 변호사 모임을 열었는지 궁금하지 않아?"

자신의 질문을 듣고 머리를 굴리는 유주의 모습을 보던 해인이 빙긋, 미소를 지었다.

"상황이 어떻게 흘러가는지 파악하기에 가장 최적화된 장소라고 생각하는데."

"시끄러워지지 않겠어?"

"시끄러워지면 더 좋지. 우리 사이를 널리 알릴 수 있으니까."

"……너 지금 우리 오빠랑 대표이사님 때문에 그러는 거지?"

"아니."

"솔직히 말해."

"난 거짓말 안 해."

"거짓말하네. 유예기간 가지라고 한 말 때문에 열 받아서 모임 참석하겠다는 거 아냐. 동반으로. 소문나라고."

스캔들에 기름을 붓는구나.

그렇게 말한 유주 역시 피식 웃어 버리고 말았지만 얼굴에 서린 긴장감을 전부 떨쳐 내지는 못했다.

복잡함이 가득 담긴 얼굴로 두 사람 모두 조용히 커피를 한 모금 들이켰다.

❊   ❊   ❊

오늘도 여유롭게 일어난 유주는 머리를 긁적이며 거실로 걸어 나갔다.

지금껏 인생을 살면서 시간이 이렇게 남아돈 적은 정말 처음이었다. 예전에는 일을 하지 않고 집에만 있게 된다면 분명 정신이 이상해질 거라며, 바쁘게 움직이는 스스로를 위로했는데 막상 시간이 주어지니 너무나 평온하고 좋았다.

물론 완전히 마음을 놓고 쉴 수 있는 처지는 아니었지만 수면 시간이 늘어난 것만으로 저혈압이 조금은 가라앉은 느낌이었다.

평소에는 잠에서 깨자마자 쭉 두통에 시달리며 예민한 오전을 보냈기에 그것이 사라진 것만으로도 마음에 여유가 생겼다.

"……."

그녀는 부엌 식탁 위에 올려져 있는 냄비와 그 옆에 곱게 자리한 포스트잇을 보고 피식 웃어 버리고 말았다. 저혈압과 두통이 없어진 이유가 오로지 수면 시간의 연장 때문만은 아닌 모양이었다.

다 먹을 필요 없으니까 조금이라도 입에 댈 것.

해인의 글자체를 하나하나 뜯어보던 유주가 그것을 냉장고 문에 붙였다.

'ㅇ'을 조금 크게 쓰는구나. 이런 것까지 귀여워 보이면 중증인가. 그녀는 냉장고를 바라보다 생수통을 꺼내 들고 서재로 걸어갔다.

몰래 집에 들어와 아침을 만들어 준 게 기특했지만 고마운 건 고마운 거고, 먹기 싫은 건 먹기 싫은 거였다. 해인이 맞은편에 앉아서 '어서 먹어' 하는 눈빛으로 보고 있으면 이상하게 입맛이 도는데, 그게 아니면 식욕이 별로 당기지 않았다.

노트북의 전원을 켜며 물 한 모금을 들이켜던 유주가 서재 바닥에 떨어져 있는 종이 두 장을 발견하고 주워 들었다.

"……내 사건 아니네."

빽빽하게 차 있는 문서를 눈으로 빠르게 훑은 그녀의 미간이 좁아졌다.

하긴, 주해인이 투덜거렸던 대로 그가 자신의 사건만 맡고 있는 건 아니었다. 그걸 알면서도 매번 그를 타박하며 믿음 직스럽지 못하다고 화를 냈던 스스로를 반성하며 유주가 종이를 나란히 책상 위에 올려놓았다.

턱을 손에 괴고 자세하게 문서를 들여다보던 그녀가 한숨 섞인 말을 중얼거렸다.

"무슨 이런 막장 같은 사건을 맡았어? 역시 돈 되는 거면 다 OK 하는구나, 대명 법률."

쯧, 혀를 찬 뒤 노트북 키보드를 신경질적으로 치기 시작했다.

"자신이 없어서 도망을 치는 건지, 아니면 자료가 부족해 시간을 끄는 건지……. 뭐, 어느 쪽이든 결국 제가 이기게 되어 있겠지만요."

해인은 현오의 비꼬는 말에도 대구 없이 내용 증명 자료를 훑은 뒤 봉투에 넣었다.

"굳이 직접 이렇게 찾아올 필요는 없었는데요."

봉투를 그를 향해 밀며 해인이 중얼거렸다.

한쪽 팔을 의자에 올리고 나머지 한쪽 손을 탁자 위에 올려둔 제법 거만한 자세의 현오가 그 말에 하하, 소리를 내서 웃었다. 애초에 서류를 건네주러 온 사람 같지는 않았다.

"그냥 뭐, 얼굴 보러 들른 거죠. 판사님 앞에서 물어뜯길 준비가 되어 있으신가 해서. 전 전쟁 준비를 진작에 끝냈는데 그쪽에서 자꾸 시간을 끄니까 괜히 안달도 나고."

"조만간 뵙게 되겠죠. 그리고 누가 됐든 뜯기긴 뜯길 겁니다. 물론 전 아니구요."

그 말을 끝으로 해인이 자리에서 일어났다. 자신의 자리로 걸어가는데 뒤에서 음침한 목소리가 들렸다.

"임유주 변호사님과의 소문은 사실입니까?"

"······."

해인이 천천히 뒤를 돌았다. 바지 주머니에 손을 넣고 정면을 향해 똑바로 섰다. 몸에 딱 맞는 네이비 슈트는 해인이 턱을 조금 치켜들자 마치 잡지의 한 페이지처럼 그를 돋보이게 해 주었다.

"그게 왜 궁금하죠?"

"재판 준비하는 데 도움이 될까 해서요."

"재판 내용과는 전혀 상관없는 일인데요."

"개인적으로요."

개인적? 현오의 말을 이해하지 못한 해인이 인상을 찌푸렸다.

"무슨 뜻입니까?"

"제가 재판을 준비하는 데 동기 부여가 좀 되지 않을까 해서."

그 말을 끝으로 현오가 일어났다. 빳빳한 갈색 봉투를 끌어와 손에 든 뒤 재킷을 갈무리했다.

"재판이 끝나면 준 로펌도 문을 닫고 임유주 변호사도 직종을 변경해야 할 텐데, 새로운 직장을 소개해 줄까 생각 중이거든요."

"……."

"저와 결혼해서 현모양처로 사는 것도 나쁘지 않을 듯한데. 그렇지 않습니까?"

해인의 얼굴 표정이 순식간에 바뀌었다. 그것을 읽었다는 듯, 현오가 안경을 한 번 치켜 올린 뒤 입꼬리를 올렸다.

"혹시 의뢰인 만나면 꼭 좀 전해 주세요. 저번에 한 번 만났는데 안타깝게도 못 물어봤네요."

사무실을 걸어 나가는 현오를 붙잡으려 해인이 움직였다. 저 새끼가 방금 뭐라고 그런 거야. 그의 어깨를 틀어쥐려는 순간, 사무실 문이 열리고 지금 이 상황에 절대 보여선 안 될 얼굴이 모습을 드러냈다.

"……임유주."

유주 역시 당황한 건 마찬가지였는지 자신을 노려보는 해인과, 그런 그에게 어깨를 붙잡힌 채 인상을 찌푸리고 있는 현오를 번갈아 바라보며 입만 벙긋거리고 있었다.

그 어색한 상황을 먼저 깬 건 현오였다. 그는 자신의 어깨 위에 올려져 있는 해인의 손을 쳐 낸 뒤 유주를 향해 악수를 청했다.

"이렇게 또 만나네요. 임 변호사님."

그러나 유주는 그의 손을 가만히 내려다보기만 할 뿐, 별다른 반응을 보이지 않았다. 마치 '네가 왜 여기 있냐'고 묻는 듯했다.

"언제쯤 악수를 한번 해 주시려나."

현오가 팔을 내리며 빙긋이 웃었다. 그리고 몸을 돌려 해인을 노려본 뒤 그 자리를 빠져나갔다.

"뭐야? 저 사람이 왜 왔어?"

사무실 문을 닫으며 유주가 다급하게 물었다. 혹시 뭔가 트러블이 생겼나 저도 모르게 목소리가 한 톤 올라갔다.

그러나 자리에 앉는 해인에게서 돌아오는 대답은 없었다.

그는 셔츠가 답답한 듯 손으로 몇 번 목 부분을 늘리다 결국 단추를 두어 개 풀어냈다. 그리고 자신의 앞자리에 앉는 유주를 바라봤다.

"강현오 만난 적 있어?"

"법원에서 마주쳤었지. 재판 기일 신청서 내러 갔을 때."

"별말 없었어?"

"그냥 늘 그렇듯 빈정거리던데. 가만 안 둘 것처럼 왜, 뭔데? 설마 협박 같은 거 하고 그래?"

"……"

"넌 왜 중요한 건 늘 애기 안 해 줘? 강 변호사랑 약속 잡혀 있는 거 알았으면 좀 더 빨리 왔을 거 아니야."

임유주의 유일한 단점이라고 말할 수 있는 것이 바로 이성에 대한 눈치였다.

스트레이트로 좋아한다, 사랑한다 말하지 않는 이상 상대방이 자신에 대해 어떻게 생각하는지 전혀 알지 못했다. 아니, 관심 없다는 표현이 정확할 것이다.

조금 전 강현오의 발언으로 보았을 때 벌써 몇 번이나 접근했을 텐데, 정작 본인은 '빈정거렸다'고만 느낀 모양이었다.

해인이 하, 한숨을 내쉬며 이마에 손을 짚었다. 이런 상황 전개는 전혀 예상하지 못했던 터라 데미지가 컸다.

자신의 여자가 인기 있는 것은 기분 좋은 일이었다. 하지만 그것이 '동경'이 아닌 '공격'으로 들어오는 것은 느낌이 조금 달랐다.

한참 동안 생각에 빠져 있던 해인이 천천히 고개를 들었다.

"너 이번 변호사 모임, 빠지면 안 돼. 꼭 참석해."

유주는 뜬금없는 소리를 내뱉는 해인을 향해 미간을 찌푸릴 뿐이었다.

❋　　　　❋　　　　❋

변호사들이 모이는 자리에 참석하는 건 인턴 때 이후로 처음이었다.

특히 호텔에서 열리는 그런 격식 있는 모임은.

아침부터 분주하게 화장대 앞에서 이리저리 손을 놀린 유주는 옷장 앞에서 한참이나 고민을 해야 했다.

주해인 비주얼에 자신이 묻히는 일이 발생해서는 안 되는데.

실루엣이 드러나는 살굿빛 원피스를 고른 유주는 거울 앞에 서서 몸을 이리저리 돌려 봤다.

몸에 달라붙는 그 원피스는 어느 때와 마찬가지로 노출은 없었지만 색깔이나 핏 때문인지 노출된 옷보다 더욱 섹시하게 느껴졌다.

그리고 그것은 주해인도 마찬가지인 모양이었다.

"예쁘네."

오피스텔 앞에 차를 세우고 유주를 기다리고 있던 그가 한마디를 내뱉었다.

그는 좀처럼 입지 않는 그레이 슈트를 걸쳐 평소보다 조금 더 가볍고 부드러운 인상을 주고 있었다.

유주가 무슨 그런 당연한 소리를 하냐는 듯한 표정으로 그를 한 번 쳐다보고는 조수석에 몸을 실었다. 보닛을 돌아 운전석으로 걸어 오는 그의 옆모습을 보며 자세를 고쳐 앉고 안전벨트를 맸다.

"이왕 등장하는 거 가슴을 확 까 볼까 생각했는데 그건 좀 곤란할 거 같더라고. 다 반하면 어떡해."

"한 명씩 다 차면 되지. 그런 옷 입는 거 좋아."

"뭐?"

"난 예쁜 게 있으면 사람들에게 자랑하고 싶어 하는 성격이거든."

"……"

다른 남자들은 예쁜 걸 자기만 보고 싶어 하던데.

유주는 거기까지는 얘기하지 않고 정면으로 시선을 주었다.

주해인이 다른 남자와 달리 사고방식이 특이하다는 건 알고 있었지만 이렇게 문득 직접적으로 느껴질 때마다 알게 모르게 기분이 묘했다.

아마 질투라는 것도 절대로 하지 않겠지. 자신은 그 비슷한 생각만 해도 이렇게 애가 타는데 말이다.

"조금 더 알아봤는데 변호사 말고 기업 쪽 인사들도 참석하는 모양이야."

"별로 특별해 보이는 건 없던데."

정은에게서 받았던 파일들을 머릿속으로 떠올리며 유주가 중얼거렸다.

"그거야 가 보면 알겠지."

해인이 유주 쪽으로 고개를 완전히 돌렸다. 평소 운전을 할 때는 정면을 똑바로 보는 편이라 유주는 무슨 중요한 말을 하려나 싶어 그와 눈을 마주했다.

그러나 얼굴을 빤히 바라만 볼 뿐, 그는 별다른 말을 하지 않았다. 그러다 신호가 바뀌자 다시 정면으로 고개를 돌렸다.

그리고 또 한 번, 차가 멈추었을 때 다시 한 번, 방향을 틀면서 또다시 한 번.

노골적으로 얼굴을 살피는 그 행동에 결국 유주가 인상을 쓰며 중얼거렸다.

"뭐하는 거야? 할 말 있으면 해. 내 얼굴에 뭐 묻었어?"

"자꾸 보고 싶어서."

"……."

"요즘 스스로에게 놀라."

해인이 그녀에게 시선을 고정시켰다.

"내가 3년 동안 임유주 안 보고 어떻게 버텼을까. 진짜 독한 놈이구나 싶어서."

"……."

"3년 동안 고생한 것에 대한 보상이라 생각하고 얼굴 좀 맘껏 보여 줘. 본다고 닳는 것도 아니잖아."

"……누가 뭐래?"

유주는 뺨에 열이 오르는 것 같아 얼른 고개를 똑바로 했다.

이제 주해인의 이런 발언에 익숙해질 때도 됐는데, 아무리 들어도 저 말은 도저히 받아들이기가 힘들었다. 아무리 자기 자랑이 특기인 천하의 임유주라고 해도.

해인이 팔을 뻗어 왔다.

깍지를 낀 채 무릎에 손을 올려 놓았던 유주의 손이 커다란 그의 손에 붙잡혔다. 고개를 돌리자 그가 입꼬리만 올려 웃었다.

"만져도 안 닳는 건 마찬가지니까."

더하다가는 사고가 날 것 같아 앞을 보라고 한마디 하려는 찰나, 가방 안에 들어 있던 휴대폰이 울렸다.

해인에게 붙잡혔던 손을 빼내 휴대폰을 꺼내 든 유주가 피식 웃음을 흘렸다.

"어디 카메라라도 설치되어 있나 보다."

그 말에 해인의 인상이 구겨지는 것도 잠시, 유주가 통화 버튼을 눌렀다.

상대는 유민이었다.

─그 뺀질이랑 같이 있어?

다짜고짜 묻는 말에 유주가 터지려는 웃음을 참으며 해인을 힐끔거렸다.

"무슨 일인데."

─뺀질이랑 같이 있네. 어디야?

"이러라고 알려 준 휴대폰 번호가 아닌데."

─임유주.

"변호사 모임 참석하려고 가는 길."

─내일 집으로 갈게.

"왜?"

─……끊는다.

유주는 통화가 끊긴 휴대폰을 내려다보며 고개를 갸웃했다.

유민이 전화를 한 것도 처음이거니와, 갑자기 집으로 찾아오겠다는 이유를 알 수 없었다.

무슨 일이 있나?

"내가 언제부터 뺀질이가 된 거야?"

불만이 가득 담긴 질문이 날아왔다. 유주가 휴대폰을 가방에 집어넣으며 대꾸했다.

"별로 새삼스러운 별명은 아니지. 잘 어울리잖아, 뺀질이."

"출처가 임유주네."

"주뺀질 말고 다른 것도 많아. 주얄밉, 주뻔뻔, 주재수, 주밥맛."

"……."

"'주'라는 성이 참 예뻐. 뭘 가져다 붙여도 찰떡같이 어울린단 말이야."

예전부터 지어 부르던 별명을 해인의 앞에서 얘기하는 유주는 그를 놀리는 것이 괜히 신이 나 웃음을 머금었다.

대학을 다니던 당시에는 의식하지 못했는데 지금 떠올려 보면 유민과 앉아서 이야기하던 학교생활의 대부분이 주해인과 관련된 것이었다.

그만큼 붙어 다녔고, 또 그만큼 속앓이를 했으니까.

유주의 놀림을 그저 가만히 듣고만 있던 해인이 천천히 차의 속도를 줄이며 중얼거렸다.

"그렇지? 자식이 주씨 성을 가지면 참 좋을 거야. 이름 짓기도 편하고."

"……."

아무렇지도 않게 내뱉은 그 말에 유주는 차마 그렇다고 대답하지 못하고 고개를 반대편 창으로 돌려 버리고 말았다.

역시 적응이 되지 않았다. 주해인의 돌직구 발언에는.

그다지 규모가 크지 않은 행사라고 들었는데 호텔 이름을 들었을 때 그 말에 모순이 있음을 깨달았어야 했다.

유주는 홀로 들어서며 저도 모르게 혀를 쯧, 찼다.

공익이라는 이름을 달고 있는 행사답지 않게 화려한 연회장과 그에 지지 않는 사람들의 현란한 모습이 어색하게 느껴지기 짝이 없었다.

"요즘은 공익이라는 단어를 이런 데도 가져다 붙이나?"

"그러게."

"이래서 내가 변호인 행사에는 참석을 안 하는 거야."

해인이 인상을 잔뜩 구긴 유주를 향해 잔을 내밀었다.

샴페인이 담긴 그 잔을 보고 유주의 표정이 더욱 구겨졌다.

무슨 석찬 파티도 아니고.

"아는 얼굴 있어?"

"글쎄."

이런 모임에는 절대 참석하지 않는 유주와 다르게 해인은 변호사 배지를 달았을 때부터 대명 법률을 대표해 여기저기 얼굴을 내밀고 다녔었다.

유한 말주변과 사람을 대하는 데 어려움이 없어 대외적인 자리에는 많이 불렸지만, 실상 그 역시 크게 인맥을 관리하는 타입은 아닌 모양이었다.

해인의 확신 없는 대답에 유주가 의아해하고 있을 찰나, 그가 다른 곳을 보는 척하면서 그녀의 귓가에 대고 작게 속삭였다.

"오른쪽 대각선으로 나 계속 째려보는 사람 보여?"

"어."

"그 왼쪽에 팔짱 끼고 있는 여자도 보이지."

"보여."

"둘 다 다음에 만나면 가만 안 두겠다고 나 협박했던 애들이야."

"……너 우리 회사랑만 사이 안 좋은 거 아니었어?"

"뺀질이가 한 곳에서만 뺀질거리겠어?"

"대단하다."

주해인은 모임에 참석하여 인맥 관리를 하는 게 맞았다. 생기는 인맥마다 족족 깨부수기를 하며 돌아다니는 관리.

유주는 주해인과 이 모임에 참석한 것 자체가 이미 불행의 시작이라는 것을 뒤늦게 깨달았다.

가뜩이나 고소를 당한 상황이라 안팎으로 말이 많은데, 주해인과 함께 등장하자 그 파급력은 두 배로 커졌다.

그렇지 않고서야 자신을 힐끔거리는 사람들의 시선이 이렇게까지 따갑게 느껴질 리 없지 않은가. 대놓고 저들끼리 수근거리기도 했다.

왜 그와 동반으로 왔을까, 그냥 지금부터라도 따로 떨어져서 다닐까 하는 생각이 머릿속을 스쳤다.

한숨을 내쉰 유주는 사람들의 눈을 피해 회장의 구석 자리로 몸을 옮겼다.

안면이 있는 이들과 악수를 주고 받은 해인이 그녀가 있는 곳으로 천천히 걸어왔다.

"좀 오버스럽긴 해도 그냥 조용한 모임 같은데? 크게 튀는 거물급 인사들도 없는 것 같고."

돌아오는 대답이 없자 유주가 회장을 둘러보던 시선을 움직여 해인을 바라보았다.

마찬가지로 사람들을 살피고 있을 줄 알았던 그는, 언제부터였는지 계속 그녀를 내려다보고 있었다.

"왜 그래?"

"아까 했던 말, 수정을 좀 해야 될 거 같아."

"뭐?"

"예쁜 걸 자랑하고 싶은 건 여전한데, 그게 내 거라고 공인이 되어 있지 않은 상황에서는 좀 불편하네."

갑자기 무슨 소리를 하는 건지 알 수가 없어 인상을 찌푸리자 그가 자연스럽게 유주의 허리에 손을 감았다. 무슨 짓이냐고 밀어내려 하는데 다가온 남자가 두 사람에게 말을 건넸다.

"임유주 변호사님 맞죠?"

"아, 네. 안녕하세요."

"이런 자리에서 보니 반갑네요. 조현웅입니다. 그때 정 대표님과 한 번 봤었죠. 그리고 이쪽은……."

"주해인입니다."

"아, 주 변호사."

조현웅이라 자신을 소개한 남자는 해인의 이름을 듣자 긍정적인지 부정적인지 모를 표정을 지으며 악수를 청했다. 악수를 하는 와중에도 해인은 유주의 허리에 감고 있는 팔을 풀지 않았다.

"요즘 두 사람에 대한 이야기로 아주 시끌시끌한데, 이렇게 모임에 나올 줄은 몰랐네요. 불편하지 않겠어요?"

"전혀요. 좋은 취지로 열린 모임에는 참석해야죠."

해인이 부드럽게 웃으며 말을 받았다. 그 대답에 의외라는 표정을 지어 보인 현웅이 이번에는 유주를 향해 시선을 주었다.

"임 변호사도 법원에서 만난 뒤 정말 오랜만에 보는 건데, 더 예뻐졌네요."

"감사합니다."

허리에 감겨 있는 손에 힘이 들어가더니 조금 더 가까이 그를 향해 끌어당기는 느낌이 났다.

"소문을 듣고 설마설마했는데 정말이었나 보네요. 이렇게 또 법조인 커플이 탄생하니 보기 좋습니다."

해인을 올려다본 유주가 현웅을 향해 어색하게 웃어 보였다.

"저 화장실 좀 잠깐."

황급히 그 자리를 빠져나온 유주는 입구에 커다란 샹들리에가 달려 있는 화장실로 숨듯 도망쳤다.

도움이 될 만한 정보를 얻는다는 건 그냥 하는 소리고, 실상은 소문을 사실로 만들기 위해서인 게 틀림없었다.

얼굴에 오른 열이 식지를 않아 손부채질을 하다 유주는 거울에 비친 자신의 얼굴을 빤히 바라보았다.

그 안에는 조금 낯선 표정을 한 여자가 있었다. 그동안 연애를 하면서 단 한 번도 본 적이 없는 표정. 그런 자신의 얼굴이 어색하면서도 왠지 싫지는 않았다.

그냥, 이것이 원래 자신의 모습이 아니었을까 싶을 만큼 편안하면서도 만족스러웠다.

물론 주해인의 덕분이라고 인정하고 싶지는 않았지만.

화장을 고치기 위해 클러치에 들어 있던 립스틱을 꺼내 드는데, 뒤에서 듣기만 해도 인상이 찌푸려지는 목소리가 울렸다.

"어머, 주 변호사님 맞죠?"

유주가 거울 너머로 비치는 여자를 확인하고 천천히 몸을 돌렸다.

여자는 오늘도 화려한 의상을 입고 있었다.

목부터 가슴 윗부분까지 시스루로 되어 있는 검은색의 드레스는 그냥 맨 살갗을 드러낸 것보다 더욱 눈이 가는 디자인이었다.

"이렇게 우연히 만나니까 반갑네요. 저 기억하시죠? 그때 까밀에서."

"기억해요."

차마 반갑다는 말이 입 밖으로 튀어나오지 않아 유주는 그렇게 짧은 한마디를 내뱉었다.

감정이 섞이지 않은 일정한 톤이라 어쩌면 조금 냉정하게 들릴 법도 한데 소진은 눈을 더 예쁘게 휘며 다가왔다.

"해인 오빠도 왔겠네요?"

"……"

"내가 여기 오면 괜찮은 소식 들을 수 있을 거라고 알려 줬거든요."

그녀가 세면대의 물을 틀며 중얼거렸다.

"상황이 어떻게 흘러가는지 파악하기에 가장 최적화된 장소라고 생각해."

그래서 이 여자와 만나서 대화를 나눈 거였나. 유주가 손을 씻는 여자를 바라보다 말을 꺼냈다.

"그런데 그쪽은 주해인하고 무슨 사이예요?"

"저요?"

"뭐하시는 분인지 잘 몰라서요."

"오빠가 아무 말도 안 해요?"

저 '오빠'라는 소리가 그렇게 거슬릴 수 없었다. 유주는 소진의 눈을 피하지 않고 대답했다.

"네. 들은 적이 없네요."

그 대답에 소진이 피식, 웃음을 흘리며 페이퍼 타올을 잡아 뺐다.

"그럼 저도 별로 말하고 싶지 않은데요."

손을 닦은 그것을 휴지통에 던져 넣은 소진이 유주를 돌아봤다. 그리고 긴 생머리를 쓸어 넘긴 뒤 작게 미소 지었다.

"그건 그렇고 이 자리에 임 변호사님까지 나올 줄은 몰랐어요. 강 이사님도 참석하는 자리인데 대단하시네요. 얼굴 자주 보시나 봐요?"

그녀의 말에 유주의 얼굴이 딱딱하게 굳어졌다.

"누가 참석해요?"

"강영훈 이사님이요. 임 변호사님 고소한."

그제야 자신을 향한 사람들의 시선을 깨달은 유주가 하, 하는 소리를 냈다. 몰랐었냐는 듯 소진이 눈을 동그랗게 뜨며 손으로 입을 가렸다.

"이번 모임을 뒤에서 많이 후원해 준 사람이에요. 아마 서한기업 이사진도 몇 명쯤은 참석하지 않을까 싶은데."

"……."

설마 일부러 해인을 초대한 건 아니겠지. 내가 같이 따라나올 걸 알고.

그러나 그녀의 '설마'라는 생각에 확신을 불어넣듯 서진이 눈꼬리를 예쁘게 휘었다.

"지금이라도 안 늦었으니까 그만 가지 그래요? 오빠한텐 제가 전해 주죠, 뭐."

"……내가 망신당하는 걸 보고 싶어서 일부러 그런 거예요?"

그 말에 소진이 매끄럽게 올라간 눈꼬리를 더욱 새침하게 올리며 유주를 가만히 살폈다.

마치 무언가를 알아내려는 사람처럼.

"임 변호사님이 망신당하는 걸 보고 싶어 하는 사람은 제가 아니라 다른 사람인 것 같은데요."

"……."

"해인 오빠도 알고 있거든요. 강 이사님이 이 모임 후원자
라는 거."

❋　　　　❋　　　　❋

해인은 주변을 살피며 샴페인을 한 모금 들이켰다. 유주의
말대로 그다지 눈에 띄는 인사는 없었다. 주고받는 이야기도
그저 그런 화제들뿐.

보통 해인과 유주 정도로 스캔들이 큰 변호사들이 이런 자
리에 나타나면 너스레를 떨며 소문에 대해 언급하는 이들이
꼭 한두 명씩 있기 마련인데 오늘은 그런 사람도 없었다.

해인이 소매를 슬쩍 들어 손목시계를 확인했다. 슬슬 나타
날 때가 되지 않나 싶은데.

빈 잔을 웨이터의 쟁반에 내려놓던 그는 느껴지는 시선에
살짝 눈살을 찌푸리며 고개를 돌렸다.

무엇보다 오늘 거슬리는 건 바로 저 시선들이었다. 그가
아닌 유주를 향한 시선.

자신의 여자가 멋지기를 바랐다.

누구보다 예쁘고 누구보다 뛰어나 많은 사람들의 사랑을

받았으면 했다.

그것이 부러움의 시선이든 흑심을 품은 시선이든 뿌듯했다.

그녀의 옆에 서 있는 건 자신이니까.

애인이 이성이든 동성이든 인기가 많을수록 해인은 더 뿌듯해지는 타입이었다.

하지만 오늘은 뭔가 기분이 계속 불쾌했다.

임유주는 자신을 향한 시선도 눈치채지 못한 채 다가오는 사람들을 무방비로 받아 주고, 웃어 주고, 얘기에 귀를 기울여 줬다.

왜 그것이 이렇게 거슬리는 건지 해인 자신도 알 수가 없었다.

살면서 단 한 번도 이런 적이 없었다.

아니, 언젠가 이런 비슷한 기분을 느껴 본 것 같긴 한데.

언제였더라.

또 다른 잔을 집어 들었을 때, 회장 밖으로 나갔던 유주가 들어오는 것이 눈에 보였다.

감탄이 나오는 실루엣은 여전했지만 얼굴은 그렇지 못했다.

마치 그녀의 오빠인 유민을 떠오르게 하는 눈초리에 해인은 또 무언가 일이 터졌구나 짐작했다.

"돌아갈래."

"왜."

"너 알고 있었어?"

"뭘?"

"강영훈 상무이사가 여기 후원인이라는 거."

"……."

"알았구나. 그런데 왜 나한테 말 안 했어?"

"네가 안 온다고 할까 봐."

"당연하지! 내가 그 인간이랑 마주하는 걸 다른 변호사들이 보고 뭐라고 생각하겠어? 여기서 아예 그냥 재판 열어?"

"당황스러운 거 알아."

"그런데 도대체 왜……."

유주가 거기까지 말하다 입을 다물었다.

사람들의 웅성거림이 점차 커진다 싶더니, 강영훈 이사와 그 무리가 모습을 드러냈다.

아랫입술을 잘끈 깨문 유주가 발갛게 변한 눈꼬리로 해인을 올려다봤다.

도대체 주해인이 무슨 생각을 하고 있는지 알 수가 없었다.

"넌 이러니까 나한테 신뢰도가 바닥인 거야. 10년이 지났는데 그때와 하나도 변한 게 없어."

유주는 아무 말도 없이 그대로 등을 돌려 그곳을 벗어났다.

주해인은, 언제나처럼 뒤를 쫓지 않았다.

8

Lose my mind

유주는 일주일째 집 밖을 나가지 않았다.

다음 날 보자고 했던 유민에게서 몇 번이나 연락이 왔지만 대답하지 않았다.

그리고 당연히 연락이 왔어야 할 해인에게서는 문자메시지 한 통 날아오지 않고 있었다.

그것이 또 황당해 유주는 죽어 있는 휴대폰을 어이없다는 얼굴로 내려놓았다.

너무 예민하게 반응했나 싶으면서도, 결정적인 것은 항상 숨기고 말해 주지 않는 해인의 태도에는 이제 질렸다.

이렇게 반응하는 것도 어쩔 수 없는 일이라는 생각이 머릿속 한편을 차지했다.

벌써 10년이 가까이 옆에서 지내며, 그가 뒤에서 무슨 수를 쓰는지 제 두 눈으로 직접 봤으니까.

그게 변호사라는 직업을 가진 사람들의 어쩔 수 없는 일면인 것을 알면서도, 자신에게조차 그런 모습을 보이는 해인이 모르게 싫었다.

그런 자신 역시 변호사라는 직업에 맞게 그를 재고, 판단하고, 심사하는 건 마찬가지였지만.

유주가 작게 한숨을 내쉬었다. 어찌 보면 그와 관계를 맺는 동안에는 쭉 짊어지고 가야 할 짐이 아닌가 하는 생각이 들었다.

변호사 주해인의 모습을 그대로 받아들이는 것.

일주일 동안 가만히 있으니 가슴이 답답해졌다.

방전된 것처럼 침대에서 한 발자국도 나가지 않았던 유주가 천천히 몸을 일으켰다.

씻고 나와 냉장고에서 생수 하나를 꺼내 든 그녀는 서재 문을 열고 안으로 들어갔다.

노트북에 전원을 켜고 자리를 잡는데, 거실 테이블에 올려져 있는 휴대폰이 요란한 소리를 냈다.

보지 않아도 유민이겠지.

의자에 편안하게 몸을 기대고 그런 생각을 하던 유주는 그렇지만 벌써 일주일째인데, 이제 슬슬 연락 올 때가 된 거 아닐까 하는 생각이 머릿속을 스치는 순간 벌떡 일어났다.

주해인, 내가 납득할 만한 변명이 아니면 용서치 않을 것이야.

그러나 액정을 확인하는 그녀의 얼굴에는 애매한 미소가 떠올라 있었다.

〈변호사님, 잘 지내고 계세요? 너무 보고 싶어요. 대표이사님이 예전 같지 않으세요. 언제쯤 복귀하실 거예요!〉

그러고 보니 출근을 하지 않은지 얼마나 지났는지 벌써 까마득했다. 유주는 작게 한숨을 내뱉으며 답장 버튼을 눌렀다.

잘 지내고 있으니 걱정하지 말라며, 그리고 대표이사는 원래부터 또라이였다는 내용을 입력한 뒤 혹시 다른 메시지가 들어오지 않았나 확인했다.

〈그 정도로 또라이일 줄은 몰랐죠. 아, 그리고 서한기업 쪽에서 내용 증명이 왔어요.〉

답장을 보내자마자 다시 도착한 정은의 문자에 잊고 있었던 싸움이 다시금 가슴을 묵직하게 짓눌러 왔다.

너무 우물 안에 있는 것 같아서 이 사건의 뒤에 무엇이 있는지 확인해 보고자 참석했던 모임에서는 사람들에게 쓸데없는 가십거리만 던져 주고 돌아왔다.

그녀가 버릇처럼 손톱을 깨물었다.

주해인이 무슨 생각인 건지는 아무리 추측해 봐도 알 수가 없었다.

"임 변호사님이 망신당하는 걸 보고 싶어 하는 사람은 제가 아니라 다른 사람인 것 같은데요."

"……."

"해인 오빠도 알고 있거든요. 강 이사님이 이 모임 후원자라는 거."

휴대폰을 뒤집어 엎어 놓은 뒤 서재 쪽으로 걸어가는 그녀의 발걸음이 무거웠다.

❋   ❋   ❋

"내 동생한테 무슨 짓을 한 거야."

자리에 앉아 메뉴판을 펼치기도 전에 폭언이 날아왔다.

메뉴판을 테이블 위에 내려놓던 종업원이 그 대사 한마디에 해인을 향해 고개를 돌렸다.

역시 잘생긴 남자들은 다 얼굴값을 한다니까.

마치 경멸하는 듯한 눈빛을 날리고 돌아선 종업원의 뒷모습을 응시하던 해인이 다시 유민에게로 시선을 움직였다.

까슬하게 돋아 있는 수염이 잘 어울리는 40대 남성은 똑바로 얘기하지 않으면 가만두지 않을 거라는 얼굴로 해인을 바라보고 있었다.

"무슨 말씀을 하시는지 잘 모르겠습니다만."

"연락을 안 받아. 집으로 찾아가도 묵묵부답이고."

"……."

"세준이 녀석한테 들은 말로는 변호사들이 모두 모인 곳에서 임유주가 망신을 당할 뻔했다던데. 틀렸나?"

"……."

해인은 그저 묵묵히 유민이 하는 이야기를 듣고 있기만 했다. 그것이 마음에 들지 않는지 유민의 눈빛이 점점 싸늘하게 굳어 갔다.

"왜 아무 말도 하지 않지?"

"현재 단계에서는 말씀드릴 게 없습니다."

"현재 단계?"

"전 클라이언트와의 일을 다른 사람에게 발설하지 않을

의무가 있거든요."

하, 유민이 기가 막힌다는 얼굴로 웃고는 그를 다시 노려 봤다.

"난 지금 네 고객에 대해 묻고 있는 게 아니라 내 친동생 과 사귀고 있는 남자에게 무슨 일이 있었는지 묻고 있는 거 야."

그 말에 그동안 아무런 변화가 없었던 해인의 표정에도 약 간의 변화가 생겼다.

그의 얼굴이 바뀌는 것을 눈치챈 유민이 한쪽 입꼬리만 끌 어 올린 채 비아냥을 이어 갔다.

"왜, 남자로서도 할 말이 없나 보지?"

"……미안하게 생각하고 있습니다."

"그게 다야?"

"보고 싶어요. 지금도."

유민의 눈이 가늘어졌다. 그의 말에서 느껴지는 것이 무언 가 조금 달랐기 때문이었다.

그는 애써 무언가를 억누르고 있는 사람처럼 보였다. 그것 이 뭔지는 알 수 없었지만.

"일주일 전이 무슨 날이었는지 아나?"

"모릅니다."

"……부모님이 스페인으로 출국하셨던 날이야."

"……."

해인의 얼굴이 조금 전과는 비교도 되지 않을 정도로 굳어졌다.

"유주와 나는 그날을 무슨 말로도 표현할 수가 없어. 자신이 세상에서 가장 바보 같았던 날. 자신을 세상에서 가장 용서할 수 없는 날. 시간을 되돌린다면 가장 먼저 돌아가고 싶은 날……."

"……."

"그날 왜 부모님께 짜증을 냈으며, 그날 왜 좀 더 눈을 맞추고 얘기하지 못했는지. 그날 왜 하필……."

"……."

"돌아가신 날보다 출국하셨던 그날의 기억이 우리 남매에겐 더 또렷하고 더 아파. 그래서 기일보다도 우리에게서 떠나간 그날을 더 가슴속에 품고 지내."

"……."

"그런데, 일주일 전에 전화했더니 그 녀석이 모른다는 것처럼 반응하더라고."

"……."

"1년 전만 해도, 세준이를 통해서 나에게 꽃다발을 건네주었던 녀석인데. 그 녀석이 전혀 아무렇지도 않은 목소리로 내 전화를 받아서 왜, 라고 물었지. 그래서 난 솔직히 좀 놀랐어."

해인은 아무런 말도 하지 못했다. 그저 묵묵히 들어 주는 것이 지금 자신이 해야 할 일의 전부라고 느껴졌다.

"그래서, 널 좀 달리 보게 되었다. 뺀질이에서 어쩌면 조금은 내 동생이 마음을 열고 평온을 찾게끔 해 준 녀석이 아닐까 하고."

"……."

"이제 와 생각해 보면 대학 시절 항상 네 욕을 하고 있으면서도, 내 동생은 그렇게까지 화가 난 것처럼 보이지 않았어. 가끔은 웃고 있었던 것도 같아. 그 녀석이 오늘 얼마나 뻔뻔한 짓을 했는지 아냐면서."

말을 하는 그는 웃고 있는 것 같기도 하고 슬퍼 보이는 것 같기도 했다.

해인은 왠지 그 표정이 낯설지 않다고 느껴져 커피 잔을 쥔 손가락을 살며시 움직였다.

"어떻게 보이실지는 잘 모르겠지만."

그동안 묵묵히 듣고만 있던 해인이 목소리를 내자 유민이 입을 닫았다.

잠시 눈을 내리깔고 무언가를 떠올리는 것처럼 은은한 미소를 짓고 있던 해인은 천천히 고개를 들어 유민을 똑바로 바라보았다.

"전 생각하시는 것보다 훨씬 더 임유주라는 여자를 사랑하고 있습니다."

그의 말은 본인 스스로에게도 어떠한 확신을 주는 것처럼 느껴졌다.

유민과 헤어지고 회사로 복귀하면서도 해인은 굳어진 얼굴을 풀지 못하고 있었다.

어쩌면 계속 같은 실수를 반복하고 있는 게 아닐까.

모든 일이 결국 이렇게 엉키고 꼬이는 것은 자신의 잘못인 걸까.

하지만 어떻게 될지 알 수 없는 일에 더 이상 유주를 말려들게 할 수는 없었다. 만약 잘못된 판단이라면, 모든 책임은 자신이 져야 했다. 아무것도 모르는 임유주 대신.

사무실로 들어와 슈트 재킷을 벗어 걸어 놓는데 노크 소리와 함께 김 사무장이 서류를 들고 들어왔다.

"변호사님, 확인 부탁드리겠습니다."

그가 들고 들어온 서류를 가만히 내려다보던 해인의 표정이 천천히 풀어졌다. 마치 길을 잃었던 사람이 저 멀리 익숙한 가게의 간판을 발견했을 때처럼 아주 천천히, 그러나 기쁘게.

"이거…… 누가 작성한 겁니까?"

"준 로펌 임유주 변호사님이 며칠 전에 찾아왔을 때 보고 하라고 주셨습니다. 깔끔하던데요? 드디어 경영권 소송에 끝이 보이는 것 같습니다."

서진아 씨 얼굴 더 이상 안 봐도 되겠네요. 좋으시겠습니다. 김 사무장이 웃으며 말을 덧붙였다.

해인은 그를 따라 웃지 못했다. 대신 벅차오르는 감정을 들키지 않기 위해 애써야 했다.

❈　　　❈　　　❈

"변호사님! 여기예요!"

유주는 자신을 보자마자 벌떡 일어나 팔을 붕붕 흔드는 정은을 발견하고 주변의 눈치를 살피며 황급히 그녀의 곁으로 다가갔다.

입구에서부터 종업원들이 일렬로 늘어서서 허리 굽혀 인사를 하는 고깃집은 외관부터 그 값이 만만치 않아 보이는 곳이었다.

그런 곳에 떡하니 자리를 잡고 앉아 있는 정은의 모습은 어색해 보이기까지 했다.

가방을 옆좌석에 내려놓으며 유주가 빠르게 물었다.

"정은 씨가 돈이 어디 있어서 이런 곳을 예약했어?"

그렇게 물을 줄 알았다는 듯 정은이 주머니에서 카드를 꺼내 그녀의 눈앞에 흔들어 보였다.

"대표이사님을 꼬셨죠."

"……대표님도 와 있어?"

"아니, 아니요. 제가 변호사님 너무 보고 싶다고, 만나서 식사라도 좀 하고 싶다고 하니까 법인카드 건네주셨어요. 만나서 맛있는 것 좀 많이 먹이라고 그러시던데요?"

"……."

아무래도 그날 있었던 일들에 대해 많은 말들이 오간 모양이었다.

유주는 어떤 소문이 떠돌고 있는 건지 생각하기도 싫어 그저 고개를 절레절레 저으며 눈앞에 놓여진 물수건으로 두 손을 닦았다.

메뉴판을 살피는 정은의 눈동자가 초롱초롱하게 빛났다.

"와, 진짜 비싸다. 비싼 만큼 맛있겠죠? 저 사실 이런 데 처음 와 보거든요."

"정은 씨가 먹고 싶은 걸로 시켜."

"그럼 우선 흑마늘 한우구이랑…… 탕평채, 훈제오리…… 아, 변호사님 육회는 드세요?"

"좋아해."

"그럼 다 시켜야겠다. 술은 어떤 걸로 할까요?"

"독한 걸로."

유주의 대답에 무슨 뜻인지 알았다는 듯 고개를 끄덕이는 정은에게서는 오늘 기필코 법인카드의 한도 초과를 두 눈으로 보고 말 거라는 어떤 강한 의지마저 느껴졌다.

메뉴를 결정했는지 종업원을 향해 팔을 흔들며 웃는 그녀를 보고 유주는 피식 웃음을 흘렸다.

어제부터 이어진 정은과의 문자는 결국 만남으로 결론이 났다.

회사 서버를 자유자재로 들락거리는 그녀였으니 그동안 말하지 못했던 일들이 산처럼 쌓여 있는 모양이었다. 특히 세준에게 아주 불만이 가득해 보였다.

유주가 출근하지 않는 것으로 인해 윤 비서를 도와 세준의 일을 도와주고 있는 정은은, 스치듯 가끔 만나 이야기를 나누던 시절과는 비교도 할 수 없는 세준의 새로운 일면에 많이 놀란 것 같았다.

그녀는 냉수를 한 컵 들이켜고는 마치 이야기보따리를 푸는 장사꾼처럼 입을 놀리기 시작했다.

"그래서, 유성기업 강 부장이 저한테까지 찾아와서 임 변호사님 휴대폰 번호를 알려 달라고 깽판을 쳤다니까요. 점잖으신 분이라 안 그럴 줄 알았는데, 정말 깜짝 놀랐어요."

"내가 고소당한 건 고소당한 거고, 자기 사건은 자기 사건이지 왜 그걸 연결해서 생각해? 애초에 내 어드바이스 같은 건 들은 적도 없이 자기 입맛대로 골라서 합의 다 봐 놓고. 하여튼 무식한 것들은 그래서 안 돼. 그냥 알려 주지 그랬어. 나한테 전화 왔으면 욕이나 시원하게 했을 건데."

"그러실까 봐 대표님이 절대 알려 주면 안 된다고 신신당부하셨어요."

"……."

유주 역시 오랜만에 정은과 만나 이야기를 하느라 시간 가는 줄 몰랐다.

가슴속에 쌓여 있던 울분을 터트리듯 쏟아 내다 술기운이 오르는 기분에 뺨에 손을 가져다 댔다.

대화를 하는 중간중간에도 문득 아무런 반응이 없는 휴대폰이 눈에 들어와 그것을 지긋이 바라보았다. 신경을 끄려고 했는데, 끌 수가 없었다.

나쁜 놈.

고작 그 정도 화낸 걸로 잠수를 타? 어디 누가 이기나 해 보자 이거지?

문득 자신과 마찬가지로 테이블 위에 올려져 있는 정은의 휴대폰을 발견한 유주가 두 눈을 깜빡이며 정은에게로 시선을 움직였다.

정은도 꽤나 취했는지 육회를 젓가락으로 집지 못해 헤실 헤실 웃으며 힘겹게 손을 놀리고 있는 중이었다.

"정은 씨."

"네. 말씀하세요, 변호사님. 술 더 시킬까요?"

"정은 씨 남자 친구는 어때?"

"제 남자 친구요?"

"그때, 주차장에서 한 번 마주쳤던 그 남자. 아직도 사이 좋아?"

"글쎄요. 이걸 사이가 좋다고 해야 할지, 나쁘다고 해야 할지 잘 모르겠어요."

"왜? 회사까지 찾아와서 그렇게 기다려 주는데, 엄청 자상하잖아. 싸울 일이 뭐가 있어."

그 물음에 정은이 입술을 삐죽거렸다.

"에이, 그건 주 변호사님이 더하시잖아요. 매번 사무실까지 찾아와서 맛있는 거 주고 가시고."

"……그거랑 그건 달라."

"달라요?"

"전자는 사랑하고 아끼는 마음에서 나오는 거고, 후자는 자신의 이익을 위해서 움직이는 거고."

유주가 웃으며 뒷말을 삼켰다.

정은이 발갛게 달아 오른 얼굴을 갸웃하며 '그런가?' 하고 중얼거렸다.

"그냥, 다른 연인들처럼 평범해요. 싸웠다가 화해하고, 싸웠다가 화해하고. 다시는 안 볼 것처럼 화내다가, 또 다시는 떨어지지 않을 것처럼 서로에게 집중하고……."

"……."

부럽다고 말을 하려는 순간, 정은이 피식 웃으며 길게 말꼬리를 늘였다.

"제가 두 분 얼마나 부러워하는지 모르시죠?"

"……뭐?"

"전 처음부터 주 변호사님이랑 임 변호사님이 잘될 줄 알고 있었어요."

"……."

"서로를 바라보는 시선이 그렇게 애틋한데, 잘되지 않으면 그게 이상한 거지."

그녀의 독백에 가까운 얘기를 들으며 유주는 조용히 소주를 들이켰다.

오랜만에 가진 만남은 예상하지 못한 결과를 낳았다. 술에 취하면 취할수록 점점 잠에서 깨는 유주와 달리, 정은은 어느새 테이블 위에 엎드려 꾸벅꾸벅 졸고 있었다.

어떻게 해야 하나 고민하던 유주가 그녀의 손에 꼭 쥐어져 있는 휴대폰으로 시선을 주었다.

전화번호부를 뒤질 필요도 없이 휴대폰을 켜자마자 부재 중 전화 여섯 통이라는 글자가 함께 그의 번호가 선명하게 눈에 들어왔다.

와, 많이도 했네.

다시 한 번 자신의 썰렁한 휴대폰을 상기시킨 유주가 피식 웃으며 손가락을 움직여 통화 버튼을 눌렀다.

남자는 정말 날아온 것처럼 빠르게 도착했다. 테이블 위에 엎드려 있는 정은을 보자마자 얼굴을 굳혔다가, 이내 유주의 존재를 알아채고는 꾸벅 인사를 해 보였다.

여러 가지로 죄송하다는 말까지 남긴 그는 예의 바르게 자리를 정리한 뒤 정은을 데리고 그 자리를 벗어났다.

혼자 졸고 있는 상대를 놔두고 자리를 뜨는 것이 신경 쓰여 화장실도 제대로 못 갔던 유주는 그제서야 자리에서 일어났다.

카운터에서 계산을 끝낸 뒤 터덜터덜 여자 화장실로 걸어 들어갔다.

거울을 통해 얼굴을 확인하자 벌겋게 열이 올라 보기 싫은 뺨이 보였다. 얼굴에 손등을 가져다 대고 눈을 힘 있게 감았다 떴다.

"내 손에 시원한 게 아니라 네 뺨이 뜨거운 거야."

이렇게 그를 떠올리기만 해도 가슴 한편이 뜨끔했다.

"서로를 바라보는 시선이 그렇게 애틋한데, 잘되지 않으면 그게 이상한 거지."

자신은 '남자' 주해인이 아니라 '변호사' 주해인까지도 모두 수용할 수 있을까.

앞으로 살아가면서 만약 일주일 전에 일어났던 일과 비슷한 상황이 닥쳤을 때, 그를 완전히 신뢰할 수 있을지 저 자신도 확신할 수 없었다.

믿지 못하는 사람과의 사랑을, 계속 이어 갈 수 있을까.

저도 모르게 조금씩 비틀거리는 발걸음을 애써 다잡으며 유주는 화장실을 나섰다.

똑바로 걷기 위해 발끝에 힘을 꽉 줬지만, 몇 걸음 가지 못해 이내 휘청거리고 말았다.

오랜만에 마신 술은 양도 양이지만 속도까지 내서 몸이 따라 오지를 못하는 모양이었다.

그녀는 화장실을 나와 꺾으면 바로 나오는 별실 앞 툇마루에 엉덩이를 붙이고 숨을 길게 내쉬었다.

술을 깨기 위해 고개를 두어 번 가로저었다가 어지럼증만 더욱 심해졌다.

인상을 찌푸리는데, 아주 작게 열린 별실의 문틈으로 남자 두 명의 목소리가 들려 왔다.

순간, 유주는 정신이 확 들었다. 다른 누구도 아닌 그 이름 때문에.

"그러니까 주해인이 경영진 자리를 차지하는 것으로 모자라 아예 대명을 다 먹으려고 한다?"

"요즘 움직임이 심상치 않은 걸 보면 충분히 가능한 이야기입니다."

"하하, 야망이 있다고 생각은 했지만 거기까지 넘보고 있을 줄은 몰랐네. 아직 나이도 어린 친구가."

"갑자기 3년 만에 귀국한 이유가 뭐겠습니까. 지금 차명곤 대표 자리 불안하고, 그 밑의 이사진 개판이고. 다 그거 노리고 온 거 아니겠어요? 빛 좋은 개살구라고, 대명에서 현재 이름으로 자기 따라올 사람이 없으니 이럴 때 스포트라이트 받고 등장해 한번 해 보겠다는 수가 너무 빤하잖아요."

"그래도 대명은 아니지. 거기가 어떤 곳인데."

"그러니까 제가 이렇게 말씀드리는 겁니다. 최근에 변호인들이 집중한 사건이 뭡니까? 서한기업에서 준 로펌 임 변호사를 고소한 사건 아닙니까? 그게 화제가 되자마자 자신이 딱 변호를 하겠다고 나선 것만 봐도 꿍꿍이가 훤하잖아요."

유주는 멍하게 그들의 대화를 듣고 있었다. 머리는 지금 당장 일어나서 그곳을 벗어나라고 명령을 내리고 있었지만 몸이 말을 듣지 않았다.

손가락 하나 까딱할 수 없었다. 온몸이 보이지 않는 끈에 묶이기라도 한 것처럼 그렇게.

"겉으로는 그렇게 변론을 준비하는 척하면서, 뒤로는 저한테 임 변호사가 맡았던 사건들을 조사하라고 시켰습니다. 어디에 필요한 건지 대답을 듣지 않아도 견적이 나오죠. 걸고 넘어지면 서한기업과 마찬가지로 논란을 일으킬 만한 사건들을 찾아내 완전히 보내 버리려고 하는 건데. 임 변호사가 부실 변론을 했다는 주장에 근거가 될 만한 자료들로요."

들어본 적이 있었다.

허스키하면서도 높은 톤의 목소리. 끝을 길게 끄는 말투.

몇 번이나 인사를 나누었던, 늘 해인의 옆에서 넉살 좋게 허허 웃던 지훈이었다.

유주는 천천히 숨을 내쉬었다. 그렇지 않으면 숨 쉬는 법을 잊어버릴 것만 같아서였다.

쿵쿵 울리는 심장이 마치 물 밖으로 꺼내진 생선처럼 팔딱거려 온몸을 진동시켰다.

"허허, 그것 참."

"그러면 준 로펌 임 변호사마저 완전히 매장시킬 수 있으니 자신이 대명 꼭대기에 올라갔을 때 대한민국 법률 사무소 1위라는 타이틀을 가져오는 데 더 유리한 상황이 만들어지는 거죠. 자신의 능력을 입증하는 것과 동시에 준 로펌까지 보낼 수 있으니 일석이조라 이겁니다."

유주는 애써 입술을 악물었다. 그리고 천천히 자리에서 일어났다.

더 이상 들을 수가 없었다.

더 들었다가는 저도 모르게 저 안으로 뛰어 들어가 그만하라고 입을 막아 버릴지도 몰랐기에.

❋   ❋   ❋

서류들을 네모 반듯하게 모은 뒤 책상에 놓아둔 해인이 그것을 가만히 내려다보았다.

일정한 박자에 맞춰 펜으로 책상을 톡, 톡, 두드리고 있는 그는 무언가를 기다리는 사람처럼 보였다.

그가 서류 옆에 놓여져 있는 휴대폰의 진동에 움직이던 손을 멈췄다.

"……."

메시지를 확인하는 그의 눈동자는 깊게 가라앉아 있었다. 확인 버튼을 누르는 순간, 고요한 집에 현관 벨소리가 울렸다. 해인이 천천히 고개를 들었다.

몸이 으슬으슬 떨려 제대로 서 있을 수도 없었지만 그럼에도 유주는 힘겹게 버텼다.

주해인의 입에서 제대로 듣고 싶었으니까.

문이 열리고, 자신을 내려다보고 있는 해인을 본 순간 유주가 그대로 그의 품에 쓰러졌다.

언제나 느껴졌던 샤넬 알뤼르 향이 오늘따라 더욱 깊숙이 느껴지는 것 같았다.

"난 거짓말 안 해."

"차라리 거짓말을 해."

"……술 많이 마셨어?"

"아무 말도 안 해서 사람 속 터지게 만들지 말고. 뒤늦게서야 미안한 마음 가지게 만들지 말란 말이야."

생각해 보면 그가 자신에게 무언가를 말해 주지 않은 적은 있어도 거짓으로 무언가를 얘기한 적은 없었다.

그 두 가지는 너무나도 다른 것인데, 그것을 지금까지 같다고 생각해 왔다.

조소진과 만났을 때도 거짓말을 하기보다는 노코멘트로 일관했었다. 오빠인 유민에 대해서도 결국 자신이 이야기를 들을 준비가 될 때까지 기다렸다.

단 한 번도 그런 일들에 대해 거짓을 얘기했던 적은 없었다.

주해인은 항상 그랬다. 그것을 이제야 깨달은 자신이 유주는 바보처럼 느껴졌다.

"유주야."

"말도 없이 3년 동안 영국에 가 있었던 거랑 다를 게 뭐야."

유주는 자신이 들었던 지훈의 목소리를 다시금 되새기며 해인의 품에 더욱 파고들었다.

그대로 일어서서 그 자리를 빠져나오려고 했다. 지훈이 아닌, 상대방의 물음이 아니었다면 거기까지만 듣고 그곳을 벗어났을지도 몰랐다.

"후반부는 내가 알고 있는 이야기와 좀 다르군."

"예?"

"자네 아직도 공익 인권 모임이 파한 뒤 무슨 일이 있었는지 얘기 못 들었나?"

"무슨……."

"주 변호사가 모임 끝나고 그 자리를 빠져나가던 강영훈 이사를 쫓아가 협박을 한 모양이던데."

"협박이요?"

"강영훈 이사 그 양반이 성일 쪽에서 돈을 받아 먹었다는 얘기가 돌아. 정확한 상황은 나도 잘 모르겠지만, 아무튼 그걸로 아주 단단히 면박을 준 것 같아. 뒤에서 공작 부리다 제대로 덜미 잡힌 거라는 말도 있고. 솔직히 준 로펌을 건드리는 것 자체가 성일 쪽과 손잡지 않으면 어려운 일 아니겠나."

"아니, 강 이사가 뭐가 아쉬워서 성일 쪽 돈을……."

"받아 먹은 게 어디 한두 곳이겠어? 이번엔 성일 쪽에서 무리한 부탁을 한 거겠지. 성한제약 막내딸 조소진이 지금 한창 말을 퍼트리면서 돌아다니는 것 같던데. 자기도 피해자라고."

"하……."

"나보다 소식이 느린 걸 보니 굳이 앞에 했던 이야기들을 곱씹을 필요는 없겠구만. 난 먼저 일어나겠네. 앞으로 술자리는 내가 주 변호사에게 직접 연락하지."

"아, 잠깐만요. 송 원장님."

"너도 함께 가는 것이 좋을 것 같다고 판단했었어."

"미리 말을 하란 말이야."

"결정적인 증거를 가지고 있는 게, 다른 사람도 아닌 조소진이었어. 나한테 넘겨줄지 안 넘겨줄지 확실하지 않은 상황이라 쉽사리 얘기할 수 없었고."

직접 자신을 그곳에 데리고 가서, 거기서 강영훈과 결판을 지으려고 했던 모양이었다. 그것도 모른 채 그저 그를 비난하며 그곳을 빠져나왔다.

"난 왜 임유주만 관련되면 좀 멋있어 보이려는 계획을 세워도 다 틀어지는 건지 모르겠다."

유민의 사건 때나 지금이나, 세운 계획대로 흘러가지 않는 상황이 해인은 꽤나 답답하고 억울한 듯했다.

그의 품에 얼굴을 묻은 유주가 저도 모르게 쿡쿡 웃음을 터뜨리고 말았다.

눈물과 함께 가쁜숨이 그의 가슴팍에 뜨겁게 머물렀다 사라졌다.

해인이 그녀를 가만히 내려다보다 양손으로 그녀의 허리를 끌어 자신의 품에 바싹 안았다.

"이건 좀 멋있게 들릴지도 모르겠어."

유주의 이마에 입을 맞추며 그가 말을 이었다.

"고소 취하하겠대. 없었던 일로 하겠다고."

유주의 고개가 천천히 들렸다.

"방금 연락받았어. 이 결과 기다린다고 그동안 너한테 찾아가고 싶은 거 꾹 참았어. 죽을 뻔했다."

"널 진짜 어떻게 해야 되니, 내가."

그 말에 해인이 특유의 얄미운 미소를 지어 보였다.

"그냥 밥맛이라고 부르면서 한 대 때리면 되지."

9

Spark

허공에서 숨결을 주고받던 입술이 서로 부딪쳤다. 힘 있게 부닥쳐 오는 그의 입술에 유주의 몸이 조금씩 뒤로 밀렸다. 가녀린 허리를 잡은 팔에 힘이 들어갔다.

유주를 그대로 들어 올린 해인이 끊임없이 짧은 입맞춤을 하며 침실로 향했다.

그녀를 부드럽게 침대에 내려놓은 그가 피식 웃음을 흘렸다.

"전부터 알려 주고 싶었는데. 이 침대에 누워서 소송 서류를 검토했던 건 네가 처음인 거 알아?"

"얼마나 많은 여자들이 누웠다 가셨길래."

눈꼬리는 핑크빛으로 젖어 있고 입술은 발갛게 부풀어 올라서는 한마디도 그냥 넘기지 않았다.

그래서 너무 좋았다.

임유주가.

자신의 모든 것을 품어 줄 수 있는 여자는 임유주 한 사람밖에 없었다.

해인이 다급하게 입고 있던 티를 벗어 내렸다.

그녀의 뺨을 감싸고, 젖은 눈꺼풀에 입을 맞추고, 달아오르는 몸 곳곳에 진한 흔적들을 남겨 갔다.

"아……."

작은 떨림이 조금씩 커다랗게 변해 가자 해인이 그녀의 헝클어진 머리카락을 쓸어 넘겨 주었다.

아픔인지 환희인지 알 수 없는 표정의 그녀를 미칠 듯이 사랑스럽다는 눈빛으로 바라보았다. 그리고 발갛게 부풀어 오른 귓불에 작게 매달려 있는 귀걸이에 입을 맞췄다.

같은 박자로 흔들리던 유주가 손을 뻗어 그의 목에 팔을 감았다.

"읏……."

"내가 그동안 봐 왔던 임유주 중에 지금이 가장 아름다운데……."

"……주해인."

"다른 사람한테는 절대로 안 보여 줄 거야. 죽어도."

파고 들어오는 힘에 부친 유주가 침대맡까지 힘없이 밀려 났다.

해인은 그녀의 뺨에 입을 맞추며 다시금 속삭였다.

내가 자꾸 변해 가.

너 때문에 처음 겪는 일들이 너무 많아.

앞으로 내가 경험할 모든 일들의 처음도 다 네가 선사해 주는 것들이겠지.

❋   ❋   ❋

"그것보다, 내 뒷조사는 왜 하고 다닌 거야?"

"아, 그거."

말을 삼키는 해인을 보고 유주가 발끈해 몸을 일으켰다. 이내 알몸이라는 것을 깨닫고 시트 안으로 다시 숨어 버리는 그녀가 귀여워 해인이 피식 웃고 말았다.

"처음에는 사죄하는 심정으로 시작한 거지. 영국에서 그 놈 잡아 결국 감옥에 보낸 것처럼, 네가 놓친 사건들 중에 내 가 도울 만한 일이 있을까 하고. 나중에 서한기업 문제가 발 생한 뒤로는 혹시 책잡힐까 봐 미리 작업한 것도 있고. 실제 로 너 고소당하고 나서 여기저기 말이 많았잖아. 자기 재판도 그런 식으로 대충 봐 준 거 아니냐면서."

"……."

"왜 그런 표정으로 봐?"

"신기해서."

"뭐가."

"내가 아는 주해인은, 똑똑하고 머리 좋은데 약삭빠르고 자기 이익만 생각하는 그런 남자거든. 아무런 대가도 없이 남을 도와주려고 했다는 게 도저히 믿어지지가 않아."

"……방금 거사를 치른 연인이 할 대화는 아닌 것 같은데."

아무것도 걸치지 않은 상반신을 드러낸 해인이 이불 속에 폭 파묻혀 있는 유주에게로 몸을 돌렸다.

"그리고 아무런 대가 없이 도와준 건 아니지. 말했잖아. 그때 내 목표는 임유주였다고."

"……."

"생각보다 오래 걸리지 않은 게 다행일 뿐이야."

"……그러게. 내가 너무 쉽게 넘어갔어."

유주의 좁아진 미간에 해인이 조심스럽게 입을 맞추었다.

입맞춤은 미간에서 이마로, 이마에서 뺨으로, 뺨에서 목으로 점차 움직이며 그 농도를 달리했다.

그의 입맞춤을 받으면서도 유주는 뭔가 생각에 잠긴 듯 눈을 반쯤 내리깐 채였다.

입술에 입을 맞추기 전 웃음기가 담긴 목소리로 해인이 중얼거렸다.

"쉽게 넘어온 건 아니지. 너무 늦게 깨달았어, 둘 다."

그의 말에 문득 떠오르는 것이 있는 듯 입맞춤을 막으며 유주가 눈을 동그랗게 떴다.

"난 대학교 때 너 좋아한 적 없는데?"

키스가 막힌 것이 기분 나쁜 듯 해인이 유주의 손을 내리며 슬쩍 인상을 찌푸렸다.

"너도 나 좋아했어."

"아니야. 뒤에서 약은 짓 하고 다니는 인상이 내가 가진 네 학교 시절 이미지 전부야."

"형님 말로는 아니던데?"

"형님?"

이번엔 정말로 유주의 눈이 커졌다.

그녀가 상체를 세우다 얼른 시트로 가슴 부분을 고정시켰다.

"우리 오빠 만났어?"

"만나면 안 돼?"

"그런 건 아니지만…… 무슨 이야기 했는데? 또 헤어지라고 그래?"

"하나밖에 없는 여동생을 잘 부탁한다고, 아주 정중하고 남자답게 말씀하셨어."

"어디 끌려가서 협박당했어?"

"……."

"왜? 가능성 있잖아. 그 사람 범죄자인 거 몰라?"

유주가 톡 쏘아붙이자 해인이 웃음 섞인 한숨을 흘렸다.

"나처럼 건실한 청년에게 동생을 맡기는 건 어찌 보면 당연한 순리지."

"거짓말 안 한다며."

"거짓말 아니야."

"그게 거짓말이 아니면 넌……."

"사랑해."

"……."

갑자기 치고 들어오는 한마디에 유주는 그 이상 아무 말도 할 수 없었다.

아주 소중한 물건을 다루듯 어루만진 뒤 입을 맞춰 오는 그의 모습을 바라보다 천천히 눈을 감았다.

그래, 너무 늦게 깨달은 게 맞는 것 같다. 이 감정에 대해서.

❋   ❋   ❋

"변호사님."

문을 열고 들어온 정은이 곤란한 표정으로 유주를 살폈다. 종이에 글자를 써넣던 유주가 고개를 들었다.

일을 쉰 지 몇 개월이 지난 것도 아닌데, 사무실로 돌아왔을 때 유주는 적응이 되지 않아 한동안 정은을 끊임없이 괴롭혀야 했다.

예전 같았으면 문제 없이 진행됐을 서류 검토도 유주가 기한 내에 넘겨 주지 않아 정은이 일주일 전부터 닦달을 해야 할 정도였다.

지금껏 살아오면서 단 한 번도 긴 연휴를 가져본 적이 없던 유주였기에 천국과 같던 생활에서 돌아온 직후에는 차라리 고소당해 업무 정지당했을 때가 행복했다는 말도 종종 했다.

물론 지나가다 그 말을 들은 세준이 난동을 피워 이제 업무 정지의 '정' 자도 입 밖으로 꺼내지 못하게 되었지만.

갑작스레 사무실 안으로 들어온 정은의 표정을 읽은 유주가 미간을 좁혔다.

혹시 자신이 또 무엇인가 빼먹은 게 있는 건가 싶어 어제 넘겨주었던 서류들을 떠올려 보던 그녀는 정은의 손에 들려 있는 꽃다발을 보곤 펜을 내려놓았다.

저도 모르게 입가에 웃음을 머금고 자리에서 일어났다.

"약속도 없이 찾아오는 게 하루 이틀 일도 아닌데, 뭐."

한동안 정신없을 테니 사무실로 찾아오는 건 자제해 달라고 했었는데.

주해인이 그런 말을 제대로 지킬 사람은 아니었으니 새삼스러울 것은 없었다.

"아니, 그게……."

들어오라고 말을 하려던 유주는 정은의 뒤에 서 있다 반쯤 열려 있는 문을 확 젖히고 사무실 안으로 성큼성큼 발을 놀리는 남자를 보고 표정을 그대로 굳혔다.

"주 변호사님! 아이고, 이게 얼마 만인지 모르겠습니다. 잘 지내셨어요?"

"아…… 네. 안녕하세요."

인사를 받는 동시에 유주가 정은을 향해 눈짓을 했다.

'도대체 이 인간을 왜 여기로 들여보낸 거야?'

정은은 죄지은 사람처럼 고개를 푹 숙이고 자신도 어쩔 수 없었다는 제스처를 취했다.

그러나 이미 사무실에 있다는 것을 들킨 이상 정은에게 잔소리를 해 봤자 소용없는 일이었다.

김철진에게 소파에 앉으라는 손짓을 한 뒤 정은에게 커피 부탁을 한 유주가 맞은편에 자리를 잡고 앉았다.

머릿속에서도 완전히 지워 버렸던 남자였다.

한동안 조용하기에 이제 드디어 정신을 차리고 다른 여자를 찾아 떠난 줄 알았더니 갑자기 또 무슨 일이란 말인가.

"그런데…… 급한 상황이신가 보네요. 약속도 없이 이렇게."

말에는 뼈가 있었지만 김철진은 그렇게 신경 쓰이지 않는 모양이었다.

애초에 유주의 그런 반응에 신경을 쓰는 눈치가 있었다면 지금까지 이렇게 사무실로 찾아오는 일도 벌어지지 않았을 터였다.

그는 오랜만에 들른 유주의 사무실을 감회가 새롭다는 얼굴로 둘러보다 소파에 등을 편하게 묻었다. 그리고 발을 반대편 허벅지에 올렸다.

유주의 미간이 저도 모르게 좁아졌다.

"아, 오랜만에 이 근처를 지나다가 변호사님 생각나서 들렀지요. 변호사님은 더 예뻐지셨네요. 하하하."

"……."

"변호사님 미모 때문에 꽃을 사 와도 소용이 없는 거 아니겠습니까. 꽃이 죽어요, 죽어."

"굳이 사 오실 필요 없는데. 제가 식물을 두는 편이 아니라서요."

317

"맘에 안 드시면 그냥 버리시고."

철진은 대수롭지 않다는 듯 대답하고는 씨익 웃어 보였다.

자신의 대답이 얼마나 상대방을 곤란하게 만드는지, 얼마나 협박처럼 들리는지 알지 못하는 그가 말을 이었다.

"제가 몇 달간 미국에 나가 있었거든요. 변호사님도 아시죠? 뉴욕."

"그러셨군요."

"거기에 내가 회사 하나를 더 차리려고 지금 구상 중에 있어요."

……미국에서 월급 안 줬다고 고소당하면 대한민국에서처럼 이렇게 쉽게 끝나진 않을 텐데 말이야.

그 말이 목구멍 끝까지 차올랐지만 유주는 싱긋, 미소를 지으며 정은이 내려놓는 커피를 가만히 내려다보았다.

커피를 놓아두고 한 걸음을 물러서는 것 같던 정은이 유주의 귓가에 작게 속삭였다.

주 변호사님 와 계십니다.

그 말에 유주의 얼굴이 굳었다.

하필 타이밍하고는.

유주는 테이블 위에 올려져 있는 꽃다발을 정은에게 쥐여 내보낸 뒤 철진을 가만히 바라보았다.

"김철진 씨, 제가 미팅 일정이 잡혀 있는 터라 길게 얘기를 할 수가 없네요. 일 관련으로 오신 거면 다음에 다시 일정을 잡고 찾아오시는 게 여유 있게 상담을 받으실 수 있을 것 같습니다만."

"에이, 그러면 수임료 나가는 거 아닙니까? 저 그렇게 돈 많은 놈 아닙니다."

그럼 찾아오지 마. 내 시간은 네 돈보다 소중하니까.

유주의 얼굴근육이 경련하듯 살짝 떨렸다. '돈' 이라는 단어가 그나마 효과를 발휘한 것인지 그가 주섬주섬 옷을 정리하고 자리에서 일어났다.

아무리 점수를 따고 싶어도 돈 앞에서는 다 소용없는 모양이었다.

몸을 일으켰지만 아직 몇 번 입에 가져다 대지 못한 커피가 신경 쓰이는지 허리를 굽혀 후루룩 아직 식지도 않은 커피를 들이켰다.

그 모습에 그를 배웅하기 위해 마찬가지로 자리에서 일어났던 유주가 버릇처럼 팔짱을 꼈다.

그녀의 표정에는 마치 당장 나가지 않으면 경찰을 부를 것만 같은 싸늘함이 담겨 있었다.

커피를 한 번에 원샷한 철진은 아직 할 말이 더 남아 있는지 재킷에서 봉투를 꺼냈다.

그게 무엇이냐 표정으로 묻자 투박한 손이 테이블 위에 봉투를 내려놓았다.

"이번 주 주말 공연 티켓인데, 저번에 지나가듯 변호사님이 뮤지컬을 좋아한다고 하신 것 같아서. 생각 있으세요?"

"……."

유주는 한동안 대답을 하지 않았다.

물론 일말의 여유도 주지 않고 '전혀 생각 없습니다' 하고 뚝뚝 끊어지는 대답을 뱉어야 하는 게 순서상 옳았다.

하지만 그녀는 자신이 도대체 언제 김철진이라는 남자에게 뮤지컬을 좋아한다는 얘기를 했었는지 그 기억을 찾기 위해 생각에 빠져 있었다.

그런 데이트를 유도하는 것만 같은 말을 자신이 했다고? 다른 사람도 아닌 김철진에게?

그녀가 대답을 하지 않고 있자 그것을 무슨 의미로 받아들인 건지 철진이 호탕하게 웃었다.

"아이고, 티켓 뚫어지겠네. 연락 주세요! 이만 가 보겠습니다, 변호사님! 오늘 하루도 수고하시고요."

"아, 네."

문을 열고 그대로 나가 버리는 철진의 모습에 팔짱을 낀 채 티켓 봉투를 노려보고 있던 유주가 얼떨결에 배웅을 했다.

그가 복도를 지나 엘리베이터 쪽으로 꺾어 사라지는 것을 본 그녀가 주변을 두리번거리다 자신을 바라보고 있는 정은을 향해 고개를 까딱였다.

"주해인은?"

"화장실 가셨어요."

"저 새끼 한 번만 더 내 사무실에 들어오게 하면 그땐 정은 씨도 이거야."

목에 길게 선을 그어 보이는 유주를 보며 정은이 헛, 신음 소리를 흘렸다.

반쯤 농담이라는 걸 알고 있었지만 그래도 겁이 나는 건 마찬가지였다.

정은은 고개를 마구 끄덕인 뒤 얼른 사무실 안으로 들어가 철진의 커피 잔을 들고 나왔다. 탕비실 쪽으로 멀어지는 정은의 뒷모습을 노려보던 유주가 다시 사무실 문을 닫고 안으로 들어왔다.

소파에 주저앉아 핑크빛 티켓 봉투를 집어 들었다. 프랑스의 유명한 뮤지컬인 그것의 이름을 한참이나 보고 있던 그녀는 김철진과 이걸 보러 간 자신을 상상했다.

그는 초반부가 시작되기도 전에 코를 골면서 자고, 자신은 일행이 아닌 척 앉아 있다 도저히 못 참고 그곳을 빠져나오는 그런 상상.

"뭐가 그렇게 좋아?"

언제 들어왔는지 문 앞에 서 있는 해인이 퉁명스럽게 물었
다.

그제야 티켓에서 눈을 뗀 그녀는 자신의 맞은편에 앉는 해
인을 바라보았다.

조금 전까지 불편하기 짝이 없던 그 거리는, 지금은 더 가
까이 다가가지 못해 안타까운 긴 거리로 변해 있었다. 손을
뻗으면 닿는 거리에 그가 있었으면 했다.

"공연 티켓?"

그가 훑는 것을 느낀 유주가 테이블 위에 그것을 올려놓고
자리에서 일어났다.

얼굴을 봐서 좋은 건 좋은 거고, 지금은 일을 하는 시간이
었다.

"넌 무슨 일인데 이 시간에 찾아왔어?"

"내가 못 올 곳이라도 왔나?"

"너도 업무 방해하러 찾아온 거야?"

"이상한 머리 모양에 이상한 옷 입은 그 사람이 주고 간
거지?"

"……."

화장실을 갔다 오면서 마주친 모양이다.

유주에게서 돌아오는 대답이 없자 해인이 테이블 위에 놓
여 있는 티켓으로 손을 뻗었다.

"꽃다발도 그 사람이 가져온 거고?"

"그것도 봤어?"

"뭐하는 사람인데?"

"클라이언트."

"클라이언트가 왜 꽃다발이며 공연 티켓을 가지고 오는데."

"나도 모르지."

기계적으로 대답하던 유주가 문득 말을 멈추고 해인을 돌아봤다.

설마 질투하는 건가?

천하의 주해인이?

저도 모르게 올라가려는 입꼬리를 막으려 유주는 입술을 앙물었다.

"너 질투해?"

"내가?"

"아니야?"

"아닌데. 난 나만 볼 수 있는 임유주의 얼굴이 있다는 것만으로도 만족해."

"……."

그가 다리를 꼬며 중얼거리자 이번엔 유주의 얼굴이 구겨졌다.

"너한테만 보이는 얼굴은 그것 말고도 많아. 세상에서 제일 짜증스러운 얼굴, 제일 화가 난 얼굴, 제일 열 받는 얼굴."

"난 내 여자 친구가 인기 있을수록 내 인기도 같이 올라간다고 느껴. 인기가 없는 것보다 훨씬 낫지."

해인은 대수롭지 않게 중얼거리고는 티켓을 다시 테이블 위에 내려놓았다.

그 뒤로 배가 고프다느니, 이번에 맡은 사건은 너무 까다롭다느니 하는 말들을 줄줄 늘어놓는 해인을 보며 유주의 미간이 더욱 좁아졌다.

질투하는 줄 알았는데 정말 아니었나 보다.

하긴, 주해인이 질투하는 걸 내가 죽기 전에 볼 수나 있겠어.

"정은 씨, 여기 놔뒀던 내 볼펜 못 봤어?"

"못 봤는데요."

"그게 없어질 리가 없는데 어디로 사라졌지."

"중요한 펜이에요?"

"아니, 그냥 광고용 사은품 펜인데. 쓰다 보니까 엄청 편하길래 항상 여기 꽂아 두고 썼거든. 매번 같은 자리에 놔두니까 정은 씨가 건드린 게 아니라면 사라질 리가 없는데 이상해서."

"그래요? 이상한 일이네요. 혹시 다른 물건들은요?"

정은의 물음에 유주가 고개를 갸웃했다.

아무것도 없는 썰렁한 사무실은 그래서 다시 살펴볼수록 낯선 기분이 들었다. 무언가 바뀐 것 같기도 하고 아닌 것 같기도 하고.

애초에 처음 복귀했을 때도 적응이 되지 않았었다. 자신의 사무실이 아닌 것 같은 느낌에.

진짜 누가 왔다 간 건가.

사무실을 두리번거리던 그녀가 이내 바뀐 무언가를 찾는 것을 포기하고 고개를 가로저었다.

"됐어. 내가 깜빡하고 다른 데 놔뒀나 봐. 이만 퇴근해요."

"네, 먼저 들어가 보겠습니다."

고개를 꾸벅 숙이고 나가는 정은의 뒷모습을 바라보다 유주도 노트북의 전원을 껐다.

3일 연속 새벽 3시에 집에 들어갔던 터라 사실 머릿속이 어질어질했다.

오랜만에 정상적인 시간에 집으로 돌아가는 기쁨에 들떠 있던 유주는 휴대폰이 울리자 조금 전보다 더욱 진하게 웃으며 전화를 받았다.

"응."

―퇴근했어?

"지금 나가려고. 어디야?"

―지하 주차장.

그녀가 피식 웃음을 흘렸다.

해인은 유주의 퇴근이 빠를 것 같으면 항상 회사 지하 주차장에 그것보다 일찍 도착해 유주를 기다렸다. 부담스러우니까 쓸데없는 짓 하지 말고 집으로 돌아가라고 해도 묵묵부답이었다.

아무래도 스파이 정은의 귀띔이 있었던 모양이었다.

그것이 또 웃기면서 귀여웠다.

그가 지하 주차장에서 자신을 기다리고 있다는 생각만으로도 저절로 미소가 지어져 유주는 황급히 가방을 챙겨 들었다.

사무실을 걸어나와 파티션 너머의 사람들에게 인사를 하고 천천히 엘리베이터를 향해 걸어갔다.

그러고 보니 나오기 전에 거울이라도 한 번 볼 걸 그랬나.

3일 동안의 수면 시간을 합해 봤자 열 시간도 채 되지 않을 것이었다. 화장도 제대로 하지 않았는데.

그녀는 엘리베이터 버튼을 누른 뒤 가방에서 조그마한 거울을 꺼내 얼굴을 이리저리 살폈다.

딩, 엘리베이터 문이 열리자 거울을 가방에 집어넣던 그녀가 동작을 그대로 멈추고 안에 타고 있는 사람을 향해 천천히 입술을 뗐다.

"……안녕하세요, 대표님."

"안 타?"

먼저 내려가시죠. 전 옆의 것 도착하면 탈게요.

생각 같아서는 그렇게 말하고 싶었지만 열림 버튼을 누르고 있는 세준은 혼자 내려갈 생각이 없어 보였다. 유주는 어색하게 굳어진 얼굴로 엘리베이터에 올랐다.

불이 들어와 있는 로비 버튼 밑의 지하 주차장 층을 누르고 세준의 옆에 나란히 섰다.

"……."

"……."

숨 막힐 듯한 공기가 흘렀지만 누구 하나 입을 여는 사람은 없었다.

힐끔, 그의 얼굴을 살핀 유주가 작은 목소리로 스치듯 중얼거렸다.

"저희 사무실 CCTV 작동되고 있는 거 맞죠?"

"왜."

"사무실의 펜이 없어졌길래. 혹시나 해서요."

"……."

마치 못 들을 말을 들은 사람처럼 미간을 있는 대로 찌푸

327

린 세준이 천천히 고개를 돌려 그녀를 바라봤다.

"그까짓 펜 하나에 CCTV를 확인하겠다고?"

"그까짓 펜이라니요. 서류에 사인할 때 그 펜으로 꾸준히 해 왔단 말이에요. 제 사무실은 워낙 깨끗해서 물건 하나만 없어져도 바로 알아요."

"깨끗한 것과 아무것도 없는 건 다르지."

"제 사무실은 두 가지가 다 공존하고 있다고 보시면 돼요."

그녀의 태연한 중얼거림에 세준이 다시 고개를 돌렸다. 떨어져 내리는 숫자들을 바라보면서 그가 중얼거렸다.

"내 책상 위에 올려놓았던 사진 액자를 훔쳐가는 놈도 있는데. 그거에 비하면 펜은 양반이지."

"……"

딩, 도착음이 울리고 그가 천천히 엘리베이터를 내려섰다.

유주는 뒤로 고개를 돌려 자신을 바라보는 그를 애써 외면한 채 닫힘 버튼을 꾸욱 눌렀다.

그러나 닫히려는 문을 막아선 세준의 손을 보고 흠, 헛기침을 해야만 했다.

"좋은 말로 할 때 가져다 놔. 유일하게 잘 나온 20대 사진이니까."

"……생각해 보겠습니다."

언젠가의 밤, 서류 확인을 위해 들어갔던 그의 사무실에서 발견한 사진이었다.

욱해서 그대로 액자를 들고 나와 한동안 차에 싣고 다니다, 유민과의 만남 이후로 서재 책상에 가져다 놓고 깜빡 잊어버리고 말았다.

'업무 정지당했을 때가 좋았다' 는 발언 이후로 세준은 유주를 보기만 하면 못 잡아먹어 안달이었다.

그동안 그가 받았던 스트레스가 상당하다는 걸 알기 때문에 어느 정도 이해를 하긴 했다. 그래도 사람이 별뜻 없이 가볍게 한 말을 가지고 이렇게까지 구박을 하는 건 너무하지 않은가.

유주가 자신을 죽일 듯이 노려보고 서 있는 세준을 향해 고개를 꾸벅 숙였다.

"조심해서 들어가세요."

더 따져 봤자 자신만 손해였다. 잘못한 게 있으니 납작 엎드릴 수밖에.

"그래. 도둑 조심하고."

"……."

근데 진짜 저 인간이.

유주는 닫히는 문 사이로 보이는 세준과의 눈싸움에서 지지 않으려 더욱 눈에 힘을 주었다. 그리고 문이 닫혔을 때,

저도 모르게 피식 웃고 말았다.

✳   ✳   ✳

해인이 차려 주는 저녁 식사는 정시 퇴근했을 때만 누릴
수 있는 또 하나의 즐거움으로 자리를 잡았다.

대학교 시절에도 자취를 했던 해인이었지만 요리를 하는
이미지는 전혀 없었는데, 언제 이렇게 수많은 레시피를 배우
고 일취월장했는지 알 수가 없었다.

해인이 만든 요리 중에서도 가장 좋아하는 해물 파스타에
포크를 푹 찍으며 유주가 물었다.

"요리는 언제부터 배운 거야?"

"3년 전. 영국에 가서 살기 시작하면서."

"영국에서? 의외다."

영국은 음식이 맛없기로 유명한 나라였다.

그런 나라에서 요리를 배우기 시작했다니 뭔가 떠오르는
이미지가 없었다.

그러자 해인이 한쪽 눈썹을 들어 올리며 말을 덧붙였다.

"……그래서 내 요리 실력이 는 거지."

"아……."

무슨 소리인지 깨달은 유주가 픽 웃음을 흘렸다.

"그럼 누구한테 배운 거야?"

"거기 있던 친구가 외가는 프랑스였거든. 국적은 영국인데 도저히 음식만은 받아들이기가 힘들다고 그러면서 이것저것 알려 줬지."

"재밌었겠다."

"살기 위해 배운 거야. 나도 내가 그렇게 입맛이 까다로운 인간인 줄 몰랐어."

일을 할 때는 에너지 드링크가 배 속으로 들어가는 음식의 전부인 유주였다.

따라서 일주일에 한두 번 맛보는 그의 저녁 요리가 그녀의 생명을 연장하고 있다고 해도 과언은 아니었다.

해인도 유주가 식사를 제때 챙겨 먹지 않는다는 걸 알았기에 최대한 한 끼 안에서 골고루 음식을 만들려 노력하고 있었다.

매번 얻어먹는 것이 미안해 자신도 시간이 날 때 해인에게 요리를 배워 볼까 말도 꺼내 봤지만, 그럴 때마다 해인은 그저 한마디를 했을 뿐이었다.

"넌 아무것도 안 해도 돼."

그것이 생존이 달린 것이든, 사람과의 관계든, 자기 발전이든 무언가를 하지 않으면 살아갈 수 없다고 태어나서 지금까지 배워 온 유주에게 그 말은 꽤나 충격적이었다.

누군가가 옆에 있다는 건, 이런 기분이구나. 매 순간 그것에 감사했다.

"나도 가 보고 싶어. 영국."

그녀의 뜬금없는 발언에 디저트를 준비하던 해인이 움직이던 손을 멈추고 고개를 돌렸다.

"어릴 때는 아무것도 하지 않으면 세상이 무너질 것 같았어. 그런데 이번에 여러 가지 일을 겪으면서 아무것도 하지 않고 집에 가만히 있는데도, 세상이 무너지거나 죽을 것처럼 괴롭진 않더라."

"……"

"일을 잠깐이라도 쉬면, 잠깐이라도 그만두면 그대로 도태되어 다시는 이 업계에 발도 들이지 못할 거라는 두려움이 있었어. 내 승률이, 승패가, 나를 세상에 내보일 수 있는 유일한 무기라고 생각했거든. 뭐, 실제로도 그렇고."

해인이 싱크대에 허리를 기대어 섰다. 그의 검은 눈동자를 마주하며 유주가 계속 말을 이었다.

"문득 뒤돌아보니 나 해외 여행 한 번 간 적이 없더라."

"……"

"너무 아둥바둥 살았나 봐. 이제 그러지 않아도 된다는 걸 깨달았어. 좀 분하지만 이건 네 덕분이라는 거 인정."

"변호사, 그만두게?"

그 말에 유주가 고개를 가로저었다. 그랬다가는 세준이 자신을 죽이려고 할지도 몰랐다.

"이번에 맡은 케이스가 좀 큰 건이야."

"봤어, 신문에서."

"잘 마무리 짓고 나면 대표실 찾아가서 딜을 해 봐야지. 유능한 직원이니 설마 자르기야 하겠어?"

그렇게 말하며 유주가 빙그레 웃었다.

❉   ❉   ❉

해인이 샤워를 하는 동안 소파에 엎드려 서류를 검토하고 있던 유주는 오탈자를 발견하고 설핏 인상을 썼다.

좀처럼 이런 실수를 하지 않는 정은이었는데, 최근 남자친구와 사이가 삐걱거리는 것 같더니 업무에서도 잔실수가 제법 나오고 있었다.

유주는 천천히 몸을 일으켜 해인의 서재 문을 열었다.

한쪽 벽면이 완전히 책으로 뒤덮여 있고, 그 반대편에 커다란 책상 하나가 덩그러니 놓여 있는 심플한 공간이었다.

노트북 옆에 놓여 있는 펜꽂이에서 펜 하나를 뽑아 나가려던 유주가 그대로 행동을 멈추었다.

익숙한 생김새의 펜을 훌쩍 뽑아 들자 '노철희 소장'이라는 각인과 그 옆으로 새겨진 휴대폰 번호가 눈에 들어왔다.

틀림없이 자신이 쓰던 광고용 볼펜이었다.

이게 왜 주해인 집에 있지?

아무리 생각해도 자신은 그 볼펜을 꽂이에서 꺼내 다른 곳으로 옮긴 적이 없고, 해인도 자신의 책상에서 무언가를 가지고 갈 사람이 아니었다.

한참이나 펜을 만지작거리며 생각에 잠겼던 유주가 이내 뒷목을 긁적였다.

고작 펜 하나였다.

자신이 기억하지 못할 뿐, 급한 서류를 작성한다며 펜을 들고 해인의 집으로 왔을 수도 있고, 그게 아니라면 해인이 무언가를 메모하기 위해 자신의 사무실에서 이 펜을 꺼내 썼을 수도 있었다.

그 뒤 깜빡하고 주머니에 넣거나 했겠지, 뭐.

그렇게 생각하며 유주는 몸을 돌려 서재를 나서려고 했다. 그러나 문득 눈에 걸리는 형상에 이번에도 잠시 굳을 수밖에 없었다.

의자 옆에 놓여져 있는 조그마한 휴지통.

그리고 그 휴지통의 뚜껑 위로 빼꼼히 나와 있는 봉투의

뾰족한 모서리.

핑크색의 그것을 바라보던 유주가 이끌리듯 걸어가 휴지통을 열었다.

샤워를 끝낸 해인은 거실과 부엌, 아무데도 없는 유주를 찾기 위해 두리번거리며 생수를 한 모금 들이켰다. 소파에 놓여져 있는 서류들 중 몇 장이 바닥으로 떨어져 내려 있었다.

피곤해 보였는데 침실에 들어가서 자고 있나?

그렇게 생각하며 침실 쪽으로 걸음을 옮기려던 그가 맞은편 서재에 쪼그리고 앉아 있는 작은 등을 발견했다.

"거기서 뭐해?"

말을 걸던 해인은 그녀의 손에 들려 있는 물건을 확인하고 저도 모르게 미간을 구겼다.

"이게 왜 여기에 있어?"

앉은 자세 그대로 고개만 돌린 유주가 반으로 찢어진 공연 티켓을 꺼내 들어 보이며 해인을 향해 중얼거렸다.

해인은 잠깐 표정을 굳혔지만 이내 태연한 얼굴로 돌아와 그녀를 향해 턱을 들어 보이며 팔짱을 꼈다.

"그게 뭔데?"

"보면 알잖아. 공연 티켓."

"잘 모르겠는데."

"……거짓말 절대로 안 한다는 말, 이제 안 믿어."

어디서 뻔뻔하게 잡아떼려고.

그녀의 추궁에 먹히지 않을 거라는 사실을 알았는지 해인이 벽에 몸을 기대며 한마디씩 뚝뚝 끊어 말을 뱉었다.

"버리면 안 되는 거였어?"

"뭐?"

유주가 자신의 손에 들려져 있는 반 토막으로 찢긴 공연 티켓과 해인을 번갈아 바라보았다.

버리면 안 될 이유는 없었다.

애초에 이건 받자마자 서랍 구석으로 직행했던 티켓이었다.

못 갈 것 같다는 메시지를 보내자 철진에게서는 그럼 찢어서 버리든 분쇄기에 갈아 넣든 알아서 하라는 대답이 돌아왔었다.

그 뒤로 서랍에 넣어 두었다는 사실조차 잊어버리고 있었다.

지금 문제는 그게 아니었다.

문제는 왜 서랍 안에 처박듯 넣어 놓았던 티켓이 주해인의 집 휴지통에서 발견됐는가 하는 것이었다.

유주는 손에 들고 있던 티켓을 다시 휴지통에 집어넣었다.

손을 탁탁 털고 몸을 일으킨 뒤 그와 마찬가지로 팔짱을 꼈다.

그리고 아무렇지도 않게 중얼거렸다.

"나 지금 도벽 있는 남자랑 연애하는 중이야?"

"……."

그 말에 태연한 표정을 짓고 있던 해인의 얼굴이 드디어 구겨졌다.

그가 인상을 찌푸리는 것은 매우 드문 일이라 유주는 자신이 뭔가 중요한 포인트를 집어냈다는 것을 눈치챘다.

그가 별로 밝히고 싶어 하지 않는, 비밀스러운 무언가를.

"넌 나를 도대체 어떤 식으로 생각하고 있는지 가끔 머리를 열어서 확인해 보고 싶다."

"도벽이 아니면 뭐야? 왜 내 사무실에 있어야 할 펜이 여기 있어?"

백번 양보해서 티켓은 질투심에 그랬다고 생각할 수도 있었다.

물론 주해인이 그럴 리 없지만 정말 만약의 만약에, 0.00001 정도의 확률로 그럴 수 있다고 친다면, 볼펜은 왜 가지고 온 것인지 설명이 되지 않았다.

그러자 해인이 눈앞으로 차분히 내려온 머리카락을 쓸어 올리며 중얼거렸다.

"그놈 이름에 '철'이 들어갔던 것 같아서."

"……."

유주가 볼펜을 들고 눈을 깜빡깜빡 움직였다.

그 말을 끝으로 해인은 그대로 몸을 돌려 부엌을 향해 걸어갔다.

그의 뒤를 졸졸 쫓아 방을 나선 유주는 싱크대 앞에 선 그의 귀 끝이 빨갛게 달아올라 있는 것을 확인했다.

그러니까, 지금, 주해인이 질투한 거 맞지?

김철진을 노철희로 오해해서 펜을 몰래 가져온 거 맞지?

유주는 올라가는 입꼬리를 숨기지 못하고 얼른 부엌으로 뛰어가 그의 등에 달라붙었다.

방금 샤워를 하고 나온 그에게선 유주가 너무나도 좋아하는 보디워시 향이 났다.

등에 얼굴을 묻고 크게 숨을 들이마셨다 내뱉은 그녀가 낮게 속삭였다.

"널 어떻게 하면 좋냐고."

"……모르는 척 눈 감아 주면 돼."

그가 뒤돌아서지 않은 채 대답했다.

어쩐지 웃음기가 담겨 있는 듯한 목소리로.

❋　　　❋　　　❋

유주는 묵묵하게 운전을 하고 있는 유민의 옆모습을 힐끔거렸다. 지금 이 자리가 굉장히 불편한 듯 자리를 몇 번 바꿔 앉다 결국 낮은 한숨을 흘렸다.

"오빠, 무슨 일인지 얘기해.

"부모님 뵈러 가는데 이유가 필요해?"

"……."

유주는 그의 대답에 슬쩍 미간을 좁히며 창밖으로 고개를 돌렸다.

부모님의 기일에 재판이 열렸던지라 유민과 함께 찾아갈 수가 없었다. 유민의 연락도 제대로 받지 않고 나중에 겨우 짬을 내서 혼자 살짝 다녀왔다. 서울과는 제법 떨어진 곳에 위치해 있었기에 해인에게도 말하지 않고 갔다 온 터였다.

그런데 오늘 갑자기 시간 괜찮냐고 묻더니 가타부타 설명도 없이 오피스텔까지 찾아와 유주를 싣고 그곳으로 내려가는 중이었다.

"이유야 필요하지. 다 큰 성인이니까. 살아 계신 부모님도 찾아 뵐 때는 이유가 필요한데, 하물며 떠난 분들이야 오죽하겠어."

유주가 툴툴거렸지만 유민의 표정에는 변화가 없었다.

한참 동안 차 안의 정적을 온몸으로 느끼며 아랫입술만 질

경질경 씹고 있던 유주가 문득 생각났다는 듯 유민을 향해
고개를 돌렸다.

"주해인 만났었다며. 왜 나한테 말 안 했어?"

"……."

"불러서 뭐라고 했어?"

"내가 한 이야기, 전달 안 해?"

"아무 말도 안 하던데. 안 봐도 뻔하긴 해. 협박했겠지."

"……."

유민이 인상을 슬쩍 찌푸렸다. 팔짱을 낀 채 차 시트에 몸
을 완전히 기댄 유주가 그런 그의 얼굴 변화를 가만히 지켜
보았다.

"……아주 나쁜 녀석은 아닌 것 같더라."

"그렇지?"

"빼질거리는 건 맞지만."

"그것도 인정."

유주가 한쪽 입꼬리를 살짝 올리며 중얼거렸다.

"다음에 올 때는 주해인도 같이 끼워 주자."

"……."

그 중얼거림에 유민의 얼굴이 드디어 그녀를 향해 돌아갔
다.

그의 얼굴에는 말로 다 표현할 수 없는 복잡한 심정이 그

대로 드러나 있었다.

그의 그런 마음을 읽었는지, 유주가 피식 웃음을 터뜨렸다.

"아직 같이 간 적 없어. 오빠한테 제대로 허락도 못 받았는데 어떻게 부모님한테 보여 줘. 엄마도 그러실걸. 오빠 허락 먼저 받고 왔어야지."

"……."

"좋은 녀석이야. 겉으로는 그게 잘 표현이 안 되지만."

"……."

"유예기간 이만 풀어 주라고."

유민이 다시 천천히 앞을 향해 시선을 주었다. 힘겹게 굳어 있던 그의 입술이 떨어졌다.

"이미 풀어 줬어."

"그럴 줄 알았어."

"그 대신 아직 부모님 뵙는 건 안 돼."

단호한 그 말에 유주가 살짝 웃었다.

차에서 내려 납골당까지 가는 길이 평소보다 더 짧게 느껴졌다. 유민과 함께여서일까.

유민과 함께 이곳을 찾은 지가 언제인지 기억도 까마득했다.

예전에는 항상 유민이 데리러오고, 그녀는 그 차에 몸을 싣기만 하면 됐었는데.

꽃을 놓아두고 뒤로 한 발자국을 물러섰다. 유골함에 장식되어 있는 사진에는 여전히 젊은 부모님과, 아직 다 자라지 못한 두 사람이 행복한 듯 웃고 있었다.

이제 부모님의 나이를 바라보고 있는 유민이 씁쓸한 미소를 지었다.

그는 지금 무슨 생각을 하고 있는 걸까. 유주는 두 손을 모아 쥔 채로 유민의 옆모습을 가만히 바라볼 뿐이었다.

돌아오는 길, 피곤하지 않냐고 자신이 대신 운전을 하겠다는 말에도 유민은 한사코 핸들을 잡았다.

그리고 오피스텔 입구에 다다랐을 때, 그가 낮은 목소리를 냈다.

"사업, 다시 합병 추진 중이다."

"……."

안전벨트를 풀던 유주의 손이 움찔했다.

그의 목소리는 너무 낮아서 정적인 차 안을 무거울 정도로 울렸다.

유주는 왜 오늘 그가 부모님을 뵈러 가자고 했는지 그제야 이유를 알 수 있었다.

단단하고 넓은 저 어깨를 가진 남자도, 용기를 원할 때가
있었다.

그녀는 부모님을 대신해 유민의 등을 밀어 주었다.

"열심히 잘해. 부모님 실망시키지 말고."

그가 작게 웃었다.

❋   ❋   ❋

"오랜만이네요."

"전 종종 TV로 보지 않으세요? 어제도 시사 프로그램에
인터뷰한 게 나갔었는데."

소진이 다리를 꼬고 앉으며 웃었다. 오늘 그녀는 골든색의
스팽글이 화려하게 달려 있는 아주 짧은 원피스를 입고 있었
다.

금방이라도 무대에 뛰어 올라가 노래를 불러야만 할 것 같
은 그 의상에 잠깐 시선을 빼앗겼던 유주가 눈을 내려 식어
가는 커피 잔을 바라봤다.

"저한테 할 말 없으세요?"

"제가요?"

소진이 눈을 동그랗게 뜨며 유주를 향해 되물었다.

그 뻔뻔한 대응에 유주는 저도 모르게 쯧, 하고 혀를 찰

뻔했다.

그녀가 자신을 도와줬다는 사실은 해인에게 들어 잘 알고 있었다.

정확하게 말하자면 자신을 도와준 게 아니라 해인에게 갚을 빚이 있었기에 움직인 것이었지만.

어쨌든 도움을 받은 건 받은 것이기에 일이 마무리되고 어느 정도 여유가 생기면 꼭 그녀에게 찾아가 고맙다는 인사를 하려고 했다.

임유주 역시 빚 지고는 못 사는 성격이었기 때문이다.

그러나 감사 인사를 하기 전에, 먼저 확인해야 할 것이 있었다.

사실 주목적은 감사 표시가 아니라 이 부분에 대한 명확한 정리였다.

유주가 다리를 풀고 반대편 다리를 다시 꼬았다.

늘씬한 다리가 우아하게 반원을 그리며 서로 멀어졌다 맞부딪쳤다.

"그때 일부러 나한테 서한기업 쪽에서 왔다는 말 흘린 거죠?"

그 물음에 커피 잔을 들던 그녀의 입꼬리가 부드러운 호를 그렸다.

아마 그녀 역시 유주가 그냥 고맙다는 인사를 하기 위해 약속을 잡은 것이 아님을 눈치챈 모양이었다.

조금 망설이듯 커피 한 모금을 꽤 오랜 시간 음미하던 그
녀가 창밖으로 시선을 돌리며 말을 꺼냈다.

"사실 그때까지는 고민 좀 했어요. 해인 오빠한테 빚이 있
긴 한데, 그걸 갚아야 할지 말아야 할지 망설여지더라고요.
빚을 갚는 데에는 다른 여러 가지 방법이 있기도 했고."

"그런데 왜 결심했어요?"

창밖을 향해 있던 소진의 시선이 다시 유주에게로 향했다.
그녀는 유주의 의도가 무엇인지 알아내기라도 하겠다는 것
처럼 그녀를 뚫어져라 바라보다 이내 머리를 쓸어 넘기며 웃
었다.

"당신, 처음 봤을 때부터 생각했지만 정말 얄미운 거 알아
요?"

"……."

얄밉다니, 그런 말은 태어나서 한 번도 들어본 적이 없었
다.

성질이 더럽다거나, 냉정하다거나, 피도 눈물도 없다는 말
정도가 유주가 지금껏 살아오면서 들어본 수식어들이었다.

얄미움이라니, 그건 주해인이 가지고 태어난 고유의 영역
이라 자신은 넘볼 생각도 해 본 적이 없는데.

유주가 아무런 대답도 하지 않고 가만히 앉아 있자 소진이

피식 웃음을 터뜨렸다.

"당신이 그때 그대로 사라지고 난 뒤, 해인 오빠가 어떤 표정을 지었는지 당신이 직접 봤다면 이렇게 나에게 와서 왜 마음을 바꾸었는지 물어보진 못했을 텐데."

"……."

"해인 오빠를 그렇게 길게 안 건 아니지만, 만난 이후로 한 번도 본 적이 없었던 표정이라고만 말할게요. 그 얼굴을 보고 가만히 있을 수는 없었어요."

유주가 고개를 살짝 끄덕였다.

감사 인사보다, 그녀의 마음이 어떻게 움직이게 됐는지 그것이 궁금했다.

"아무튼 고마워요. 합의할 수 있게 도와줘서."

"감사는 해인 오빠한테 해야죠. 아니다, 그 남자를 낚았으니 그 정도 운은 따라오는 건가?"

"그건 아닌 것 같은데요."

유주가 끼고 있던 팔짱을 풀며 싱긋 웃었다.

"주해인이 내 변호를 맡게 된 게 행운이죠. 덕분에 이렇게 완벽한 여자를 얻었잖아요."

"무슨 일이었길래 내 점심 약속도 무시하고 사무실을 비웠던 거야?"

"그럴 일이 있었어."

"정은 씨한테 물어보니까 클라이언트 만난 거 아니라던데. 개인적인 약속이라고."

"맞아."

긴 머리를 틀어 올리고 안경을 쓴 채 서류를 훑고 있는 그녀의 옆얼굴을 가만히 바라보던 해인이 결국 안 되겠는지 그녀의 옆으로 바싹 다가갔다.

임유주는 아직도 모르는 모양이었다.

자신이 침대 위에서 일을 하는 그녀를 얼마나 섹시하게 느끼는지.

몸에 걸친 거라고는 침대 시트 하나인 그녀가 미간을 좁힌 채 아랫입술을 잘근잘근 깨물며 서류에 집중하고 있으면 해인은 보는 것만으로 견딜 수가 없었다.

지금 역시 대충 고개를 주억거리며 대답하는 그녀의 기다란 목선을 따라 입을 맞추고 싶은 충동을 겨우 억누르는 중이었다.

"임유주."

"왜."

"나 봐."

그 말에도 유주는 서류에 고정시킨 시선을 뗄 생각조차 없어 보였다.

그녀의 사정거리 안에 들기 위해 얼굴을 가까이 기울이던 그가 문득 이런 자신의 모습이 우스워 피식 웃음을 터뜨리고 말았다.

같이 놀아 달라고 떼쓰는 강아지도 아니고. 천하의 주해인이 어쩌다 이런 꼴이 되었나.

질문을 할 때도 건성으로 대답하던 유주는 해인의 웃음소리에 그제야 종이에서 눈을 뗐다.

자신을 올려다보고 있는 남자를 향해 힐끔 시선을 주었던 그녀가 대수롭지 않다는 듯 대꾸했다.

"조소진 씨 만났어."

"조소진을?"

뜻밖이었는지, 해인의 눈이 제법 동그랗게 변했다.

"감사 인사 정도는 해야 될 것 같아서. 그 뒤로 조소진 씨만 여기저기 불려 다니며 주목받았잖아. 그냥 나를 위해 나서 준 것밖에 없는데."

고개를 살짝 끄덕이는 해인을 바라보던 유주가 쓰고 있던 안경을 벗어 침대 옆 탁상에 올려 두었다.

"그런데 당연한 일이라더라. 고마워할 필요 없대."

"그래?"

"주해인 정도의 남자를 낚았으면 당연히 따라 오는 행운이라던데."

"틀린 말은 아니네."

해인이 어깨를 으쓱해 보였다. 그를 가만히 내려다보던 유주가 스쳐 가듯 물었다.

"조소진도 이 침대에 누운 적 있어?"

"아니."

"방금 2초 정도 정적 있었는데."

"아니."

"웃기지 마. 여기 데려온 적 있지?"

"없다니까."

"그럼 왜 망설였어."

"순간 질문을 이해하기 어려웠을 뿐이야."

"내가 무슨 대단한 질문을 했다고? 똑바로 말해. 온 적 있지? 애초에 갚아야 할 빚이라는 건 뭐야? 내가 자존심이 상해서 그것까진 안 물어봤는데 그런 여자한테 질 빚이 뭐⋯⋯."

유주의 입을 한 손으로 막은 해인이 쉿, 손가락을 자신의 입 가까이 가져다 댔다.

유주가 한쪽 눈을 찌푸렸다.

잠깐만 기다리라는 말을 남기고 해인이 침실 밖을 나섰다.

그냥 그대로 도망친 게 아닐까, 의심이 들 때쯤 해인은 그 모습을 드러냈다.

그의 손에는 언젠가 봤던 익숙한 꽃다발과 조그마한 상자가 들려 있었다.

유주가 자세를 고쳐 앉으며 그의 손에서 꽃다발을 받아 들었다.

"언젠가의 재판 때 받았던 뇌물 같은데."

"맞아."

해인이 입꼬리를 올리며 대답했다.

이번에도 유주는 꽃다발은 받아 들었지만 그의 또 다른 손에 올려져 있는 상자로는 쉽사리 손이 가지 않았다.

"터지는 거 아니야."

"알고 있어."

유주가 아랫입술을 잘끈 깨물었다.

"아직도 폭탄보다 무서운 게 들어 있을까 봐 겁나?"

"……아주 조금은."

"빨리 열어 보는 게 그 공포심을 없애는 데 도움이 될 것 같은데."

"지금 내 표정 어때?"

그 물음에 해인의 얼굴에 떠올라 있는 미소가 더욱 진해졌다.

"사랑하는 남자에게서 프러포즈를 받아 긴장되고 떨리는 예비신부 같은 얼굴이야."

"……."

유주가 천천히, 그러나 확신에 차 있는 손짓으로 그에게서 상자를 받아 들었다.

파란색 벨벳 소재의 상자는 딸깍, 무거운 소리를 내며 자신이 품고 있던 영롱한 반지를 그녀의 앞에 드러냈다.

그것을 한참 동안이나 말없이 바라보던 유주가 떨리는 한숨을 내뱉으며 해인을 향해 고개를 들어 올렸다.

"예쁘다."

해인이 그녀를 조심스럽게 껴안았다.

"신혼 여행지는 영국 어때?"

귓가에 속삭이는 그의 말에, 유주는 애써 눈물을 참으며 그의 품에 얼굴을 묻었다.

"음식은 호텔 방에서 네가 만들어 주는 거야?"

몇 년이 지나도 여전히 변함없을 것이다.

이 아슬아슬하게 줄타기를 하는 것 같은 관계는.

1
에필로그

"요즘 대표님이 조금 이상하다고 생각하지 않으세요?"

점심을 먹다 말고 정은이 금기에 대해 언급하는 것처럼 조심스럽게 주변을 살피더니 낮은 목소리로 물어왔다.

재판 일정이 가까워질수록 두통이 심해지는 터라 입맛이 전혀 없었지만 해인 때문에 하루에 한 끼는 꼭 먹어야 하는 유주는 정은의 그 말을 한 귀로 듣고 한 귀로 흘리며 젓가락을 깨작거리고 있었다.

"어제는 제가 오전에 가져다 드렸던 파일을, 오후쯤 돼서 다시 찾으시더라고요."

"치매가 왔나 보지. 원래 성격 더러운 사람들이 치매나 노망에 빨리 걸린다더라."

유주가 무심하게 대답했다.

"그 정도 수준이 아니에요."

정은은 유주가 크게 관심을 보이지 않자 답답했는지 들고 있던 숟가락을 소리 나게 내려놓았다.

그러나 유주는 여전히 뭐 그런 일로 그렇게 발끈하냐는 듯 턱에 괴고 있던 고개를 들고 나른한 표정을 지어 보였다.

"놀라지 마세요."

"……난 정은 씨가 무슨 말을 해도 안 놀라. 심지어 정세 준 대표가 사실은 여자였다고 해도 전혀 놀라지 않을걸. 아, 남자라는 것마저 거짓말이었구나, 하면서 조금 허탈감을 느끼기는 해도."

"그게 아니라 완전히 넋이 나가셨어요. 오늘 오전에 제가 토스트를 가져다 드렸거든요. 근데 그 뒤에 변호사님께서 시키신 파일 리스트를 전달해 드리러 올라갔는데, 글쎄 토스트를 쌌던 그 티슈를 그렇게 막 드시고 계시더라구요."

"……."

유주가 움찔하며 젓가락질을 멈췄다.

정은이 말한 것은 확실히 자신이 예상하던 범위에서 한참 이나 벗어난 일이긴 했다.

사실이냐고 묻는 듯한 그녀의 눈짓에 정은이 고개를 세차게 끄덕였다.

"진짜예요!"

그러나 그 상황만 가지고 이상하다고 하기에는 무언가 조금 부족하다고 유주는 판단했다.

"……그럴 수도 있지. 가끔 나도 카스테라 빵을 껍질이랑 같이 먹을 때 있어."

"그런 수준이 아니라, 완전 그냥 티슈만 드시고 계셨다니까요."

"……."

"한번 확인해 보세요, 변호사님."

우리 대표님 진짜 치매 걸리신 거면 어떡해요, 네?

정은의 애처로운 표정에 유주 역시 젓가락을 내려놓았다.

자신이 생각하기에도 최근 세준의 모습이 이상한 건 사실이었다. 하지만 그건 자신에게만 그런 것인 줄 알았다.

해인에게 프러포즈를 받았다고, 신혼여행은 영국으로 떠나겠다고 말을 했을 때 세준은 무어라 설명할 길이 없는 얼굴을 했다.

뭐라고 할까.

군대 관련 법이 바뀌어서 40대 군필자 여러분들도 모두 재입대를 하셔야 합니다, 라는 말을 들으면 그런 표정이 나오지 않을까.

세 시간이 넘도록 대표이사실에서 세준과 면담을 하고, 신혼여행을 가든 어디를 가든 일을 그만두지 않겠다는 확답을 받고 나서야 그는 유주를 놓아주었다.

그래서 최근 정신이 없어 보이는 건 자신 때문이라고 여겼는데, 그게 아닐 수도 있다는 생각이 정은의 말을 들으며 불현듯 머리를 스쳤다.

아, 언젠가 본 적이 있는데. 저렇게 당황하며 어찌할 바를 모르는 정세준의 모습을.

유주는 정은을 향해 알았다고 고개를 끄덕였다. 정은이 '감사해요, 변호사님!' 하며 해맑게 웃고는 다시 숟가락을 들었다.

맛있게 식사를 다시 시작하는 정은을 빤히 바라보고 있던 유주가 이내 자신이 묻고 싶었던 것을 물었다.

"그런데, 난 오늘 오전에 정은 씨한테 토스트 같은 거 받아먹은 기억이 없는데⋯⋯. 어제도 밤을 샜던지라 속이 좀 출출했거든. 정은 씨 직속 상사가 누구야?"

"⋯⋯."

그 물음에 오물오물 잘도 움직이던 입술이 딱 멈췄다.

그녀가 눈동자를 한 번 굴리더니 헤헤, 어색하게 웃어 보였다.

"제가 원래 권력자들한테 약해서⋯⋯ 물론 임 변호사님이

제 직속 상사님이시죠! 그저 최고 권력자에게 하는 절대복종 같은 거라고 생각해 주세요."

"……말이나 못 하면."

유주가 고개를 설레설레 저으며 가방을 챙겨 들었다.

"어, 더 안 드세요?"

"입맛 없어."

"이게 뭐예요. 먹은 것 같지도 않네. 저 주 변호사님한테 혼난단 말이에요."

"정 대표한테 절대복종 하는 건 잘 알겠는데, 주해인한테 까지 그럴 필요는 없어. 계산해 둘 테니까 먹고 와."

유주가 계산서를 힘없이 들어 보이고는 카운터로 성큼성 큼 걸어갔다.

정은은 입에 수저를 문 채로 유주가 먹다 남긴 음식들을 내려다봤다.

주 변호사님한테 임 변호사님의 사생활을 사사콜콜 보고 하는 건 절대복종이 아니라 제 개인적인 즐거움이라고요.

차마 하지 못한 말을 삼킨 채.

똑똑, 노크를 해도 돌아오는 대답은 없었다.

윤 비서를 힐끔 바라보자 그도 최근 이상해진 세준의 상황 을 알고 있는 건지 그저 눈짓만 해 보였다.

유주는 들어가겠습니다, 짧게 말한 후 문을 열었다.

책상에 앉아 노트북으로 작업을 하고 있는 세준의 모습이 보였다.

유주는 오랜만에 들어온 대표이사실을 한 번 훑어본 뒤 또각또각 걸음을 옮겼다.

"일하는 중이세요? 점심시간 아직 덜 끝났는데. 식사는 하셨어요?"

"너야말로 웬일이야?"

"이거 전해 드리려고요."

유주가 손에 들고 있던 조그마한 액자를 세준의 책상 위에 놓았다.

그것을 힐끔 바라본 세준이 그제야 노트북에서 눈을 떼고 의자에 몸을 깊숙이 묻었다.

"가져다놓으라고 한 지가 언젠데 지금 가져와."

"돌려주기만 하면 됐죠, 뭘. 요즘 같은 무서운 세상에. 그 것보다 최근에 상태가 좀 안 좋으시다는 말이 회사에 도는 것 같은데. 신경 좀 쓰시는 게 어때요? 로펌 이미지가 세상에서 제일 중요하신 분이잖아요."

"재판 일정이 어떻게 되지?"

유주가 세준의 말에 눈을 살짝 내리깔았다.

"3일 됩니다."

"마무리되면 결혼식 올릴 예정이고?"

"……언제 어떻게 끝날지는 아무도 모르는 거니까 장담하기 어려워요. 재판이 얼마나 길어지느냐에 따라서 최대 6개월 후까지도 보고 있어요."

그의 말에 성실하게 대답을 하던 유주는 자신이 지금 여기에 온 목적에 대해 다시 한 번 상기했다.

확실히 세준은 낯빛이 좋아 보이지 않았다. 어딘가에 정신이 팔려 있는 사람처럼 보이기도 했다.

이런 모습은 낯설었던지라 유주가 팔짱을 끼고 그의 얼굴을 똑바로 응시했다.

"대표님, 진짜 무슨 일 있으세요?"

"……."

그 물음에 세준이 무언가를 망설이는 사람처럼 입술을 달싹거렸다. 이것을 말해도 될지 말지 고민하는 듯한 모습이었다.

"말씀하세요."

"하아……."

그가 한숨을 크게 내쉬며 마른세수를 했다. 어딘지 모르게 초조해 보이는 모습에 유주 또한 가벼운 마음으로 들어왔던 생각을 고칠 수밖에 없었다.

정말 무슨 일이 있는 건가?

"소은이가 바람을 피우는 것 같아."

"……."

유주가 벙찐 표정을 지었다.

갑자기 이게 무슨 뜬금없는 소리인가 싶어 까칠한 그의 얼굴을 한동안 가만히 내려다보기만 했다.

그러다 결국 유주가 입 밖으로 내뱉은 말은 한마디였다.

"……대표님 혹시 술 드셨어요?"

소은의 이름이 나온 순간 유주는 그렇게 물어볼 수밖에 없었다.

술에 취하지 않은 이상 저런 발언 자체가 납득이 안 됐고 이해가 안 갔다.

"나도 내 오해였으면 좋겠는데, 그게 아닌 것 같아."

"……사모님이 바람을 피운다고요?"

"그래."

"그건 마치 주해인이 저를 놔두고 바람을 피우는 것처럼 말도 안 되는 이야기 아닌가요?"

유주가 황당하다는 얼굴로 세준을 내려다봤다.

세준의 회사에 들어가 그를 상사로 모시게 된 후부터 존댓말을 꼬박꼬박 쓰고 있지만 어릴 때는 세준에게도 반말을 썼었다.

중학교 때부터 유민과 같은 학교를 다녔던 세준이었기에 집에 놀러 오면 유주와도 잘 놀아 주었다.

어릴 땐 고집 있는 오빠보다 둥글둥글한 세준이 더 좋기도 했었다.

그러다 유주가 대학에 들어가게 되고 술을 마실 수 있게 되자 유민과 세준, 그리고 세준의 여자 친구였던 소은까지 네 명이서 어울려 놀 기회가 잦아졌다.

소은은 세준과 같은 과 동기로, 유주가 해인을 만났을 때쯤 그들도 만나 서로 사랑을 하고 결혼을 했다.

그런데 두 사람이 이혼이라니. 아무리 생각해도 말이 안 되었지만 세준의 얼굴 표정은 농담이 아니라는 것을 말해 주고 있었다.

아직 아무에게도 얘기하지는 않았다고 하며 세준은 마른 세수를 했다.

직접 물어봤냐는 말에 현재 그녀가 지방에 내려가 있는 터라 얼굴을 보고 묻지는 못했다는 대답이 돌아왔다.

한숨을 내쉬는 그를 향해 유주는 아무런 말도 할 수가 없었다.

"주해인."

유주가 자신의 옆에 누워 책을 읽고 있는 해인을 가만히 바라보았다.

보고 있던 책을 덮은 뒤 자신을 향해 고개를 돌리는 해인을 보며 유주가 입술을 달싹이다 말았다.

"아니야."

"왜?"

"아니야, 아무것도"

시간으로 따지면 세준과 소은이 자신들보다 훨씬 길었다. 서로 알게 되어 지낸 시간도 그렇고, 사랑을 한 시간도 그랬다.

뒤늦게 마음을 확인한 자신들과 다르게 세준과 소은은 대학교 시절부터 쭉 같이 지내 온 커플이었으니까.

두 사람 또한 역경이 많았다.

애초에 유주가 자신의 변호를 맡겠다고 하는 것을 반대하고 해인을 끌어들인 것도 소은과 아예 연관이 없다고는 할 수 없었다.

유주의 경우처럼 고소를 당하거나 하는 큰 사건은 아니었지만 세은 역시 자신을 변호하다 재판에서 패했고, 한동안 다시 법정에 설 수 없었다.

그땐 유주도 어렸기에 정확한 내막을 알지는 못했지만 아무튼 그런 일이 있었다고 들었다.

그리고 여러 가지 일들이 겹쳐 소은이 세준에게 아무런 말도 하지 않고 외국으로 떠나 버린 사건도 있었고.

그때마다 죽을 것처럼 굴었던 세준의 모습이 떠올랐다.

그래, 어딘지 모르게 익숙한 얼굴이다 했더니.

소은이 매번 그의 속을 썩일 때마다 세준은 그런 얼굴을 했었다.

한참 생각에 잠겨 있는데 해인이 커다란 손이 머리를 부드럽게 쓸어 넘겨 주었다. 유주가 온전히 그 손길에 머리를 맡기며 시선을 주었다.

"무슨 일인지 얘기 안 해 줄 거야?"

"……내 일이 아니라서 말을 하기가 좀 그렇네."

"누구 이야기인데?"

"우리 대표님."

의외의 인물이었는지 해인의 표정이 묘했다.

유주는 해인의 검은 눈동자 속을 들여다보기라도 하려는 듯 빤히 응시했다.

그렇게 서로 알고 지내 온 사람들도 변하는데, 바람을 피우고 이혼을 하는데, 우리는 괜찮을까.

소송을 앞두고 불안하게 흔들리는 마음이, 세준의 이야기를 듣고 나서는 풍랑을 만난 배처럼 더더욱 넘실거렸다.

"별일 없을 거야."

"너 무슨 일인지 알아?"

"아니. 그래도 괜찮을 거야."

"……."

"네가 그렇게 불안해할 일 아니니까 걱정하지 마."

별일 없을 거야.

해인이 다시 한 번 그렇게 말했다. 유주는 고개를 작게 끄덕였다.

재판 내용은 좋지 못했다.

법원을 나서는 유주의 표정이 딱딱하게 굳어져 있었다. 까딱하다가는 재심을 청구하지 못할지도 몰랐다. 그만큼 저쪽에서 가지고 있는 패가 좋았다.

유주가 짜증스럽게 사무실로 걸어 들어왔다.

"변호사님, 괜찮으세요?"

"괜찮아."

"얼굴색이 너무 안 좋으신데……."

"나 잠깐만 누울게. 오후에 잡혀 있는 일정 없지?"

"네. 병원 안 가 봐도 괜찮으시겠어요?"

유주는 정은을 내보내고 소파에 몸을 묻었다.

언제부터였는지 정확하게 기억은 나지 않지만 세준에게서 이혼 이야기를 들었을 때부터 몸이 좋지 않았다.

정세준이 이혼을 한다는데 왜 자신이 이런 기분이 드는 건지, 스스로도 알 수 없었다.

그러나 영원할 것 같았던 그들도 헤어지는데, 주해인과 자신이라고 못 헤어지겠냐는 그런 불안감이 계속 가슴 한구석을 불안하게 차지하고 있었다.

재판 때문에 해인과 한동안 만날 수가 없었다. 그래서 이렇게 더 불안한가 싶어 유주는 밤 11시가 넘은 시각 조심스레 해인의 집으로 내려갔다.

똑똑, 벨 대신 현관문을 두드리자 얼마간의 시간이 흐른 후 딸깍, 소리와 함께 문이 열렸다.

"이 시간에 무슨 일이야?"

"그냥, 보고 싶어서."

해인이 그녀를 집 안으로 들였다. 그리고 말없이 안아 주었다.

한동안 그녀를 안고 있던 해인이 마침 생각이 났다는 듯 입을 열었다.

"유주야."

"응."

"결혼식장, 네가 저번에 고른다고 해서 가만히 있었는데 내가 따로 알아봐도 되겠어? 넌 준비할 시간이 전혀 없는 것 같아 보여서."

"……."

유주에게서 되돌아오는 대답이 없자 해인이 길게 한숨을 내쉬었다.

"재판 일정에 스트레스받는 거 잘 알고 있는데……."

"……."

"너 요즘 좀 이상해."

해인의 그 말에 유주가 그의 팔을 조심스럽게 풀러냈다. 그리고 작게 속삭였다.

"나도 알아, 나 이상한 거. 그냥, 왜 이런 기분이 드는 건지 모르겠어. 결혼이라는 게 정답인 건가 싶기도 하고. 대표님은 우리보다 더 오래 만난 분들인데 저렇게 헤어지는 걸 보니까 마음이 너무 안 좋아."

"그래도 너무 영향을 받지는 마. 나 불안해."

"……."

유주는 대답 대신 그를 다시 한 번 힘 있게 껴안았다.

✳   ✳   ✳

재판은 결국 유주가 승소했다.

아무래도 상대 측의 증거 조작 가능성을 높이 사 결과가 마지막에 뒤집어진 것 같았다.

재판에서 이겼음에도 유주는 마음이 좋지 않았다.

컨디션이 회복될 생각을 하지 않아 정은과 매주 꼬박 다니던 점심도 안 먹은 지 벌써 꽤 오랜 시간이 흘러 있었다.

오늘도 맥없이 소파에 늘어져 점심시간을 보내고 있는데 사무실 문이 노크도 없이 벌컥 열리더니 세준이 모습을 드러냈다.

"괜찮아? 몸이 안 좋다던데."

"……괜찮아요."

"병원 가 봤어?"

"재판 있을 땐 원래 이렇게 가끔 앓잖아요. 조금 있으면 낫겠죠."

"……."

힘없이 몸을 일으키는 유주를 보고 세준이 그녀의 앞에 자리를 잡았다.

무언가 할 말이 있는 듯 곤란한 얼굴을 하고 있는 그를 보자 왠지 오한이 드는 것 같아 유주는 옆에 놓여져 있던 담요로 무릎을 감쌌다.

"대표님."

"임유주."

두 사람이 동시에 서로를 불렀다.

세준이 먼저 말하라는 듯 손짓을 하자, 유주가 잠깐 망설이다 이내 입을 열었다.

"결혼이라는 거, 너무 성급하게 결정한 거 아닐까 싶어요."

"……."

"대표님이 그날 그랬잖아요. 나 프러포즈받았다고 말하러 갔던 날. 너무 빨리 결혼하는 거 아니냐고, 나중에 후회할지도 모른다고 했었잖아요. 그 말이 자꾸 생각나고, 뭔가 불안하고, 속도 울렁거리고. 내가 왜 이러는지는 잘 모르겠지만."

"……."

"주해인이 불안해하는 것도 이해는 가는데, 그런데 왠지 모르게……."

"주 변호사가 나한테 연락 왔더라."

"……그래요?"

유주가 작게 고개를 끄덕였다. 세준의 이야기를 듣고 나서 확실히 좀 이상해졌다는 것을 해인도 느꼈을 것이다.

"임유주."

다시 한 번 그가 이름을 불렀다.

유주는 고개를 끄덕이며 할 말이 있으면 하라는 듯한 표정을 지었다.

이혼하는 걸까?

그의 굳은 표정에서 왠지 굳건한 결의가 느껴지는 것 같았다.

갑자기 속이 안 좋아지는 기분에 유주가 담요를 잡고 있는 손에 힘을 주었다.ㄴ

"너 도대체 주해인한테 무슨 말을 어떻게 한 거야?"

"······네?"

"너 설마 내가 소은이 바람피우는 것 같다고 한 말, 아직도 기억하고 있어?"

"······."

아직도 기억하고 있냐니.

그냥 기억하는 정도가 아니라 마음속 깊이 묻어 두고 지금도 시간이 날 때마다 꺼내서 확인하는 중이었다.

따져 묻는 듯한 세준의 말투에 유주가 두 눈을 깜빡였다.

"이혼하신다고······."

"내가 언제?"

"······."

세준이 다리를 꼬며 불만스러운 듯한 얼굴로 말을 꺼내기 시작했다.

"소은이가 바람피우는 것 같다고 한 건, 예전에는 지방에 내려가 아무리 일이 바빠도 꼭 일주일에 한 번씩은 올라와 내가 좋아하는 반찬을 해 줬었는데 최근 2주 동안이나 올라오지 않아서 그런 거였어."

"······."

"사랑이 식었다고 생각해서 투정 좀 부렸는데 내가 투정 부릴 상대를 잘못 고른 것 같다."

"……."

"말한 나도 까먹고 있는 것에 왜 그렇게 네가 충격을 먹었는지는 잘 모르겠지만."

"……."

중얼거리던 세준의 목소리가 조금씩 줄어들었다.

그는 뒤늦게 유주의 표정을 살피며 말을 덧붙였다.

"물론 내 잘못도 어느 정도 없지는 않지만……."

"겨우 고작 그 이유 때문에 사모님이 바람을 피운다고 생각하신 거예요?"

"겨우 고작 그 이유라니? 지방에 내려갈 때는 항상 내가 좋아하는 반찬……."

유주가 옆에 놓여 있던 소파 쿠션을 세준을 향해 집어 던졌다.

황급히 그것을 피한 세준이 마찬가지로 쿠션을 던지기 위해 준비 자세를 취했지만, 갑자기 욱, 하고 입을 막은 채 사무실을 뛰쳐 나가는 유주의 모습을 보고 황급히 그녀를 따라 나갈 수밖에 없었다.

✳   ✳   ✳

해인은 엘리베이터 버튼을 다급한 손길로 몇 번이나 눌렀다.

그러나 엘리베이터가 내려올 생각을 하지 않자 그는 결국 갑갑한 마음에 비상구 문을 열고 계단을 뛰어오르기 시작했다.

─빨리 집에 가 봐야 할 것 같다.

세준에게서 전화를 받고 무슨 정신으로 오피스텔까지 운전을 해서 왔는지 알 수 없었다.

몸이 얼마나 어떻게 안 좋길래 세준이 직접 전화까지 해서 집으로 가라는 소리를 했을지.

자꾸만 안 좋은 쪽으로 튀는 생각을 애써 누르며 해인이 유주의 집 앞에 멈춰 섰다.

불안정하게 흔들리는 호흡을 가다듬고 벨을 눌렀다.

최근에는 자신 역시 너무 일이 바빠져 유주에게 신경을 쓰지 못했다.

그녀가 뭔가 모르게 불안해하고 있다는 걸 알면서도 그러지 말라 다독이기만 했지, 무슨 일이 있는지 구체적으로 물어볼 생각은 하지 못했다.

자꾸만 자신이 제대로 못 해 주었던 일들이 떠올랐다.

해인은 손등으로 달아오른 입술을 훔치며 문이 열리기를 기다렸다.

얼마 뒤 딸깍, 하는 소리와 함께 현관문이 열렸다.

해인은 유주의 창백한 얼굴을 보자마자 두 뺨을 감싸 안고 물었다.

"너 괜찮아? 어디가 어떻게 아픈 거야. 병원에서는 뭐라고 그래?"

"……."

"뭔데. 치료 오래 걸리는 병이야?"

"……오래 걸린다면 오래 걸린다고도 할 수 있는데."

유주의 대답에 해인이 눈을 무겁게 감았다 떴다.

유주가 그런 해인의 허리에 자신의 두 팔을 감았다.

그리고 늘상 해인이 그랬던 것처럼 가까이 몸을 끌어당기며 조용히 속삭였다.

"4개월이래. 이렇게까지 둔감한 산모는 정말 처음 본다고 그러더라."

"……."

"난 그냥 정 대표가 이혼한다는 소리를 듣고 내가 그 영향을 받은 건 줄 알았지."

"……."

"내가 그렇게 감성적인 성격일 리가 없는데 말이야."

그녀를 꼭 안아 주던 해인이 천천히 팔을 풀고 유주를 바라봤다.

혼란스러움이 가득 담긴 그의 표정을 보고 유주가 어색하게 한쪽 입꼬리만 올렸다.

"……주씨로 예쁜 이름 하나 지어 줘."

2
에필로그

"저거 임유주 아니야?"

"어디?"

"저기. 머리 하나로 묶은 애."

"어, 맞네. 임유주가 이 늦은 시각에 왜 학교 앞을 어슬렁 거리지? 특히 이 골목을."

"그러게. 동동주랑 임유주는 진짜 안 어울린다."

허름한 가게 앞 낡은 양철 테이블에 둘러앉은 남자들의 시선이 한곳을 향해 똑같이 움직였다.

2천 원에 남부럽지 않은 양이 나오는 돼지 두루치기 한 접시를 테이블 가운데 올려 두고 막걸리와 소주를 번갈아 마시고 있던 참이었다.

"나 저번에 모의재판 준비하다가 임유주한테 발로 까였잖
아. 진짜 아프더라."

"난 멱살 잡힐 뻔했어."

크으, 소주 한 잔을 들이켠 남자가 인상을 쓰며 손등으로
입술을 스윽 닦아 냈다.

다들 임유주에게 한 방 먹은 이야기들을 꺼냈지만, 으레
그 뒤에 따라붙어야 할 '욕'은 없었다. 머슥한 표정으로 코
를 훌쩍거렸을 뿐.

"내가 파일을 다 날려 먹어서 그렇긴 하지만."

"난 너 그때 살해당하는 줄 알았어."

"임유주가 최종본 바로 전 파일을 백업해 놔서 살았지,
뭐."

말을 주고받는 그들의 시선은 여전히 여린 체구의 여자에
게 고정되어 있었다.

가게를 찾는 것처럼 제자리에 멈춰 서서 눈을 이리저리 굴
리던 유주가 녹이 슨 간판 하나를 발견하고 걸음을 옮겼다.

바로 앞 술집으로 들어가는 그녀의 뒷모습과, 그 가게 안
에 누가 앉아 있는지를 발견한 남자들의 입에서 탄식 비슷한
소리가 흘러나왔다.

"어쩐지. 저게 아니면 임유주가 이런 곳을 기웃거릴 이유

가 없지."

"주해인 저놈은 왜 여기로 임유주를 불러내? 괜히 열 받
네."

잔에 술을 따르는 손길이 분주해졌다.

"USB 내놔."

해인은 무표정한 얼굴로 자신의 앞에 서서 손을 내미는 유
주를 올려다보다 피식 웃음을 퍼뜨렸다. 그리고 옆에 놓인
가방을 뒤적거리며 중얼거렸다.

"내일 아침에 주려고 했는데."

"네가 뭘 어떻게 건드릴 줄 알고."

"······물건 주워 준 사람한테 너무한 거 아니야?"

"책상 위에 올려져 있던 걸 멋대로 가져간 사람이 할 말은
아닌 거 같은데."

해인이 여전히 미소 띤 얼굴로 그녀의 손에 USB를 쥐어
주었다. 유주는 그것을 한 번 힐끔거린 뒤 주머니에 넣고 그
대로 뒤돌아섰다.

그때, 뒤에서 울림 좋은 목소리가 들려왔다.

"안의 파일, 확인 안 해 봐도 돼?"

"······."

반사적으로 유주가 고개를 돌렸다. 여유를 머금고 있는 입

술이 오늘따라 더욱 얄미워 보였다.

"설마 연결했어?"

"안에 뭐가 들었는지는 확인했지. 그래야 주인이 누구인지 알고 돌려줄 수 있으니까."

유주는 인상을 슬쩍 찌푸리며 주머니에 넣었던 USB를 다시 꺼내 들었다. 그리고 성큼성큼 걸어가 해인의 옆에 자리를 잡고 앉았다.

그 힘에 밀려난 해인이 황당하다는 듯 바라봤지만 유주는 신경도 쓰지 않은 채 테이블 위의 노트북에 자신의 USB를 연결했다.

"페이지 하나라도 날아갔으면 넌 내 손에 죽을 줄 알아. 이거 내일 발표할 자료란 말이야."

"……친구끼리 너무하네."

몸을 바싹 붙이고 앉아 외장 하드에 들어 있던 파일을 확인하는 유주를 바라보던 해인이 문득 창밖으로 시선을 주었다.

초저녁 봄바람에 벚꽃잎들이 흩날리며 눈처럼 떨어져 내리고 있었다. 그것을 가만히 바라보던 해인이 가방 안에 들어 있던 일회용 카메라를 꺼내 들었다.

"……뭐하는 거야?"

카메라 렌즈를 들이대는 해인을 보고 유주가 인상을 찌푸렸다.

"사진 공모전에 한번 나가 보려고. 재밌을 것 같아서."

'널 찍는 건 아니었어'라는 말은 삼킨 채 해인이 대답했다.

일회용 카메라는 한 번 셔터를 누를 때마다 톱니바퀴를 돌려야 하는 번거로움이 있었지만 해인은 그래서 좋았다. 요즘엔 파는 가게부터 시작해 현상을 해 주는 곳도 매우 드물었지만.

"한가한가 보네. 그런 거 참가할 시간도 다 있고."

"시간이야 만들면 무한대로 생기는 거니까."

그 말에 별 헛소리를 다 듣겠다는 표정으로 유주가 해인을 한 번 올려다봤다.

발표 준비 때문인지, 아니면 그저 기분이 안 좋은 건지 오늘따라 유난히 예민해 보이는 그녀였다.

"공모전 나가는 건 나가는 거고, 내 초상권은 초상권이다. 그리고 감히 여자 얼굴 사진을 그렇게 밀착해서 찍어? 매너 없게."

유주가 마우스를 움직이며 불평을 토로했다.

해인은 종알종알 작은 입술로 할 말을 다 하는 그녀가 너무나 귀엽고 재미있어 터져 나오려는 웃음을 꾹 눌러 참아야 했다.

그러고 보니 벚꽃이 날리는 창밖과 유주의 옆모습이 제법 그럴싸한 사진이 나올 것 같은 구도였다. 끼리릭, 일회용 카메라를 조율하며 해인이 고개를 기웃거렸다.

"매너 있게 사진 찍는 법 몰라? 무조건 남자가 앞으로, 얼굴을 크게 나오도록 해야 같이 있는 여자 얼굴이 조막만 하게……."

유주는 말을 미처 끝내지 못했다.

그녀의 어깨를 부드럽게 감싸 안더니 뺨이 닿을 듯 얼굴을 가까이 들이댄 그가 카메라 셔터를 눌렀기 때문이었다.

"……야!"

"잘 나왔으면 좋겠다. 창밖의 벚꽃들까지."

"주해인 너 내 말 듣고 있어?"

"왜? 네가 말한 그대로 찍었는데."

"사진 찍는 법을 알려 준 거지, 나랑 같이 찍어도 된다는 소리는 아니었거든? 줘 봐. 사진 지울 거야."

"이거 일회용 카메라야."

"뭐? 공모전 사진을 무슨 일회용 카메라로 찍어."

그러나 그렇게 말하면서도 유주는 카메라를 뺏을 생각은 없는 모양이었다.

다른 사진들이 엉망이 되든 알게 뭐야. 이리 가져와, 하면서 성질을 부릴 것처럼 생겨서 꼭 마지막엔 이렇게 져 주는 타입이었다.

해인은 그 사실을 입학하고 얼마 지나지 않아 알게 되었다. 다들 임유주는 무서운 데다 철저하고, 냉정하기 짝이 없다며 뒤에서 수근거렸지만 해인이 본 그녀는 누구보다 부끄러움이 많고, 덜렁거리고, 다른 사람을 신경 쓰는 성격이었다.

법에 대해 배우는 사람이 초상권에 대한 개념이 없다며 툴툴거린 유주는 그 와중에도 파일 확인을 다 끝냈는지 USB를 뽑아 들고 자리에서 일어났다.

"이틀 뒤 수업 끝나고 시간 있어?"

"응. 왜?"

"모의재판 준비 때문에. 다른 애들은 금요일이라고 하기 싫대. 요일이 무슨 상관인지 아무리 생각해도 모르겠지만."

"난 상관없어. 언제든지 괜찮아."

해인을 내려다보는 그녀의 표정이 묘하게 변했다.

무언가를 말하려는 듯 입술을 달싹거리다 이내 그냥 몸을 돌렸다.

위로 높게 올려 묶은 머리가 그녀의 걸음걸이를 따라 총총 흔들렸다. 그것을 바라보고 있던 해인이 다시 한 번 카메라 셔터를 눌렀다.

마지막 사진이었다는 것을 알려 주는 숫자를 내려다보던

그가 빙긋 미소를 지었다.

하나밖에 존재하지 않는 사진이, 그렇게 그의 가슴속에도 담겼다.

이 사진은 아무리 잘 나와도 공모전에 내지 말고 그냥 방에 장식해 둬야지.

예쁘고 멋있는 물건은 그게 무엇이든 사람들 앞에 자랑부터 하고 보는 주해인에게, 처음으로 아무에게도 보이고 싶지 않은 물건이 생겼다.

❊   ❊   ❊

"그게…… 무슨 말씀이세요?"

"말한 그대로야."

유주는 이해할 수 없다는 표정으로 이 교수의 얼굴을 가만히 내려다보았다.

방금 자신이 들은 말이 도대체 무슨 내용인지 머릿속으로 정리가 되지 않았다.

"같은 내용의 리포트가 있으니, 두 명 다 0점 처리하겠다고."

"……"

"뭔가 억울한 모양이네. 문제가 되는 페이지는 뽑아서 비

교해 놓은 게 있으니까 확인하고 싶으면 조교한테 요청해서
봐도 돼. 그 정도로 내용이 같으면 본인도 짐작이 갈 것 같은
데."

"……."

유주는 너무 황당해 말도 나오지 않았다.

평소 이 교수는 유주를 굉장히 아꼈다.

자신의 옛날 모습을 보는 것 같다며, 줄곧 관심을 주고 신
경을 써 주던 사람이었다.

본인의 수업뿐만 아니라 다른 강의에 도움이 될 만한 자
료나 인턴십, 법률 회사의 아르바이트 자리까지 알아봐 주곤
했다.

그런 그녀가 싸늘하게 유주를 올려다보며 '0점'이라는 말
을 내뱉고 있었다.

유주가 하얗게 된 머리를 정리하지 못하고 아무 말도 하지
않고 있자 이 교수가 먼저 움직였다.

자리에서 일어난 그녀가 걸어 두었던 윗옷을 챙겨 들며 말
을 이었다.

"실망이야. 내가 그렇게 인터넷에 떠돌아다니는 출처도 알
수 없는 정보들 혐오하는 거 잘 알면서 긁어서 붙여 넣기 할
줄이야."

"……전 인터넷에서 긁어 온 적 없는데요."

유주가 천천히 고개를 들며 대답했다.

그러자 이 교수가 고개를 돌렸다.

평소에는 참 다정하다고 생각했던 눈빛이 오늘따라 싸늘하게 느껴졌다.

"어디서 베낀 게 아니라면, 어떻게 말의 어미까지 그렇게 똑같을 수가 있어?"

"……."

"남의 생각을 가져다 그대로 쓰는 사람이 미래의 법조인으로서 과연 쓸모가 있을까 싶어."

이 교수는 그 말을 끝으로 교수실 문을 열고 유주를 향해 중얼거렸다.

"다른 학생도 아닌 임유주 학생이니까 이 정도에서 끝난 거야. 원래 나 이렇게 차분한 사람 아니거든. 바쁘니까 이제 그만 나가 줄래?

교수실을 나온 그녀는 그 길로 조교실을 향해 달렸다.

이 교수의 이름을 언급하며 리포트를 확인하겠다고 하자 조교의 표정이 떨떠름하게 변했다. 조금 전 이 교수와 마찬가지로, '네가 그럴 줄은 몰랐다'라고 말하는 듯한 얼굴이었다.

빨간색 펜으로 북북 밑줄이 그어져 있고 여기저기 체크가 되어 있는 복사본 레포트 두 개를 나란히 놓고 유주는 망연 자실했다.

정말 자신의 리포트 내용이 그대로 붙여 넣기 되어 있었 다.

어떻게 이런 일이 있을 수가 있지?

자신의 리포트는 100% 자신이 쓴 글이었다. 인터넷에 올 린 적도, 어딘가에 퍼트린 적도 없었다.

"……."

"안에 뭐가 들었는지는 확인했지. 그래야 주인이 누구인지 알 고 돌려줄 수 있으니까."

설마. 유주가 아랫입술을 살짝 깨물었다.

주해인이 그럴 리가 없다. 그럴 리가 없는데…….

어쩌면 그럴 수 있을지도 모르겠다는 생각이 시간이 지날 수록 점점 더 강해졌다.

나 때문에 저번 학기 톱을 놓쳤잖아. 일부러 망치려고 그 럴 수도 있지.

그러나 자신의 리포트를 베낀 상대방 역시 0점 처리를 당 했다.

주해인이 그렇게까지 할 이유가 없었다. 그냥 써서 내기만 해도 어느 정도의 점수를 받을 수 있을 테니까.

찜찜한 기분을 떨쳐 낼 수가 없어 다시 이 교수를 찾아가 상대방의 이름을 물었지만 이 교수는 그것에 대해서는 알려 줄 수 없다고 했다. 다만 그 사람에게도 같은 말을 전달했다는 대답에 돌아왔다.

범인을 알게 된 것은 다음 날이었다. 망연자실하게 도서관 로비 구석에 앉아 생수를 홀짝거리고 있을 때였다.

입구에서 해인의 모습이 보여 유주는 자리에서 일어났다. 시청각실까지 사람들로 꽉 차서 다른 곳으로 자리를 옮겨야 한다는 말을 전하려 했다.

그러나 반대편에서 걸어오는 이 교수와 해인이 마주한 것을 보고 얼른 입구 구석으로 몸을 숨겼다.

"주해인 학생."

"아, 교수님."

"리포트는 조교한테 들었네. 왜 그랬어."

"죄송합니다."

"내가 주해인 학생이라 특별히 봐준 거야. 다른 애들은 가차 없었어. 0점 처리 안 한 걸 다행이라고 알아."

"네, 압니다."

그가 고개를 꾸벅 숙이며 이 교수를 향해 빙긋이 미소를 지어 보였다.

유주는 심장이 터져 나갈 것만 같았다. 범인은 주해인이 맞았다. 자신의 USB를 가져가서 안에 들어 있던 리포트를 훔쳤다.

그것으로도 모자라 뒤에서 교수와 조교에게 공작질을 해서 자기만 점수를 얻어내?

주먹에 힘이 들어갔다.

유주는 그대로 걸음을 옮겨 도서관 후문으로 걸어 나왔다.

밤늦은 시간까지 해인에게서 연락이 왔지만 그 이후로 그의 연락을 받지 않았다.

그렇게 여름방학에 들어서서 2학기가 개강할 때까지 그와 말을 섞은 적은 없었다.

"어, 임유주."

"……."

자료를 위해 과실에 들렀다 돌아가는 길에 해인을 마주했다. 하지만 유주는 대답하지 않고 그대로 몸을 움직였다.

"야, 친구가 말하는데 그렇게 무시할 거야?"

"누가 친구야?"

유주가 고개를 휙 돌리며 냉정하게 해인을 노려봤다.

정확히는 '친구였던 적'이 있었다. 주해인이 자신을 속이고 뒤에서 몰래 교수와 쑥덕거리는 장면을 목격하기 전까지는 그랬다.

"난 너처럼 치사한 놈이랑 친구 안 해."

냉정하게 중얼거린 뒤 돌아서는 유주의 뒷모습을 보고 해인이 낮은 한숨을 내쉬었다.

기말고사가 끝나고 학기 성적이 뜨고 난 뒤로 유주는 해인을 친구는커녕 인간 취급도 하지 않고 있었다.

물론 그 이유를 전혀 알 수 없었던 해인은 혼자 속이 타들어가고 있었다.

어느 날 갑자기 자신을 무시하는데, 왜 그러냐고 물어도 돌아오는 대답이 없었다.

몇몇 이들은 저한테 과탑을 뺏긴 게 속상해서 그런 거라고 말을 했지만 해인은 유주가 그런 우스운 이유로 자신을 무시할 리가 없다고 생각했다.

그럼 도대체 뭘까.

신경이 쓰였지만 해인은 오늘도 멀어지는 유주를 잡고 물어볼 수 없었다.

✳   ✳   ✳

"너네 회사도 장난이 아니던데."

해인의 말에 유주가 피식 웃으며 젓가락을 내려놓았다.

얼마 만에 마주하는 건지 기억도 까마득했다. 법원 앞에서 우연히 마주친 게 반가워 말을 걸었다.

유주는 여전히 툴툴거렸지만 그래도 어쩐 일인지 아예 무시를 하지는 않았다.

오후에 바쁜 일정이 없으면 저녁이라도 먹자는 권유에 잠깐 고민을 하는 것 같던 유주는 이내 그러자고 승낙을 했다. 혹시, 하는 마음에 던져 본 말이었는데 유주가 같이 밥을 먹겠다고 하자 말을 건넨 해인도 왠지 얼떨떨한 기분이었다.

두 사람이 들어온 것은 법원에서 멀리 떨어지지 않은 고깃집이었다.

재판 결과가 나와 후련한 마음을 가지고 있는 해인과 달리, 유주는 어딘가 불편해 보였다. 그래서 던진 말인데, 오히려 비웃음인지 알 수 없는 애매한 미소만 되돌아왔다.

"그래서, 제주도까지 내려와서 증인을 잡아 왔어?"

"잡아 왔다는 표현은 좀 그렇고. 데리고 왔지."

해인의 재판 내용에 대해 듣는 유주의 표정은 내내 시니컬했다.

한마디에 한 번씩 태클을 걸었고, 자랑에는 비웃음으로 응수했다.

새삼스러울 것도 없는 반응이었는데, 해인은 뭔가 유주가 평소와 다르다는 것을 느꼈다.

"네 재판은 어떤데?"

유주는 안주는 먹는 둥 마는 둥 계속해서 술잔을 비워 댔다. 그러다 해인의 그 말 한마디에 크으, 소리를 내며 잔을 탁 소리나게 내려놓았다.

"나도 나쁘진 않아."

"그런데 표정이 안 좋다?"

"나쁘진 않은데…… 정신적으로 좀 힘들어."

그렇게 중얼거린 유주가 다시 소주를 잔에 가득 따랐다. 옆에 쌓여 있는 소주병을 한 번 바라본 해인이 그녀에게서 잔을 빼앗아 들었다.

"너 너무 많이 마신다. 안주라도 좀 먹으면서 마셔."

"야, 내 돈 내고 내가 술 마시겠다는데 네가 왜 뺏어 가? 이리 내놔."

유주가 해인의 손에 들린 자신의 잔을 다시 빼앗아 원샷을 했다.

오랜만에 만난 동기와 즐거운 뒷풀이라도 해 보려고 했던 해인은 뒷머리를 긁적거리며 발갛게 익어 가는 유주의 두 뺨만 바라볼 뿐이었다.

"야, 주해인."

"어?"

"넌 형제 관계가 어떻게 돼?"

뜬금없는 질문에 의아해하면서도 해인은 순순히 대답을 했다.

"남동생이 한 명 있는데. 왜?"

"몇 살 차이 나?"

"두 살."

"그럼 넌 잘 모르겠다."

벌써 꽤 취했는지, 유주의 발음이 조금씩 불분명해지고 있었다.

갑자기 형제 관계에 대해 묻는 유주가 이상해 해인은 담담히 그녀의 술주정을 받아 주고 있었다.

"우리 오빠는 나랑 여섯 살 차이거든? 그래서 나한텐 거의 부모님이나 다름없어."

"그래."

"다들 내가 시키는 일은 뭐든지 다 잘 해낸다고 생각하는데, 사실은 엄청 힘들게 노력해서 얻어 내는 것들이야. 진짜 죽을 정도로 힘들어."

"……."

"가뜩이나 힘들어 죽겠는데, 왜 내 부모님을 두 번이나 뺏어 가려고 하냐고."

"……."

유주가 잔을 세게 탕, 내려놓았다.

그 기세에 놀라 잠깐 시선을 아래로 뺏겼던 해인은, 다시 눈을 들어올렸을 때 유주의 볼을 타고 흐르는 눈물방울을 보고 그대로 굳어 버리고 말았다.

"오빠 보고 싶어."

그녀가 나지막하게 속삭였다.

"나만 남으면 안 되는데."

"……."

"……나만 남으면 어떡하지."

무슨 일인지는 정확히 알 수 없었지만 그만큼 힘들어하는 것은 알 수 있었다.

"나도 너처럼 치사한 방법 쓰고 그랬으면 진작에 재판에서 이겼어."

"치사한 방법?"

"너처럼 뒤에서 교수님한테 잘 봐주세요, 하고 뒤에서 공작 펼치면 말이야. 변호도 그렇게 보고 있을 거 아니야."

뜬금없는 소리에 해인의 눈이 살짝 커졌다. 교수한테 공작이라니, 갑자기 무슨 소리인지 알 수가 없었다. 그러나 유주는 말해 줄 생각이 없는 듯 다시 한 번 소주 한 잔을 들이켰다.

"이 교수가 리포트 0점만 안 줬어도……."

"……이 교수?"

익숙한 이름에 해인의 머리가 빠르게 움직였다.

학교 시절, 조금만 잘못해도 리포트 점수를 0점 처리하는 교수가 있었다.

자신도 조교에게 제출 시간을 잘못 전달받아 늦게 냈다가 그대로 0점 처리를 당할 뻔한 적이 있었다. 물론 조교가 잘 말해 주어서 0점 처리가 되지는 않았었지만.

해인은 문득 떠오르는 대학 시절에 아련함에 젖은 눈동자로 그녀를 내려다보았다.

사실 해인도 그녀에 대해 자세히 아는 것은 아니었다. 다른 사람들이 생각하는 것만큼 완벽하지 않다는 것 정도.

그러나 눈물이 한 방울, 두 방울씩 떨어지다 이내 어린아이처럼 눈물을 뚝뚝 흘리며 서럽게 우는 모습을 보았을 때, 처음으로 그녀의 진짜 성격이 무엇인지 알고 싶어졌다.

해인은 자리를 맞은편으로 옮겼다. 유주의 옆자리에 앉아 그녀의 어깨를 끌어안고 달래 주었다.

괜찮아.

괜찮을 거야.

다른 테이블의 손님들이 이곳을 힐끔거리는 것이 느껴졌지만 전혀 신경 쓰이지 않았다.

지금 자신의 품에 안겨 있는 작은 그녀를 달래 주어야 한다는 생각밖에 없었다.

임유주가 어떤 사건을 맡고 있는지는 조금만 알아보면 금
방 나올 것이었다.

해인은 그녀의 등을 토닥거리며, 드디어 자신의 방 책상
위에 올려져 있는 자신과 유주의 사진에 대한 의미를 깨달았
다.

—fin

작가 후기

    라이벌이자 동료, 친구, 그러면서도 연인인 두 사람의 이야기가 쓰고 싶었습니다.
    제대로 잘 표현이 됐는지는 모르겠습니다.

    많이 부족한 글이지만 여기까지 읽어 주신 분들 감사합니다.
    책이 나오기까지 많은 도움을 주신 분들과
    봄 출판사 관계자분들께도 진심으로 감사를 표합니다.

    많은 일들이 있었습니다만

그만큼 행복합니다.

다음에 또 다른 내용으로 만날 수 있었으면 합니다.
다시 한 번 감사드립니다.

—2016년 봄
이해진 올림.